中国上古神话演义 之一

雄起洪荒

什方子 著

河北出版传媒集团
河北教育出版社

图书在版编目（CIP）数据

中国上古神话演义之一雄起洪荒 / 什方子著. -- 石家庄：河北教育出版社，2018.7（2019.8 重印）
ISBN 978-7-5545-4396-2

Ⅰ.①中… Ⅱ.①什… Ⅲ.①长篇小说–中国–当代 Ⅳ.①I247.5

中国版本图书馆CIP数据核字(2018)第147375号

书　　名	中国上古神话演义之一　雄起洪荒
作　　者	什方子
策　　划	刘相美
责任编辑	赵莉薇
封面插图	李　楠
装帧设计	于　越
出版发行	河北出版传媒集团
	河北教育出版社　http://www.hbep.com
	（石家庄市联盟路705号，050061）
印　　制	唐山市润丰印务有限公司
开　　本	787mm×1092mm　1/16
印　　张	17.5
字　　数	231千字
版　　次	2018年7月第1版
印　　次	2019年8月第2次印刷
书　　号	ISBN 978-7-5545-4396-2
定　　价	36.00元

版权所有，翻印必究

序

我有一个习惯，就是每天就寝时总要拥被看上一段文字才能入睡，只是这些年来，已经很少认真读过一部长篇小说了。但作者拿来的这部书稿，却让我不知不觉看了两遍，仍觉意犹未尽。

这部作品的题材，选自小说界乃至文学界很少有人涉足的上古时代。打开之后，眼前忽然出现了一个新的视野，过去似乎听说过但十分模糊的一些人物和事件，一个个相继蹦出来亮相，让你不得不继续看下去。中国最古老的神话故事，大都是没有时代背景、互无关联的碎片，像蝴蝶一样在人们眼前飘来飘去。作者把它们捕捉起来，通过巧妙的艺术构思，将这些散乱的彩蝶编织在五千年前文明之初的时代大幕上，一个个变得有血有肉，羽翼丰满，也颇具玩味。作者对那段传说史的描述，可能会遇到许多争议，但他讲的故事却值得一读。我们不妨沿着他开凿的这条时空隧道巡游一遭，去探寻属于自己的发现。故事所依据的史料是神话传说，而神话传说本身是扑朔迷离、神秘莫测的，这使得作者的想象力有了更大的发挥空间。书中那些出人意料的情节、离奇的战斗场景和古朴苍凉的情爱故事，都具有神话逻辑的合理性，令人耳目一新，也大大增强了作品的可读性。这是一部拓荒上古的书，可以毫不夸张地说，这部皇皇巨著，在有关上古传说史的文学作品中，将奠定它开创性的地位。

中国人最敬重的是祖先。祖先是人，传来传去，就罩上了神秘的光环，变成了神。小说是写人物的，为把这些亦人亦神的人物特点刻画出来，作者颇费了一番心思。这部"中国上古神话演义"共分四部，在前两部《雄起洪荒》和《三祖归一》中，神农炎帝的仁爱情怀，轩辕黄帝的豁达睿智、宽宏厚重，蚩尤的竞进不息、侠肝义胆，以及刑天死而不屈的战斗精神，都给人留下了深刻的印象。后两部《尧舜禅让》《鲧禹治水》中的主要人物，如尧、舜、禹、鲧、羿、嫦娥等，人们早已熟悉，但他们的形象一直停留在概念化、脸谱化阶段，如今作者把他们放在特定的历史场景中来描写，感觉就活起来了。

　　值得提出的是，作者是通过对故事情节的扩展及细节的描写刻画不同人物性格的，使一百几十位人物个个活灵活现，栩栩如生，跃然纸上，一幅流动的上古画面鲜活地呈现在读者面前。读者还会发现，作者着力讴歌的，还有先民身上那种守信用、重承诺的古朴品行。我曾经认为，作者大概是借此抒发他对时弊的批判；但他告诉我，诚信本来就是先民们普遍遵守的行为准则。因为上古社会没有文字，没有合同、协议等文字形式的契约，全凭口头交流，如果人人说话不算数，社交活动就无法进行了，原始社会也就无法运转了。

　　在我担任河北省作家协会主席的时候，就和作者有了交往，至今已有二十多年的时间了。他喜爱读书，涉猎颇广，对问题常有独到见解。从这两部书中我们不难看出，作者认真汲取了当代学者的研究成果，并通过对神话传说、考古发现和民俗研究等材料的分析印证，勾勒出上古时代的风情画卷和三皇五帝的传承脉络，并对中华五千年文明的源头进行了有益的探讨，也可算作一家之言。这对于一位业余研究者来说，实属不易。据我所知，作者以往并没有发表过文学作品。使我颇感意外的是，他在作品中有时会熟练地运用半文半白的语言，文字精练而流畅，颇有韵味，且不乏幽默之处，同样令人赏心悦目。这说明，作者具备一定的古典文学修养。对文章结构的处理，《雄起洪荒》开头一章稍嫌散乱，但通篇看来，脉络还是清晰的，与《三祖归一》前后呼应，整个故事是和谐完整的。《尧舜禅让》和《鲧禹治水》就更好一些。

这部书汇集了大量材料，像是一棵冬天的落叶树，满眼的枝枝杈杈。书中多了一些对事物的研究，少了一些对景物和人物心理活动的细腻描写，有些本该拓展的情节也没有展开。不过，他的这部处女作，给有志撰写上古史诗和影视大作的作者，提供了足够多的借鉴和营养。

尧山壁

2017 年 5 月于石家庄

（作者系著名作家、河北省作家协会原主席）

自　序

本书讲的是史前三皇五帝的事儿。"三皇"有几种说法，较普遍的组合是伏羲、女娲和炎帝；"五帝"也有多种组合，以《史记·五帝本纪》中的说法流传较广，即黄帝、颛顼、帝喾、帝尧和帝舜。三皇五帝时间跨度很长，为了缩短篇幅，使作品更具可读性和趣味性，我选择了神话传说资料密集的两个时段，也是中华民族形成中的两个重要时期，历时十一年写成"中国上古神话演义"四部书稿。

史前的时空不是空白，但没有文字记载，只留下一些支离破碎的神话和传说。神话是历史的影子，它传递着某种信息，是远古社会的密码。我们现在即使不能破译，也不应把它们忘却或任其淹没在信息爆炸的现代社会里。正是抱着这种心态，我参考学者们的研究成果和考古发现，把散落于古籍中的神话传说编撰成故事，保持其原汁原味，奉献给读者，并试图以此勾勒出传说史的大致脉络。古今学者对三皇五帝时代众说纷纭，对神话传说的解释也多有歧义。在梳理这些不同见解的过程中，我也不免浮想联翩，对某些重大事件，如涿鹿大战和鲧、禹治水等事件和人物，都在书中融入了一些自己的看法，正所谓"愚者千虑，必有一得"是也。如果说这部书中所描写的事件和人物都与历史相符合，那就太过奢望了，因为它所依据的资料毕竟是神话和传说。但我希望这些故事能令读者感兴趣，在你匆匆赶路时，驻足回望一眼人类来路的尽头，了解一下那里可能发生的事情，不无益处。须知，现实总是定位在历史的长河中，向后看得越远，向前看得也就更远。

书中涉及的重要人物及事件的出处，有的作了注解，可供读者查阅研究。另外，我还选择了几篇写作随笔附在书后，希望能与有兴趣的人士磋商。我辈不是专家，有所见解不敢妄称一家之言；但作为一己之见，总是无大妨碍的。很多东方人对自己的祖先都有着宗教般的信仰，我们进入神话传说世界去追寻祖先的踪迹，一睹其圣德和风采，也算是一场虔诚的朝圣之旅吧！

　　书中离奇的情节、曲折的故事，并不是作者的"玄幻"功夫，而是神话传说本身固有的精彩。神话传说言简意赅，涉及面广，涵盖了中华文明各个领域的萌芽阶段、初始状态。本人自知学识浅而欠博，很难说把这些神话给读懂了，因此，书中的错误是在所难免的，恳切希望读者给予指正。

什方子

　　（什方子，本名田占坤，1944年出生于山东聊城冠县，早年就读于西安交通大学动力机械系内燃机专业，曾任邢台冶金机械轧辊厂副厂长，企业改制后，任邢台冶金机械轧辊集团公司工会主席、董事等职。酷爱文史，在报刊发表文章多篇。）

题　记

　　有人衣青衣,名曰黄帝女魃。蚩尤作兵伐黄帝,黄帝乃令应龙攻之冀州之野。应龙畜水,蚩尤请风伯雨师,纵大风雨。黄帝乃下天女曰魃,雨止,遂杀蚩尤。魃不得复上,所居不雨。叔均言之帝,后置之赤水之北。叔均乃为田祖。魃时亡之。所欲逐之者,令曰:"神北行!"先除水道,决通沟渎。

——《山海经·大荒北经》

　　译文:有一位身披青衣的女子,人说是黄帝的女儿,叫女魃。蚩尤制作兵器率众攻伐黄帝,黄帝派遣应龙在冀州的原野上去迎战。应龙蓄起水来,打算水攻;蚩尤请来风伯和雨师,纵起暴风骤雨,使应龙的蓄水失去作用。黄帝降下作为旱魃的女儿,用浑身的热量止住了风雨。于是蚩尤被杀。魃神力用尽,不得上天,所居住的地方干旱无雨。叔均向黄帝建议,把魃安置在赤水的北边。解除旱灾后,叔均做了田神。魃不断从放逐地逃亡出来,为了把她轰回去,人们便用咒语向她祝告:"神啊!请向北去吧!"并事先清除水道,疏通沟渠,迎接天降大雨。

目 录
CONTENTS

引子 / 001
第十三枚卵 / 003
蚩尤出世 / 012
王母说变迁 / 018
轩辕求偶 / 027
古琴花韵 / 034
嫘姑招婿 / 041
巫真作法 / 049
十巫行动 / 056
天鼋剑 / 064
炎帝家事 / 071
二八神 / 077
巴蛇吞象 / 084

朱明与句龙 / 092
东海流波山 / 101
君子国 / 107
风雨情缘 / 114
力牧戍边 / 121
应龙出世 / 127
女娃逃婚 / 134
俞冈除瘟 / 141
行修、术器与寒流 / 148
九黎之长 / 154
淖子择夫 / 160
少昊醉酒 / 167
碧霞仙子 / 173

泰山石敢当 / 181

女娲授艺 / 187

女枢论政 / 194

昆吾铸鼎 / 200

一闪霞奇相 / 206

义封雷神 /212

争鼎之战 / 219

首阳山祭天 / 226

共工失九土 / 232

夸父追日 / 239

天弩射日 / 245

儿女情长 / 251

神女庙 / 258

引 子

据司马迁在《史记·五帝本纪》中的记述，上古时两次著名的大战，即炎帝与黄帝之间的"阪泉之战"和黄帝与蚩尤间的"涿鹿之战"，都发生在河北省涿鹿县的桑干河畔。如今，这里修建了一座三祖庙，里面供奉着炎帝、黄帝和当时东夷部落集团的首领蚩尤。炎帝陵在湖南，黄帝陵在陕西，这两处祖先遗迹每年都要举行盛大祭奠活动。但蚩尤埋葬的地方至今不知在哪里，更没有人专门为他举行纪念活动。

三国时的魏国学者编撰了一部名为《皇览》的书，书上说，蚩尤冢在东平郡寿张阚乡城中，高七丈，民众每年的十月都要去祭祀。坟丘上有赤气冒出，像一匹红色的丝绸，人们把它叫作蚩尤旗。当时的寿张县，如今隶属于山东聊城市阳谷县。清明前夕，我与友人慕名前往踏访、祭扫，看到的却是一个被当地人称为皇姑冢的土丘。据说，这是唐朝皇帝李世民的干女儿的坟墓。我们初步勘探证实，这是一处龙山文化遗址。当地研究者根据史料多方论证，认为这里就是古阚乡城所在地，眼前这个在平川上突兀而起的土丘，就是《皇览》上所说的蚩尤冢了。听说离这里不到十公里处还有一个墓冢，也可能是蚩尤冢。当我们赶到那里时，看到的却是一片平展展的麦苗地。据当地人说，原来的确有一个土丘，早就被推平了。我们也只能相信，这一带仅存的所谓皇姑冢，就是失踪多年的蚩尤冢了。

五千年前的封土遗址蚩尤冢，怎么变成了唐朝皇帝李世民干女儿的坟，也就是皇姑冢了呢？历史老人究竟是怎样变的戏法呢？我踏着返青的麦苗，脑海里浮现出几幅亦真亦幻、海市蜃楼般的历史画面：

周朝的开国元勋姜子牙祭起封神榜，封完三百六十五位正神，便急匆匆地赶往自己的封地齐国。他的旧部将帅与封神榜上列位的神仙，闻讯纷纷赶来护驾。哪吒三太子单枪开路，哼哈二将联袂压后，浩浩荡荡，好不威风！一路走来，鬼神精怪无不慌忙避让。忽然，前面一道赤气冲天，云如血染，晴天响起几声霹雳。众人正在惊奇，只见哪吒倒提金枪狼狈逃来，禀告："师叔，大事不好！前面似有鬼打墙当道，侄儿冲突不下，差点儿遭擒，请速定夺！"子牙掐指一算，惊出一身冷汗：原来兵主、战神蚩尤在此，小的们怎敢耀武扬威！连忙跳下坐骑，摆开香案，就地祭奠。赤气渐渐消退。子牙带领众人封土添坟，命神祇将帅各归其所，只带族人家臣上任去矣。

历史翻到刘邦与项羽逐鹿中原、争霸天下这一页。那项羽"力拔山兮气盖世"，神力无匹，刘邦部将闻风丧胆，屡战屡败。刘邦忽然想到，上古时黄帝曾画蚩尤图形震慑诸侯，平定叛乱，我为何不借战神蚩尤的威名以壮军威呢？于是每逢出兵，都要杀牲取血，祭奠蚩尤，染旗帜，血衅战鼓。这一招果然灵验，将士们胆气大壮，同仇敌忾，垓下一战而胜西楚霸王。做了皇帝的刘邦感谢蚩尤，为他修建祠堂，并在他的墓前立了一方石碑，上书"蚩尤冢"三个篆字。

到了明朝永乐年间，由于兵火连年，鲁西平原已经人烟稀少，荒野无边。从山西大槐树迁来两户移民，在蚩尤冢旁定居下来。由于风雨侵蚀，石碑上"蚩尤冢"三字已模糊不清。移民们根本不知道还有个叫作蚩尤的人物，所以无论如何也猜不到他头上；而称作皇姑的，不论哪个朝代都会有一大群，她们的坟也时有所见。于是老乡自然而然地把"蚩尤冢"误读成"皇姑冢"，还编了个美丽的故事，让这位皇姑与山西人最熟悉的皇帝李世民攀上了亲属关系。

赫赫战神蚩尤，竟戴着少女皇姑的面纱隐身地下，长眠不醒。

五千年前，炎帝、黄帝和以蚩尤为首的东夷部落集团，在东方大地上繁衍生息、征战融合，开创了灿烂的中华文明，他们都是我们的人文初祖。但后来，蚩尤的形象逐渐被丑化、被淡忘了，蚩尤也被赶出了华夏祖先神的殿堂，只有苗、黎等少数民族，还念念不忘这位开山鼻祖。这里的主要原因，是当年蚩尤竟敢"作兵伐黄帝"，还曾经使黄帝大丢面子，不得不以九战九败的战绩退出中原。

蚩尤最终败给了黄帝。但秦汉以前的五帝和圣王们都不敢小看他，散布在各地的东夷人还在时时纪念他。只是到了汉朝以后，黄帝在历史上的地位越来越高，不允许任何人稍有侵犯，根据"胜者为王败者寇"的逻辑，蚩尤的被忘却也就是当然的了。下面这个传奇故事，就是想探讨华夏五千年文明之源，恢复蚩尤作为战神的本来面貌，以及探究他和炎帝、黄帝等诸位祖先神之间曾经发生过的恩怨情仇。什方子叹曰：

炎黄在哪里？
在香火缭绕的神坛上，
在落日反照的霞光里。

蚩尤呢？
他在坟墓里，
在历史的哈哈镜里。

其实，他们都在这部书里。

第十三枚卵

本书所讲述的故事，发生在五千年前中华文明刚刚透出地平线时的炎帝、黄帝时期。在这之前，我们必须先把镜头向更为遥远的年代延伸，认识一下几位古老的洪水遗民。他们是伏羲、女娲、西王母和东王公。大胆的想象家，会说这几位高人是地球上前世文明的幸存者；我们无法考证，只好认为他们是玄奥莫测、不见首尾的资深神仙。

人类诞生在三百万年前。此后，在漫长的沧桑之旅中，人类经过了地球上四次大的冰川期。最后一次冰川期，在一万八千年前达到高峰，而在一万一千年前气候转暖，进入间冰期。此时，冰雪消融，江河横溢。中亚、蒙古高原上的积雪融化后，留下厚厚的一层浮尘。尘沙被狂风扬起，形成普天彻地、经久不息的沙尘暴。据专家考证，黄土高原就是沙尘暴积年累月堆积而成的。当时天地混沌一片，不见日月，使旧石器时代的幸存者迷失了已往的人类记忆。盘古开天辟地的传说，大概就是先民们留传下来的、神话了的模糊印象。而此时发生的全球性大洪水，则给人类带来了永不忘却的灾难。神话传说中的人类始祖，一般追溯到大洪水时代也就到头了；在中国，他们就是伏羲和女娲。

天地茫茫，风云骤起。一条神龙在空中飞舞，一道闪电通天彻地。电光中，一只硕大的葫芦随波逐流。雷声惊天动地，葫芦应声炸开，从里面跳出两个小人来。小人迎风速长，原来是一对青年男女。

男的叫伏羲，龙行虎步，目光如炬，手中拿着一件长方形器具，叫作矩；女的叫女娲，凤目蚕眉，长发飘逸，雪白的长臂上挂着一样半圆形器具，叫作规。两人自称兄妹，从遥远神秘的华胥国来到此地。据说，华胥国是母系氏族社会，实行族外婚制，本族中同一辈分的男女，皆以兄弟姐妹相称，严禁相互通婚。伏羲和女娲同为国中蛇氏族青年，并不一定是一母所生。伏羲的母亲华胥，因踩到雷神的大脚印，感孕而生下伏羲，因而生有异相。那华胥国，乃是高度发达的神仙国度。国中不设长官，人民没有贪欲，一切都顺其自然。但人人身怀绝技，履水腾空，登高涉险，如行平地；赴汤蹈火，剑砍斧剁，不伤毫发，不知痛处。伏羲与女娲在国中出类拔萃，神通广大，此次出行，是受族人的委托，寻找两位名叫羲和与常羲的姐妹，她们分别驾着太阳车和月亮艇出游，与家中失去了联系。伏羲和女娲手中的规与矩，是他们的兵器兼万能工具，可用来回收太阳车和月亮艇。

二人巡视大地，但见洪水汹涌，无边无际。一个个山头，像漂浮在大海中的孤岛，成了蛇虫猛兽的避难所。人类多半葬身鱼腹；免于水患者，也被禽兽啄食殆尽。

伏羲坐在方坛之巅，仰观星空变幻，静听八面来风，画八卦推演天地万物变化的玄机；制作图谱标示山川地理形势，谋划治水方略。那女娲施展一日七十变的神威，斩断巨鳌四足，用以支撑天地；擒杀兴风作浪的黑龙，稳住天下水势；引天火炼就五色神石，补圆塌陷漏雨的天穹；焚烧遍地生长的芦苇，用灰土填埋洼地积水，使平原再现陆地。

大业初就，万物复苏。伏羲制作了一台二十五弦琴，女娲也自制了一台二十五弦瑟，二人弹唱行吟，用自己的激情，给荒凉的大地注入活力。他们所到之处，但见草木滋生，禽兽繁衍，一场浩劫过后，人间又恢复了生气。

幸存下来的原始居民还没有走出躲藏的地方，伏羲和女娲走遍广袤的大地，只是不见人迹。兄妹俩用尽胸中所学，也造不出活生生的人来。事到如今，女娲心急如焚，提议兄妹成婚，繁殖人类。伏羲怕坏了族规，遭受天谴，决定请示上天，看天意能否给予通融。[1]

月朗星稀，没有一丝儿风。山顶上燃起两堆烟火，两股浓烟平行上升，直挂星际。兄妹俩跪在地上默默祷告："若允许我二人成婚，

---

[1]（唐）李冗《独异志》："昔宇宙初开之时，只有女娲兄妹二人在昆仑山，而天下未有人民。议以为夫妻，又自羞耻。兄即与其妹上昆仑山，咒曰：'天若遣我兄妹二人为夫妻而烟悉合；若不使，烟散。'于烟即合，其妹即来就兄。"（录自袁珂《中国神话传说词典》）

请使烟柱靠拢合一。"

　　大地万籁无声。伏羲和女娲仰望纹丝不动的烟柱，疑团满腹，渐感失望，于是各自弹起琴瑟，抒发心中的幽怨和感伤。野兽停止了奔跑，飞鸟落在树上，连悠悠白云也驻足谛听，不忍离开。忽然，哗啦啦一阵响声过后，山林里飘出一股旋风，围火堆绕行一周，两股烟柱迅速扭缠在一起。女娲一怔，随即一声惊叫，扑到伏羲怀里，兄妹俩相拥而泣。此时，他们的琴和瑟也合二为一，变成五十弦，后来命名为花韵。花即华也，用以纪念他们的出生地华胥国。

　　乌云四合，电闪雷鸣，倾盆大雨直泻下来。雨幕中，怪事发生了。只见伏羲和女娲的下体渐渐变作蛇身，一阵扭动，两尾交合。霎时，天摇地动，龙吟凤鸣，群山为之呼啸。大地沸腾了！无数凶禽猛兽围聚山头，声嘶力竭地号叫——不知它们是为新人类的诞生而欢呼，还是在为自身天敌的降临而悲鸣。

　　霞光万道，一轮红日喷薄而出。女娲捡起十二枚卵——那是她与伏羲人类爱心的结晶——用精心调制的黄土泥巴，糊了一层坚硬的外壳。然后，她派遣十二只凤鸟，把卵送往四面八方。

　　她累了，舒服地躺在草地上，目送白云悠闲地飘过。忽然，放置在一起的规和矩相互碰撞，发出阵阵嘶鸣；继而化作一道金光，扑入女娲怀中。她顿感腹痛难忍，肝肠寸断。伏羲急忙跑来，发现女娲已产下一枚乌黑铮亮的石卵，兀自在地上蹦跳。

　　石卵有些重，并非石质。伏羲把它捧起，高高举过头顶，默问苍天。天地异常平静。在万籁俱寂中，他听到阵阵惊雷自远方传来，一股火辣辣的热血在胸中激荡不已——他们播下了人类，也播下了战火。伏羲仰天长啸，将石卵抛向空中。一只大鸟突然飞来，叼起石卵，振翅向东方飞去。

　　话分两头。就在女娲和伏羲冒天下之大不韪再造人类时，另一位仙人西王母也在为延续人间香火费尽心机。昆仑山脉的深山里，有一个好去处，洪水再大，也无法光顾这片净土。它叫西王国。此地群山环抱，中间是平坦的草原。四周山头上白雪皑皑，飞鸟难越；山坡间林木森森，禽兽出没；碧绿的草原上百花争艳，粉蝶翩翩。草原中间有座玉山，山下有宽敞明亮的天然洞穴，高堂大屋，石桌玉床，宛如高级工匠开凿雕就一般。玉山的南面，有一片明镜似的湖泊，状似月牙，名曰瑶池。

那西王国的主人，便是闻名遐迩的西王母[1]。她名曰王母，实际上还是个未婚未育的黄花大闺女。只是出世久远，谁也不知道她青春几何，芳名何谓。据说，她年少时得到一本秘籍，便开始进行长生不老药的研究，并培育出多种有助益寿延年的瓜果桃李。她术业有成，得道成仙，永远留住了青春的容颜和激情。西王国的臣民，都是些个仙姑和神兽。你看，她们正在草原上翩翩起舞。西王母身材修长，腕若白玉，蓬松的黑发上，装饰着玲珑碧玉；虎头面具，豹尾长裙，使她显得既婀娜多姿，又神秘莫测。此时，只见她摘掉面具，柳眉紧蹙，似有无限忧愤在胸中翻动。她离开众人，快步登上山巅，张开双臂，放声高歌：

> 四野荒兮，
> 我心寂兮，
> 有谁来兮，
> 观我蹈兮。
>
> 四野荒兮，
> 我心焦兮，
> 有谁来兮，
> 听我啸兮。

---

[1]《山海经·西山经》："又西三百五十里，曰玉山，是西王母所居也。西王母其状如人，豹尾虎齿而善啸，蓬发戴胜，是司天之厉及五残。"

四野荒兮,

我心槁兮,

有谁来兮,

食我桃兮。

四野荒兮,

有谁来兮,

解我忧兮,

复以乐兮。

歌声悲壮激昂,如泣如诉。一向豁达乐观的西王母,为什么如此忧伤呢?

都是洪水惹的祸。

那西王国虽处流沙之外,大荒之中,却是个名胜去处。西王母天姿国色,其声韵舞姿,摄人心魄。常有仰慕者,跋山涉水,前来一睹芳姿。更有修仙求道诸辈,不畏险阻,到此拜师求药。西王母热情奔放,天生喜欢热闹,又乐于助人,常使远方来客流连忘返。

而如今,四野茫茫,不见人烟,怎能不令她悲痛欲绝!

西王母歌罢,泪流满面,岩石般站立着。她的心随着目光飞向远方。

一轮明月冉冉升起。她毅然走下玉山,从石室中捧出一颗斗大的青果。这是当年一位求爱者送来的,说是吃了此果,能启动凡心,增强求偶欲望。

她分给仙姑们每人一块,命她们走遍天涯,去寻找情郎,生儿育女,撒播人类的种子。

她也吃下一块,渐觉春心涌动。但堂堂王母,早已盛名远播,怎好下嫁? 此婿难择啊!

青果的果核似葫芦状，十分好玩。王母童心大发，决定用它去撞婚，任从天意安排。

西王母唤来侍女希有，把撞婚的任务交给她。这希有本是天帝女儿，名叫鬼车，她不愿婚育，却嗜好偷抱别人家的娃娃喂养，经常被人状告天庭。[1] 天帝拿她没办法，只好把她下放到西王国劳动教养。每当西王母出行，希有就变作赤喙白爪的大鸟，充当坐骑。天帝在昆仑山顶为她立下一根铜柱，叫作天柱。希有想家时，登上天柱，天柱便会自动升高，将其送上天庭。西王母也沾了希有的光，可以乘坐天柱往来于天地之间，省却了许多通关之烦和行程之累。[2] 由此可知，希有虽为使女，与西王母的关系却非同一般。

希有携带果核，肩负着西王母求偶生子的殷切希望，急急飞行。半道上撞见伏羲和女娲正在交配，心中大喜，便在空中盘旋，参观了全过程。此时，忽见石卵破空而来，铿锵有声，知其有异，于是啄在嘴里，找一个合适的地方进行投放。

也许是天道早有安排，也许是这几位遗老肩负着同样的使命，心有灵犀，女娲的石卵和西王母的果核都撞上了另一个当事人，他就是木公，即后来的东王公。

烟波浩渺的东洋大海中，有一处无底的大裂谷，叫作归墟。地上的江川、天上的河汉，日夜滚滚涌入，也不见归墟涨溢。归墟中漂浮着五座神山，仙圣们隐居山林，或炼丹修行，或研习天文术数，经常往来切磋心得，倒也自在。只是这些山漂来漂去，常失其所，给神仙们的交往带来不便。于是，他们串通起来，联名上书天帝。

---

[1]〔唐〕段成式《酉阳杂俎·羽篇》："夜行游女，一曰天帝女，一名钓星，夜飞昼隐，如鬼神，衣毛为飞鸟，脱毛为妇人，无子，喜取人子，胸前有乳。"袁珂曰即是"古获鸟""鬼车"。（录自袁珂《中国神话传说词典》）

[2]《神异经·中荒经》："昆仑之山，有铜柱焉，其高入天，所谓天柱也。……上有大鸟，名曰希有，南向，张左翼覆东王公，右翼覆西王母。……西王母岁登翼上，会东王公也。"

天帝害怕五座神山漂出自己的领域，造成土地和人才资源流失，就命令东海海神禺号想办法解决。禺号派遣十五只巨鳌，把五山托住，神仙们才得以安居乐业。

一日，从泰山来了一位仙人，自称木公。那木公身长一丈，头发皓白，人形鸟面，拖着一条虎尾，坐在大黑熊背上打瞌睡，任黑熊在五座神山中行走。当黑熊爬上最后一座山时，木公从梦中醒来，但见山势险峻，松涛阵阵，恍惚间似乎又回到故地泰山。木公大喜，从黑熊背上一跃而下，就将此山命名为岱舆，意为岱宗（即泰山）的飞地。

岱舆山上怪石嶙峋，飞瀑跌宕，风景很是可观。但野兽成群，树上草间，到处都是蛇虫，不太适合居住，因此诸仙少有涉足。这也正合木公心意。他寻到一个大山洞，命黑熊守住洞口，并在周围撒下一种叫作龙涎精的粉末，蛇兽嗅其香味，皆退避三舍。木公安置好行李器具，便开始了他的研究工作。

物换星移，春来秋往，又不知过了多少岁月。一日，木公心中一动，想回故居泰山看看。他吩咐黑熊看家，便呼口气化作一片白云，置身其上，腾空飞起，风驰电掣而去。

泰山顶上，乱云飞渡。大鸟希有穿云破雾而来，盘旋三圈，落在树枝上。它的口中衔着女娲生下的第十三枚卵，昂首向远处张望。这时，树上伏着一条青蛇，突然向希有发起攻击。希有猝不及防，"啊"的一声惊叫，本能地弹离开来。但口中的石卵却落入蛇口，被那青蛇吞下。

希有回过神来，愤怒地向青蛇发起攻击。它一只爪紧紧抓着果核，另一只爪忽地伸长，闪电般地向青蛇抓来。青蛇不敢招架，翻身坠入草丛，钻进岩洞。

"天意呀，天意！"这时，故地重游的木公恰好经过这里，目睹了青蛇吞下石卵的全过程，口中似有所悟地咕哝着，转身登云飞去。希有一见有人，才想起自己的撞婚使命，遗憾地离开泰山之巅，一路尾随木公飞向东海。后来，希有把遇见女娲兄妹成婚、泰山蛇吞下石卵的事儿向西王母做了汇报，西王母很是高兴，说："女娲兄妹是来拯救大陆的，我们可以放心了。"接着又意味深长地说："天地万物往往匪夷所思，石卵落入蛇口说不定还是一种奇缘呢！你也用不着生气。"

木公在岱舆岛上着陆。希有爪中抓着葫芦状的果核低空滑翔，向木公靠近。猛然间，从海中钻出一物，虎身双翼，体大如牛，夹风带雨向希有撞来。木公认识，这只非兽非鸟的动物叫虎鹰，乃是横行这一带海、陆、空的三栖恶煞，常低空飞掠虎豹，所向无敌。

说话间，只见大鸟身形未动，凭空拔高数丈，闪过虎鹰的偷袭；然后一个空中滚翻，就势滑近木公，抛下果核，木公伸手接个正着。此时，虎鹰正向这里冲来。木公正待出手，只见大鸟巨翅一扇，将虎鹰拍下地来，随即扬长而去。那虎鹰号叫着窜入海中。

木公破开葫芦，才发现是个大果核；用果核做瓮盛储山泉，即刻变成了琼浆，醇香扑鼻。木公大喜过望，捧起来一气灌到肚里。他还没有来得及放下酒瓮，就一头倒地，烂醉如泥。

这一醉，便是沧海桑田。

就在木公醉入梦乡的当口，一场灾难降临五座神山。归墟的南面，有一个龙伯大人国。其国人身高百丈，力可拔山。一日，国中举行祭典，须用万年乌龟壳进行占卜。于是派人来到五座神山下，甩下钓竿，一举钓住六只巨鳌，扯回国去。其余巨鳌见阵势已破，也趁机溜走。五座神山又开始漂泊。神仙们见大人国如此霸道，便纷纷逃离，只撇下木公还在醉梦中快活，悠悠然向北漂去。

蚩尤出世

木公醒来时，正值夜间。他仰观天象，细细推演星座变化，不觉惊出一身冷汗来。他发现，自己的岛国，已把他挟持到了北极；一梦之间，牛郎织女在鹊桥约会也该有数千次之多了！他叫醒黑熊，开始沿海岸巡视领地。

岛上到处是皑皑白雪。昔日的树木花草、飞禽走兽，都不见了踪影。木公正在伤感，忽见一束荧荧绿光在雪地上闪烁。这是一支玉管，有笛子那么大小，上面雕刻着一道闪电和一条鳄鱼的图案。

木公眼睛一亮，知道自己发现了宝贝。这是龙伯大人国的图腾柱，是他们的镇国之宝，不知为什么丢在北极，又变得这么小。木公想到这里，手中的玉管忽然暴长三尺，发出耀眼的光芒。几乎就在同时，海底传来惊天动地的轰响，海岛被抛离水面，又结结实实地摔下来。紧接着，海浪从四面扑向岱舆岛。

一惊之下，木公和黑熊急忙跳在空中。此时，玉管发出悦耳的鸣声，向海面射出三道红色的光束。光束所指，只见三座圆丘状的小山缓缓浮出水面。木公定睛观看，原来是三只巨大的乌龟，被三条红线牵住，一动不动地伏在水面上。

看过这惊险的一幕，应该补充交代一下来龙去脉。

当年龙伯大人国钓走巨鳌，破坏了地上神仙们的家园，惹得天帝发怒，对他们的掠夺行为进行了严厉惩罚。天帝把龙伯大人国所在的岛屿连根拔起，让他们也尝尝漂泊的滋味；其国民身高也每年按比例降低。龙伯大人国的钓竿，本是他们的图腾柱，也被揉搓揉搓扔在岱舆岛上。天帝还向四海发出通缉令，悬赏捉拿临阵逃跑的巨鳌。这三只巨鳌为避免惩罚，一路追踪岱舆岛，赶到北极把它托定，算是主动归岗。今天，龙伯大人国的钓竿突然闪现，巨鳌们大吃一惊，怕被钓去遭受揭壳之苦，不约而同掉头便跑，但还是没有逃脱钓竿的神威。

看到钓竿如此神奇，木公忽然来了灵感。他把钓竿插入岩缝，命乌龟起航。于是，三只大乌龟拖着一座海岛，巍巍然航行在大洋中。

物换星移，又不知流过多少时光。只见岛上生机盎然，渐渐恢复了旧时模样。木公是通过服用自制丹药修行得道的，因此养成了炼丹癖，不管捡到什么石块，都要放到丹炉里冶炼，希望生出好东西来。因此，每逢遇到陆地或岛屿，他都要停泊，上岸搜集玉石样品，以备冶炼之用；只是没有遇见天火，无法支灶开炉。眼见得岁月蹉跎，木公心急如焚。

一日夜间，岱舆岛来到东海水域，木公发现海面突起一座小山，山顶红光万丈，直冲霄汉。他纵身跃起在空中，看明白那是一座活火山。火山口岩浆蒸腾，不时发出低沉的轰鸣。

木公想到个好主意。当年女娲曾用火山岩浆炼石补天，我为什么不能利用这天赐神火呢？他驱使乌龟拖动岱舆岛，在离火山不远处定居下来。木公做了个炼丹炉，把玉或石头放在里面，挂在钓竿的红线上。吊竿一节节自动拉长、延伸，把丹炉送到火山口，借助岩浆的高温进行冶炼。

日复一日，木公乐此不疲，只是没人与他交谈，不免感到寂寞。黑熊倒是个能干的助手，但表达感情的方式实在笨拙——木公开始思念自己的同类了。

西王国的果林里桃梨飘香，传来欢声笑语，仙女们正在林间忙碌着。负责为西王母取食四方的三青鸟之一的大鹏，手提一篮鲜桃，向玉山洞穴走来。一只大鸟从空中俯冲而下，不等着陆就化作希有，飘然落地。

"找到了！找到了！这回可找到了！"希有拍着巴掌大叫。

西王母从洞口探出头来说："鬼丫头，今天怎么疯疯癫癫的？你可从来没有这样激动过。你究竟找到什么啦？"

"我终于找到他了。"希有上气不接下气地说。

"你先吃个鲜桃，慢慢说。"西王母拉她坐在玉阶上，顺手从大鹂篮子里拿个鲜桃递过去，"你说的那个他是谁呀？"

"就是那个撞上果核的男人。"希有说，"那年我携带果核给王母去撞婚，把果核抛给了他。"

"那是哪辈子的事了？"西王母不无怨气地说，"这些年他都死到哪儿去啦？怎么到现在才冒出来？"

"我每年都去东海巡视一遍，直到今天，才看见三只巨鳌拖着一座岛屿从北方漂来。"希有说，"现在岛上只有那个人和一只黑熊，我们得赶紧去截住他，若不然，他说不定又跑到哪儿去了。"

"当时是为了生儿育女，才忙活着去嫁人。"西王母回忆说，"如今地面上人口繁殖越来越多了，连吃饭都成了问题，只好到处烧山围猎，使许多禽兽都绝种了，我们还去凑那热闹干什么？"

"可是……"希有欲说又止。

西王母问："可是什么？鬼丫头今天说话怎么吞吞吐吐的？"

"我说了您老可别生气。"希有说，"当时您可是说过，不管撞上哪个男人，您都要嫁给人家。"

西王母拍拍脑袋说："我说过这话吗？"

"是您当面交代给我的，"希有认真地说，"要不希有也不会老操着这份心。"

"希有说得不错。"大鹂插话道，"正是您老人家表示要以身作则，我们才不敢偷懒，都张罗着找男人生孩子。"

"既然这样，那我就只有去嫁人了。"西王母说，"凡是说过的话，一万年也得算数；这不才过了六七千年嘛，怎能赖账呢！希有，咱们去会会他。"

希有背起西王母腾空而起,变作大鸟飞上天空。

大鸟载着西王母从泰山上空飞过。地面上冲来一股肃杀之气,金戈铁马、鼓角争鸣之声隐约可闻。

"下面好像有什么动静,飞低些看看。"西王母说。

大鸟滑翔回旋,沿山谷低空飞翔。一条又粗又长的青色蟒蛇进入视野。蟒蛇在山间滑行,前有狼豺开道,旁有虎豹护驾,它的背上有一个四岁左右的小儿,时而俯伏,时而倒立、折跟头,随意玩耍,甚是可爱。青蟒不时回头伸出舌信子舔一下孩子,流露出十足的舐犊之情。它显然是条雌蟒。

"希有,把下面那娃儿给我取上来。"西王母说。

"我早就改邪归正了。"希有说,"王母,您是不是在考验我的改造效果呀?要偷要抢您自己看着办吧,希有可不想落个死不悔改的罪名。"

"鬼丫头,鬼心眼儿越来越多了。"西王母说,"这小儿可不是个良家俗子。我成全你的一片诚心,你可要保证以后真的不偷孩子了,我也可向你老爸复命了。"西王母从头上拔下碧玉簪,出手变作一条更粗更长的黄绿条纹相间的雄蟒,色彩鲜亮,蹿上去与雌蟒并肩滑行,虎豹狼豺一哄而散。

那小儿好奇,一跃跳上雄蟒,手舞足蹈地欢叫,不停地来回翻跟头。雄蟒突然加速,腾空而起,携带着孩子逃之夭夭。雌蟒发现不速之客把孩子劫持走了,吼声如雷,慌忙飞身追赶。两条蟒蛇你追我赶,惊得飞禽走兽四散奔逃。那孩子见状愈加高兴,大感刺激,抱着雄蟒大嚷大叫。

西王母和希有站在泰山之巅的观日石上,一声呼哨,雄蟒应声飞蹿过来,无声地在西王母的手掌中变作一只碧玉簪。那小儿,则稳稳地落在她的怀里。小儿看到希有,嘻嘻一笑,冷不丁地挣脱西王母，一头扎进希有怀里。

"鬼丫头，你施了什么邪术，竟让孩子对你如此着迷？"西王母惊异地说，"怪不得偷起孩子来总是得心应手。"

"王母，你又揭人家的疮疤啦！"希有撒娇地说，"在您老人家面前，哪个还敢使手脚啊？"

说话间，青色雌蟒尾随而来，见两位丽人金光护体，不敢冲撞，落下地面，把头颅高高仰起，面对二人突然开口说话："尊贵的上仙，感谢二位赏识我的孩子，现在可以还给我了吧？"

"他是你的孩子？有名字吗？"希有问。

"我给他起名叫蚩尤。"雌蟒说。

"蚩尤？为什么起这么个怪名字？"西王母问。

"他是我生的，只不过是泰山脚下的一条虫而已，因此以'蚩'为姓，"雌蟒有板有眼地说，"不过，我希望他能变成一条龙，所以取'尤'为名。"

"名字起得好！"西王母赞道，"为了儿子，可见你用心良苦哇！"

希有见蚩尤趴在自己胸脯上一个劲儿地亲吻，好像孩子见到久别的母亲一般。她心中一动，忽然想起很久以前在泰山遭遇青蛇的那件事儿。"莫非眼前的蟒蛇就是几千年前那条青蛇？"她犹疑地瞄一眼西王母，西王母只是会心地抿嘴一笑。

"你说蚩尤是你的儿子，"希有试探着问，"你呼唤他的名字，看他会不会跟你走。"

"那有何难！"蟒蛇自信地说，接着柔声呼唤："蚩尤，我儿蚩尤——"

蚩尤在希有怀里如醉如痴，听见雌蟒呼唤，只是回过头来迷茫地看了看，又钻进希有怀里。

"蚩——尤——！"蟒蛇拉长声音呼唤，见蚩尤仍然不为所动，伤心地说："我的儿，妈妈怀胎六千九百九十九年才生下你，怎么见了仙姑就不认妈了呢？"

"你真的怀胎六千九百九十九年?"西王母问。

"泰山作证。"蟒蛇点点头说,两眼流泪。

希有将上一军问:"想你一条蛇身,怎能生下一个人类娃儿呢?"

"仙姑差矣!伏羲、女娲也是蛇身,如今的人类不都是他们生殖繁衍的么?"蟒蛇不卑不亢地回答。

"伏羲、女娲虽是蛇身,但当时他们已是神仙之体,变化之身,阴阳交合,情感激荡,自然可以化生万物,包括人类。"西王母说,"而你已修炼六千余年,如今仍不显人形,可见缺少了神仙宿根,只不过是条普通的蛇虫而已,怎能与伏羲、女娲相提并论呢?"

"上仙所见极明。"蟒蛇说,"凭小蛇的天分,本来是生不出人形活物的。这个精灵是天赐的一枚石卵,借小蛇的腹孕育而成的。"

西王母和希有相视而笑。她指着希有问:"你认识不认识她呀?"

蟒蛇身体前倾,仔细审视,摇摇头说:"卑身无缘结识这位高贵的仙姑,不敢妄自高攀。"

希有把蚩尤送给西王母,蚩尤哭闹不肯。西王母对着蚩尤轻轻吹口气,他打个哈欠倒在王母臂弯里进入梦乡。西王母笑笑说:"你的孩子和这位姑娘有缘,你也应该认识她,再仔细看看。"

希有摇身一变,变成一只赤喙白爪的大鸟,展翅欲飞。

"你认识它吗?"西王母又问。

"它就是给我投放石卵的青鸟,"蟒蛇不假思索地说,"我一直在寻找它。"

"你找它干什么?"西王母问。

"我想知道孩子的来历。"蟒蛇回答说。

希有恢复人形,从西王母手上接过孩子,说:"现在你知道了,这个孩子本来是我的,现在应该还给我了吧?"

蟒蛇说:"不对!如果是你产的卵,当初你为什么不自己孕育呢?有这样不负责任的母亲吗?"

"这……"希有一下噎住了,不知如何对答。

"好了，好了，"西王母及时给希有解围说，"告诉你吧，那枚石卵是伏羲、女娲爱心的结晶，是他们产下的第十三枚卵。依我说，蚩尤应该属于天下。你为孩子的诞生付出了辛劳，这是上天的安排，也是你的荣幸。现在我想把他带走，还给天下，你不会不同意吧？"

"我与孩子有几千年的母子之情，离开他我会非常痛苦。"蟒蛇涕泪涟涟地说，"但是，他不能永远守在我身边，那样一辈子只配做条虫。我同意您的安排，我祝贺他碰上了好运气。"

蟒蛇凑近希有，轻轻舔一下熟睡中的蚩尤，说："孩子，去吧，妈妈准备随时为你牺牲自己的一切。"蟒蛇说完，一步三回头地渐去渐远。

西王母和希有唏嘘不已，携蚩尤重新升空飞去。

王母说变迁

木公头戴鱼皮高帽，身披树皮蓑衣，盘腿坐地，俨然一位渔翁。他正在专心致志地守着钓竿炼丹。一只大鸟从木公头顶掠过，抓走他的帽子。木公抬头，发现鸟背上有人。他惊喜地跳起身来，呼口气化成一片白云，双脚踩上，一阵风似的追赶上去，大声喊叫："不要走——停一下——"

大鸟在岛国上空盘旋，木公紧追不舍。大鸟穿过一片云层，木公继续盯住不放。大鸟急剧下降，落在黑熊身上。木公风风火火地赶到，发现大鸟变成了自己的帽子，扣在目瞪口呆的黑熊头上。

"咦？这是哪个不知厉害的家伙，竟敢捉弄我木老爷子？"木公叫道。

黑熊向上翘翘嘴巴。木公恍然大悟，一拍脑袋说："肯定是她！……不，是她俩！"

希有刚才拔根羽毛变成一只鸟，捉弄了木公一下，她则背着蚩尤从山石背后转了出来。西王母紧随其后。

"喂，那个男人，你疯疯癫癫地在跟谁说话呀？还不快前来拜见！"

木公趋前几步，抱拳致意说："好人西王母啊，只有你还可怜我这天涯沦落人哪！"

"咱俩从未晤过面，你怎么就知道我是谁呀？"西王母诧异地问。

"天上地下，骑着大鸟到处风光的女人能有几个呀！"木公久居荒岛，连个人影都见不到；如今见到两位仙女，一下来了精神，恭维说，"天上不说，在人间，你西王母可是个公众人物啊，我这两只眼睛怎能不识贵人呢！还有这位鬼车天姑，你赠送的那个酒葫芦好生厉害；我只喝了一葫芦酒，竟然被流放到北极醉卧了几千秋！"

"那是你撞上好运了。"希有说，"人们梦寐以求的是酒色财气，你不光撞上了酒运，还撞上了桃花运。这不，好事儿接二连三地找上门来了。"

希有瞟了一眼西王母，木公隐约感到了一点儿什么，望着西王母雍容华贵的身姿，暗自欢喜，但不露声色。

蚩尤醒了，一眼看见大黑熊，挣扎着出溜下地，利索地跨上熊背，一溜烟钻进树林里。

"等等我！"希有一边喊，一边扯起裙摆就地打个旋，忽地变作一只花喜鹊追上去。

"看来天帝这位女公子的癖好未改，还是喜欢把别人的孩子偷来养，连西王母你也无奈其何。"木公评论说。

"你冤枉好人了。"西王母柔声说，"这丫头自从到了西王国一直规规矩矩，再也没有偷抱过别人的孩子。这个孩子叫蚩尤，是我从一条蟒蛇身边收养来的。"西王母声音柔和甜美，和传说中狮吼虎啸大相径庭，很快就赢得了木公的好感。

"蚩尤身上好像有一块显眼的胎记。"木公说。

"我已经仔细看过了,像是一副弓箭。"西王母说,"蚩尤本是伏羲和女娲兵器的化身,在蟒蛇肚子里孕育了约七千年才降生。他这个时候来到人间,看来天下有事了。"

"这七千年的岁月我是在梦中度过的,不知世上发生了什么事?"木公问。

"说起来话就长了。"西王母说,"哎,你也该有个窝吧,总不能让客人站在日头下给你讲故事吧!"

"我一见到你就糊涂了。走,咱们到我的宫殿里谈。"木公拉起西王母走进山洞。洞中燃着两根油木照明,胡乱摆放着几件未经雕琢的玉石用具,再靠里是个卧榻。木公拿出金丹、松子等招待西王母。

"阁下先别忙着张罗,我还不知道您的尊姓大名呢!"西王母笑着说。

"木公。木头疙瘩的木,公嘛——"他狡黠地一笑,"就是公母的公……这么说是有点儿占你的便宜了。"

"我们都一大把年纪了,心里有话就别掖着藏着了。"西王母直截了当地说,"我这次来寻找你,就是要履行七千年前的一个诺言,打算嫁给你了。"

"嫁给我?"木公有点儿吃惊地问,"你说的可是真的?"

"一个姑娘家还能开这等玩笑吗?"西王母妩媚地一笑,环顾山洞说,"不管是狗窝熊窝,本王母就在这地儿住下不走了。我看你能说会道的,并不木讷,就改名叫东王公吧,岱舆岛就叫东王国。这样一来,我这西王母、西王国也算有了配对了。"西王母就是西王母,作为母系社会的首领,她的霸气一有机会就暴露无遗了;这不,人家还没有答应,她就俨然以主人自居,开始发号施令了。

木公一把抓住西王母的手,激动得好一阵子说不出话来,于是转身拿起酒葫芦,说:"喝酒,喝酒,喝喜酒!"

但是,他盯着葫芦一下呆住了,双手不住地颤抖。

"你是怎么啦?"西王母惊异地问。

"不,这酒不能喝。"东王公推开酒葫芦尴尬地说,"这葫芦酒一落肚,我们就会一醉千秋,走不出这个洞穴了。"

西王母拿过葫芦仔细看了一会儿,说:"噢,原来是那颗青果核,正是它把我引到这里来的,应该是我们的天媒。如果能和一个男人同醉千秋,长眠不醒,我西王母也不枉这辈子嫁过一次人了。"说罢,仰起脖子咕咚咕咚喝起来。

东王公伸手抢过葫芦,一气灌进肚里。西王母扑过去,两人倒在卧榻上。

岱舆岛上碧海青天,一轮明月当空,月光如水。希有悄悄地走近洞口,只听洞里传出西王母说话的声音:"你不是说,喝了这葫芦里的酒会一醉千秋吗?我看你不仅没醉,精神头儿反而越来越足了。"东王公说:"当时我形影相吊,寂寞无聊,酒不醉人人自醉。大概是天帝可怜我吧,于是把我送进梦乡去打发时光。如今是良宵美景,洞房花烛,美人相伴,醇酒提神,这才叫男女搭配,喝酒不醉,醉也不睡……"

"好啦,好啦!别贫了。"西王母打断他的话说,"我也被你折腾得毫无睡意了,干脆就趁这机会给你补补七千年的历史课吧!这段经历太长,我只能拣紧要的说说,你可不许打瞌睡哟!"

蚩尤和黑熊跑来。希有急忙摆手,示意他们回去。西王母下面讲的都是希有亲眼见过的事儿,她不怎么感兴趣,于是轻手轻脚地离开了。

西王母说,大洪水过后,大陆气候温暖,雨量充沛,万物欣欣向荣。伏羲、女娲生下的十二枚卵在天南海北繁衍生息,一两千年间,大地上便冒出众多的人群。伏羲发明弓箭和网罟,教民众渔猎。当时人类同兽类一样，还处于群婚状态，近亲婚配，一代不如一代。于是，伏羲和女娲制定了一条制度，规定一个女人生下的孩子要起一个共同的"姓"，同姓男女，也就是一母所生的兄弟姐妹之间，不许婚配。这就是"姓"最初的由来和"伏羲制嫁娶"的主要内容。伏羲升天后，女娲接替为王，以姓为依托实行母系氏族社会，并组成大大小小的部落。他们的后代中有一支较为强盛的部落，以渔猎、采集为生，沿渭水、大河逐水草而迁徙，最后在淮水、海岱等沿海广大地域繁衍生息，建立了太昊、少昊诸部落，人称东夷。当时的大陆上禽兽多而人少，人类共同的目标是适应自然，营造自己的生存环境。不管是哪个氏族，或是哪个人有了发明创造，为人类生存做出了贡献，都会受到各氏族的拥戴，被推为领袖。如发明在树上筑巢、解决居住安全问题的有巢氏，以及发明在地上造屋的大庭氏，等等。到了大庭氏时代，人类已走出洞穴和树巢，居住到聚落里。这些聚落，由半地下的土木结构房舍组合而成。在人群聚居的大村落周围，还挖有壕沟，以防野兽侵害，后人就把它称为方国。

据说大庭氏时代有个氏族叫有蟜氏，姓公孙，与少典氏互通婚姻。有蟜氏后来分为两支，其中一支居住在姬水，因此以"姬"为姓；另一支居住在姜水，以"姜"为姓。姜姓氏族也沿渭水向东迁徙，逐渐形成较大的族团。其中一个善于用火的部落称为烈山氏，在围猎时往往放火烧山，用以驱赶和围堵野兽。久而久之，他们发现，过火的空地上能长出颗粒更为饱满的野果，以供采集食用；于是发明了刀耕火种，开始推行五谷种植，人们的食物从此又有了新的来源。烈山氏受到推崇，它的部落首领被拥戴为所有农耕部落的共主，号称炎帝，代代相传。[1] 后来，一位名叫安登的姜姓女子，在华山遇到神龙而怀有身孕，生下个头上长角、酷似牛首的男孩。男孩喜好种植，他捡到一株凤凰抛下的九穗禾，培育成为一种良种粟，使庄稼年年获得丰收，从此开创了农耕时代，被称为神农氏。

---

[1]《国语·鲁语上》："昔烈山氏之有天下也，其子曰柱，能殖百谷百蔬。"

神农氏教民众广种百谷百蔬，深受爱戴，在常羊山被公推为炎帝，替代了擅长放火烧山的烈山氏炎帝。[1] 神农炎帝设立日中为市，倡导以货易货，使百业兴旺，人民安居乐业。历代炎帝以德行彰示天下，以解除人民疾苦为己任，行俭居陋，自食其力；不设官衙军备，民无负担，自然而然，天下大治。

土地上的收获，使人民得以果腹，生活安定下来。但瘟疫和疾病的不断发生，仍然严重威胁着人类的生存。先世神农为寻找可以食用的植物，曾遍尝百草，积累了一些有关草木性味的知识；到了五世神农炎帝，从动物自我疗伤的现象中受到启发，开始有目的地寻找可以医疗疾病的药物。为此，他以身试毒，亲自体验草药的毒性和疗效，曾经一日中毒七十余次。[2] 他发现了有益人体健康的茶叶，并配制各种能够解毒的饮料，随时饮用，才每每躲过危险。但最后，神农五世还是被断肠草夺去了生命。当今神农炎帝继承祖志，继续采药行医。一次，他发现一条赤链蛇正在捕食一只大蟾蜍，于是伸手掐住蛇头，让蟾蜍挣脱逃走。没想到赤链蛇"哧溜"一声蜕下一层皮，变成一条赤褐色的鞭子。神农将其命名为赭鞭。用赭鞭抽打不同的草木，便呈现深浅不同的颜色，以此可以辨别其毒性大小，免除了神农亲自尝毒之苦。[3] 人们说，赭鞭是神农五世的化身，是来帮助后代完成他的夙愿的。因此，人们把赭鞭当作神农炎帝的标志性物件，敬之如神。"如今在位的是神农炎帝六世，他既是种植行家，也是一名神医，仁行天下；不只是炎帝部落，连一些蛮夷部落也尊其为天子了。"西王母说。

"你对神农氏了解得这么详细，看来关系是不一般了。"东王

---

[1]〔唐〕司马贞《史记·补三皇本纪》："炎帝神农氏，姜姓，母曰女登，为少典妃，感神龙而生炎帝，人身牛首，长于姜水，因以为姓。"（录自袁珂《中国神话传说词典》）

[2]《淮南子·修务训》："神农尝百草之滋味，一日而遇七十毒。"

[3]〔晋〕干宝《搜神记》卷一："神农以赭鞭鞭百草，尽知其平毒寒温之性，臭味所主，以播百谷。"

公说。

"我的弟子听詙（yāo）就是当今神农炎帝的母亲，这些故事都是她讲给我听的。"王母说，似乎没有嗅到东王公话音中的酸味儿。

"听你说来，这炎帝对人类的贡献可谓大矣。"东王公改口称赞说，"民以食为天嘛！当初伏羲结网罟，制弓箭，教民众捕鱼狩猎，都是为了解决原始初民的吃饭问题。但鱼虾和禽兽是自然繁殖的，毕竟数量有限，无法满足人类快速繁衍的需要。神农炎帝开创了农耕生产，大地无私，阳光雨露慷慨，人们只要辛勤劳作，便可有收获得以果腹。我看神农氏炎帝可与伏羲、女娲齐名，后人再难有超越者，应该把他们三位列为三皇，以示尊崇。"

"你的见解确实高明，我对你的提议举双手赞成。"西王母说，"世道有盛就有衰。神农六世以来，天下谷物大丰，人口大增。但是，各部落的势力也随之膨胀起来，弱肉强食之风渐行。目前，炎帝族团内部的几大部落之间，已经开始发生摩擦。神农炎帝的无为而治受到了时代的挑战，无力约束豪强，开始走下坡路。我看，又要有一位神勇人物出来收拾局面了。"

"那个姬姓氏族后来怎样了呢？"东王公意犹未尽，于是问道。

"有桥氏姬姓那一支以游牧为生，在北方辗转迁徙，逐水草而居，联合其他游牧群落，逐渐形成部落集团。"西王母说，"二十年前，有桥氏女子附宝在祁地放牧，忽见一道耀眼的电光环绕北斗枢星，心有所动而怀孕。二十四个月后，附宝在寿丘生下一个男孩，乳名玄津。[1]这孩子生有异相，聪慧超常。不瞒你说，他可能是天鼋星君下凡。玄津少小时便离开母系家族，外出游学，先后问道于中黄子和崆峒山的广成子等先世遗圣，也到西王国来求过学，学就经天纬地之才。再加上他天生刚毅宽厚，风流倜傥，青年时便成为号召群雄、一呼百应的北方领袖人物了。为适应经常处于迁徙状态下的游牧生

---

[1]《史记·五帝本纪》注："黄帝……母曰附宝，之祁野，见大电绕北斗枢星，感而怀孕，二十四月而生黄帝于寿丘。"

活,便于携带帐篷等用具,玄津发明了可由牛马驾辕拖动的双轮大车,因此,自号轩辕。轩辕摈弃母系氏族的家庭生活方式,向神农氏学习,打算建立以男子为中心的家庭。轩辕曾向希有求过婚。希有足智多谋,自然是他的好搭档。但我不吐口,希有是不会答应他的。我鼓励国中女子与来访男子幽会,并为她们设置了闺房;但为保全国体,严禁外嫁不归;而且规定,若生下女孩,必须落籍西王国,以延续西王国作为女性国度的体制。"

"唉!你这不是误人青春嘛!"东王公不以为然地说。

霞光染红了半边天,太阳还没有露面。希有捧着一葫芦蜂蜜,蚩尤倒骑黑熊,从山林里钻出来。只听山洞那边响起悠扬的歌声:

　　日将出兮,
　　莫太匆忙,
　　且沐浴兮,
　　等我衣裳。

　　日将出兮,
　　莫太匆忙,
　　止扶桑兮,
　　观我梳妆。

　　日将出兮,
　　万丈光芒,
　　伴我歌兮,
　　远播四方。

听完歌声,希有自言自语地说:"这个老姑娘终于嫁出去了,看来,她对这门亲事还算满意。"

"是谁在背后嘀咕我呀?"随着话音,西王母走出洞口。只见她长发蓬松,身着白色长裙,绿地素花披肩,未施粉黛,飘飘然风韵天成,真乃一代仙宗气派!

希有吓了一跳,忙在蚩尤耳边说了句话。蚩尤一蹦三跳地跑到西王母面前,朗声叫道:"姑姑和我祝奶奶、爷爷新婚快乐,与天地同寿,日月同光!"

这一下轮到西王母吃惊了。她双手举起蚩尤,目光停留在那块状似弓箭的胎记上,面色凝重。

"奶奶不喜欢我。"孩子见她脸色有异,挣扎着就要下地。

西王母回过神来,亲一口他的小脸,说:"奶奶喜欢你,只是你太乖了,奶奶想看看你那块胎记到底是什么。"她转身问希有:"鬼丫头,你用什么神通,使这孩子在睡梦中学会说话的?"

"他好像早就会说。"希有说,"蚩尤和我一样,都喜欢夜间活动,我们痛痛快快玩了一通宵。他懂多种兽语,是个语言天才;听到我说话,他好像恢复了记忆一样,很快就变得伶牙俐齿了。"

东王公从洞房出来,说道:"来,来,大家都来吃金丹。"顺手塞进蚩尤嘴中一粒。

这时,一只小虎鹰叼着一条青蛇从头顶掠过。蚩尤一跃揪住蛇尾,想把蛇救出鹰口。小虎鹰力气很大,竟连蚩尤也凌空提溜起来。等众人发现时,蚩尤已被拖至水边。

"小心!"希有惊叫。她的话音未落,只见蚩尤身上寒光一闪,小虎鹰一头栽进水里。

轩辕求偶

希有闪电般地冲过去捞起蚩尤。西王母和东王公也凑上来，眼见得他那块胎记还在一闪一闪地发光，渐渐恢复平静。青蛇趁乱逃走，小虎鹰则被潮水推到沙滩上。蚩尤轻轻拍打着奄奄一息的小虎鹰，说："姑姑，它睡着了，你能把它叫醒吗？"

"爷爷的金丹能救它，你去讨一粒吧！"希有说。

"有了。"蚩尤吐出那粒还没来得及下咽的金丹，塞进小虎鹰口中。小虎鹰很快活过来，扑棱一下飞走了。

"此儿大有慈悲心肠，爷爷再赏你两粒金丹。"东王公大加赞赏说。

西王母在海岛欢度蜜月，兴致正浓；那希有也在蚩尤身上尽情地宣泄母爱，两人乐而忘返。一日，大鹂飘然落地，提篮里放着一些荔枝。

"快来看哪，大鹂送好吃的来了！"希有迎上去说。

"临来时不是说过了吗？我要是嫁了人，就入乡随俗，有啥吃啥，不劳你千里迢迢送饭吃了，怎么又找来啦？"西王母埋怨说。

"我是来送信的，"大鹂笑笑说，"顺便捎点儿荔枝给新郎做个见面礼。"

"我听说大鹂为西王母取食四方，过关斩将，是个厉害角色，没想到还这么有人情味儿。"东王公高兴地拈起一串荔枝递给蚩尤，说道，"来，咱爷儿俩先打打牙祭！"

西王母问："大鹂，送什么信啊？"

"轩辕派快马来报，说他要到西王国来拜见王母，现在正走在路上呢。"大鹂说。

"自打拜我为师后，轩辕每次来都赶在桃子熟的时节。如今不时不响的，又赶上我有事儿，他来凑什么热闹？不见！"西王母不高兴地说。

"轩辕说，他有件紧要的事儿，必须面见王母，"大鹂说，"若见不到您，他就在西王国一直等下去。"

"还是回去接见一下吧，人家轩辕如今也算是个腕儿啦。"希有劝说道，"咱们和他见一面再飞回来不就得了。"

"动不动就飞来飞去的，会让别人笑话我西王母一辈子没有嫁过人。"西王母说，"一年相聚一次也就行了，若是两情相悦，又何必朝朝暮暮黏在一起呢！不过，"西王母转头对着东王公，"咱的蜜月还没度完，要不你跟我到西王国住段时间吧！"

大鹂附和说："对，您应该陪新娘去回一下门，大家还都等着要见新郎官儿呢！"

"我多年没露面，都成古董了，就不跟着你到处走动了。"东王公哭丧着脸说，"但愿你常来看看我，不然我就变成荒岛上的一块石头了。"

"你可不要驾着东王国跑得太远，总是让我牵肠挂肚的。"西王母鼻子一酸，差点儿掉下泪来。

"好啦，好啦，刚才还说何必朝朝暮暮呢，怎么又上演起儿女情长、生离死别来了？"希有打趣道，"来，大家吃颗荔枝就算告别吧。听人说'新婚不如小别'，暂时分别一下，说不定会带来更甜美的感觉呢！"

两头黄牛拖着一辆双轮大车，在一望无际的草原上不紧不慢地行进。大车有一副丁字形的车辕，两畜并驾齐驱。赶车的是位中年人，他叫左彻，是轩辕的舅舅。轩辕肩宽腰圆，双目精光烁烁，骑马跟在大车后。四周散布着羊群、牛群和马群，远接蓝天白云。

"吁——"左彻吆喝牛停止前进,回头对轩辕说:"前面就是阴山,我看不要再往西走了。神女庙庙会日期临近了,咱们也该回头往东挪动了。"

"舅舅,我不想去赶庙会了。"轩辕说。

"为什么?"左彻感到奇怪,"只有在庙会期间才容易找到可意的姑娘,年轻人哪个不往庙会上跑?何况每年才有这么一次。"

"我一直想组织自己的家庭,并为此到处寻觅女伴。"轩辕无奈地说,"前两年在庙会上交了几位女朋友,可她们谁也不肯离开家族跟我走。"

左彻说:"自古以来就是人们不知其父,只知其母,子女随母姓,家族由女人掌管。你要改变传统,怕是很难的。"

"舅舅,这种传统是需要改变的时候了。"轩辕说,"就拿我们家族来说吧,您是主要劳力,牛羊主要是您挣来的,我们兄弟姐妹是您抚养大的。可是,您的亲生骨肉在哪里呢?难道您不想念他们吗?难道没有想过给他们留点儿什么吗?反正我们这一代男子都在考虑这个问题。炎帝氏族中凡实行女到男家、子随父姓的氏族,男人的积极性都调动起来了,族群也壮大起来了。我们如果还沿袭旧俗,怕是要落伍了。"轩辕的情绪有些激动。

"其实我也是有想法的,只是怕触犯族规,才没敢轻举妄动。"左彻说,"目前男子要求当权的呼声更高了,你本人也有一定的声望,是男人翻身的时候了,舅舅会全力支持你。只是不知你母亲会不会设置障碍。"

"母亲认为我是天神投胎下凡,不管做什么都应该是符合天道的,同意我另立门户。"轩辕说,"下一步我要去拜会一下西王母,然后到南方神农氏炎帝那里走走,有合适的姑娘就娶来做妻子。其实,我已经派人去通知了。"

黄昏时分,狂风大作,云山汹涌而来,闪电通天彻地,霹雳惊天动地。

左彻脸色煞白，急促地说："孩子，你刚才的言论触怒了上天，天神向你示警了！"

"炎帝当时推行男权制时，也遭到过天神轰击吗？"轩辕问。

"那是免不了的，离经叛道总是会遭受磨难的。"左彻说，"不过，农耕生产更需要身强体壮的男子汉。男人们执掌家政后，责任心大大增强，农业生产得到了很大的发展。大概上天也知道顺应民心，于是后来就默许了，甚至承认了。"看来左彻对男权论早有研究。

"我也会让老天承认的。"轩辕自信地说。这时一道闪电划破天空。

"舅舅你看，这些闪电有名字吗？"

"你听！"左彻说。

雷声隆隆，在轩辕头顶上连连炸响。

"这隆隆的吼声就是天神的名字。"左彻说，"它们也像牛、羊、鸡、鸭一样，总是不停地自报姓名。"

"'隆'就是'龙'，你说闪电就是我们崇敬的龙？"轩辕问。他悟性极强，一点就通，且可举一反三。

"对。"左彻说，"闪电出没于云雾之间，可大可小，可明可暗，呼风唤雨，变化无常，正是天神们惯常显现的形象。人们根据它隆隆的吼叫声，呼其为龙。"

轩辕一跃站到马背上，大声呼喊："神龙们听着，我轩辕欢迎诸位大驾莅临草原，请你们把我的话上奏天帝：我族男子打算废除母权，改行父权，娶妻生子，重建家国……"

闪电灼到头顶，霹雳在耳边炸响。轩辕怒发冲冠，弯弓搭箭向空中怒射，引来一个接一个的霹雳。左彻跪在地上大声求告："我的老天爷啊！这孩子年轻气盛，不知好歹，您就给他留下一条小命，让我这当舅舅的代他受过吧！"

大雨如注。轩辕头顶上有气如虹，他忽然化作一条龟龙，就是天鼋（后世称为玄武），龟头蛇尾，鳞甲似铁，凛凛然横扫闪电。

闪电由近及远，雷声由大到小，随后云开雨止。龟龙也消失了，只见轩辕依然弯弓搭箭，怒目朝天。左彻趴在地上连磕三个响头，激动地说："你就是我们北方的天神！"从此对轩辕忠心耿耿，尽力辅佐，直到轩辕黄帝乘龙飞升后，他安排好继任登基，才成仙而去。[1]这是后话。

西王母刚从东王国回来，轩辕就风尘仆仆地赶来了。轩辕此来，名为问道，实为求婚。礼节性的接待和交谈之后，王母便请轩辕去参加篝火晚会。

半月悬空，繁星闪烁。西王国的广场上篝火正旺。男嘉宾们个个身手矫捷，跳起刚劲奔放的舞蹈。一群头戴面具、身披豹尾长裙的仙女翩翩来迎。麋鹿狐兔也跑来凑热闹，在人群里跳来跳去。希有偶尔摘下面具，露出自己的真面目。轩辕发现了目标，礼貌地与靠上来的舞伴道别，去追逐希有。希有时而与轩辕照一下面，又旋即躲开。这时，却有另外一位神秘的女郎，在悄悄尾随着轩辕。

月色渐暗，俊男靓女双双消失在夜色里。轩辕尾随希有，来到一处建有闺房的岩壁下。所有的闺房洞口都被下垂的青藤遮蔽着，希有的闺房门外有一株蜡梅作标志。希有似乎没有发现身后的轩辕，拨开藤帘，自顾自地钻进闺房。他只好在门前徘徊。轩辕立志闯荡天下，需要有一位贤内助，希有青春而又成熟，窈窕而不轻浮，神通广大，足智多谋，又有广泛的神际关系，正是轩辕寻找的理想伴侣。轩辕曾经委婉地向希有表示过爱意，都没有得到她的回应。这次前来，他是决定要讨个说法的。

参星阑干。轩辕鼓足勇气走近洞口，隔着藤帘说："希有姑娘，你的美丽和情操让轩辕醉心已久。我这次千里奔波，是特意来向你求婚的，请允许我进洞饮杯茶好吗？"

---

[1]〔晋〕张华《博物志·史补》："黄帝登仙，其臣左彻者削木像黄帝，帅诸侯以朝之。七年不还，左彻乃立颛顼。左彻亦仙去也。"

"轩辕是令女人向往的男人。"希有说，"但我却不打算嫁给你。"

"为什么？"轩辕问。

"原因你是知道的，"希有说，"西王国有规矩，女子只可交友，不能外嫁随人出走。"

"旧规矩迟早都是要改变的，轩辕总有一天会把你接走。"轩辕有信心地说，"此时我可以陪姑娘共度良宵吗？"

"不行！"希有语气坚决地说，"还是请您另访其他闺房吧！"

"你可以告诉我拒绝我的理由吗？"轩辕韧性十足，继续问道。

"你不是例外。"希有说，"我总是这样拒绝所有求爱的男人。"

"难道你讨厌男人吗？"轩辕刨根问底，步步紧逼。

"不，"希有内心十分压抑地说，"我喜欢有魅力的男人，包括轩辕。正因为如此，我才不敢与你一夜缠绵。感情的闸门一旦打开，将无法收缰。我宁肯在睡梦里度过寂寞，也不愿在痛苦中彻夜难眠。……对不起，我要到天柱上去静修了。"希有走出闺房向轩辕点点头，变作鸟儿飞上高入云端的铜柱。

轩辕愣在当地，心中泛起无尽的惆怅。一阵琴瑟之音从另一处闺房传来，那琴声委婉缠绵，如泣如诉，似是一位满腹幽怨的女子在思念情郎。轩辕不由自主，寻声走到一间闺房门外。在这所闺房的藤帘外，一株粉红色的喇叭花含露吐蕊，正欲绽放。琴声扣人心弦，摄人魂魄。

轩辕听得如醉如痴，伸手去拉藤帘。琴声戛然而止，从里面伸出一只纤纤玉手，把他拉进闺房。琴声不再，西王国的夜又恢复了神秘的宁静。

那抚琴者名叫素女，她是黑水河神的女儿，是条美人鱼修炼成的美女。她来投奔西王母，为的是体味人间情趣。素女肌肤似雪，两只水汪汪的大眼睛顾盼传情。比众仙女技高一筹的是，除了琴艺超绝，她对房中术还有精到的研究。于是，轩辕一见倾心，为之颠倒。

第二天，西王母见轩辕喜盈眉宇，笑道："她同意了？看来这鬼丫头也想嫁人了。"西王母早知轩辕有帝王气象，很器重他，也很关心他。

"不，希有姑娘深受王母熏陶，门户很紧，看来鄙人是没这福分了。"轩辕不无遗憾地回答。随即，他眉头一扬说："我想把素女带走。"

"素女？你也被这妮子缠上了？"西王母面现惊异，但很快恢复了平静，"素姑娘很会讨男人喜欢，你要是爱她，就住下来守着吧；要带走，就坏了西王国的规矩，我是不能答应的。"当时仍处于生殖崇拜时期，像素女这样水性杨花的性自由行为，并不是缺点；只是轩辕是个天生的夫权主义者，对女人有独占的欲望，所以西王母不得不提醒他。

"谨听教诲。"轩辕抱拳一揖，转身走回素女闺房。

轩辕在西王国住下来，与素女天天唱和，夜夜缠绵，沉浸在温柔乡里，似乎忘记了他的人马牛羊还滞留在西海之滨。一日，昆仑守护神陆吾送信来，说天帝要在昆仑山五谷树下召开一次对话会，邀请西王母去赴会。西王母让希有招呼众仙女去摘桃子，好带去让天帝和诸神尝鲜。

"素女已经三天没有走出闺房了，好像是在陪客人，就不叫她去了吧？"希有说。

"九天玄女教给她一套闺中秘籍，遇上她喜欢的男人，不玩儿个够是不撒手的。"西王母笑笑说，"轩辕这次是遭遇桃花劫了。"

"您说是谁？轩辕？"希有吃惊地说，"他曾先后在中黄子、广成子那里练过先天功法，又拜在王母门下修过道，是个很有理智、很有自制力的男人，不会沉湎于声色而不能自拔吧？"

"啥样的男人也禁不住素丫头折腾，轩辕也不例外。"西王母嗔怪地说，"那天你要是让轩辕留宿一晚，他也不会被素丫头的琴声把魂儿勾走……我都嫁人了，你还守身如玉，做给我看哪！"

"我是怕轩辕要我跟他走,让您老为难。"希有辩解说,"轩辕与王母有师徒之谊,您得拉他一把呀!"

"男人一旦为情色所迷,任谁的说教都不起作用,九头牛也拉不回来……"西王母知道,自己种的桃李能使人长寿,却干涉不了人的情色迷局。但这时她忽然想起了什么,说道:"哦,对了,积石山里有一棵琼枝树,结有一种名叫琅玕的果实,可益心智,通魂窍,或许能够医治他的糊涂病。你通知大鹛取些来给他吃。"

古琴花韵

三青鸟是三只得道猛禽,赤首黑目,分别叫作大鹛、少鹛和青鸟,住在西王国南面的三危山上,专门负责为西王母送取食物。大鹛接到指示,便朝积石山方向飞去。积石山方圆千里,中间有一棵名叫琼枝的大树,高达百仞,冠覆千亩。它的果实是一种玉珠,大似鹅卵,光彩夺目,这就是琅玕。大鹛刚要摘取,忽听一声大喝,犹如晴天响起个霹雳:"何人如此大胆,竟敢盗我琅玕!"

大鹛是何等机敏,一惊之下,早已循声扑去。

喊叫声来自一箭地之外一棵高大的服常树上。只见一人骑在树杈上,两肩托着三个脑袋。其中一个须发皆张,目若朗星;另外两个似未睡醒,嘴里还在咕哝:"一轮到你值班就瞎咋呼,让人睡不成觉!"

大鹛轻轻落在服常树的高枝上。她忽然想起来了,这就是琼枝树的守护人三头离珠。当年她来取琅玕时,这里并没人看管;后来,炎帝把琅玕作为祖神火凤凰的专用祭品,才派人保护起来。听说,离珠目明,六只眼睛瞪起来,在周遭千里之内,可明察秋毫。他被大材小用，平时三个脑袋轮流值班，一个站岗，两个打瞌睡。因为长年无甚大事，渐渐麻痹起来，相互间还经常斗嘴，只是为了消磨时光。

大鹂觉得好玩，想和他开个玩笑。她变作一位妙龄女郎，脚踩随手摘下的一片树叶，飘飘落地，向离珠道个万福，娇滴滴地说道："小女子受西王母派遣，前来取几枚琅玕，请壮士不吝赐予。"

离珠自到任以来，就没有见过人影；偶有猫鼠鸟蛇来偷食，都被他毫不客气地赶跑了。此时忽见一位风情万种的仙女出现在面前，顿时失了方寸；那几句勾魂挠心的话语，更令他心猿意马，于是，语无伦次地连忙说道："你要……你好……好，好，我去摘，我这就去！"

"不行，不行！上面有规定，谁要也得经过祝融氏朱明大臣批准。"另外那两个脑袋睡意蒙眬，没有看见大鹂的倩影，也没有享受到她的玉音，闭着眼睛嚷起来，"就是咱们私自做主，也得三家表决！"

"好个吝啬鬼！这树是天生地长的，人人有份；何况当年炎帝吃过我家王母种的桃，还没有还人情呢！"大鹂大怒，把俏脸一抹，变作大鹰，双翅连扇几下，便在平地刮起一阵怪风，直向服常树袭来。离珠大惊，赶忙跳下地来，三个头死命抵住树干，大树才没被刮倒。当他有暇抬头观看时，那鹰已用利爪折下一枝琅玕，绕树一周，扬长而去。

离珠的三个大脑袋同时晃了晃，说："好厉害！惹不起，惹不起。"接着又互相埋怨起来。

素女的闺房不大，陈设简单，铺着鱼皮的卧榻占去一大半。壁上镶嵌一枚夜明珠，暖光融融。卧榻上摆放着两个玉枕和一张古琴。这时轩辕刚刚睡醒，歪在卧榻上养神。素女端着水晶盘进来，盘子上有两枚琅玕。

"姐妹们都去桃林了,我也不好意思老窝在洞里陪你。"素女说,"趁我离开这会儿,你去看望一下放牧的族人吧。听说他们曾到这里来找你,怕是有什么大事吧?"

"你就是我最大的乐趣,除此之外天下再没有什么大事了。"轩辕拉她坐下说,"我不离开你,你也别离开我。"

"妾逗你玩儿呢,有你在这里,我怎舍得离开呢!"素女抱住轩辕亲昵,嗲声嗲气地说,"在我会过的男人中,你是最出色、最令我心醉的。"

两人缠绵不已。一股香味儿引起轩辕的注意。他嗅嗅素女的香腮说:"好特别的香味儿啊!你用的是什么香水?"

"我从来不用那东西,还有其他化妆品。"素女骄傲地说。她拿起一枚琅玕送到轩辕嘴边,"这是大鹏从积石山取来的果子琅玕,香气是它散发的。"

轩辕吃过仙果,也尝过金丹,但这琅玕既具草木之香,又有金石之味,真乃天下第一美食。一枚落肚,只觉得五脏六腑如沐天霖,头顶上百会蒸腾,心智大开。眼前出现一幅画面:他的管家,也就是他的舅舅左彻,正站在大车上向这里张望,盼他回去带领部落向新牧场转移。轩辕惊出一身冷汗,由于自己的沉湎,几乎误了部落大事。他对素女说:"不好,该向新牧场转移了。舅舅他们在等我,我得走了。"

"怎么一下子改变主意啦?"素女眼泪汪汪地说,"你走了,我以后的日子怎么过呀?"说着,两串眼泪便珠子般滚到面前的琴瑟上,她随手轻弹慢抹,把心中的哀怨寄托在琴韵中。琴声哀怨凄凉,如孤雁悲鸣,顿觉帘外秋风习习,落木萧萧。素女两颊红晕,梨花带雨,格外令人怜爱。轩辕两眼迷离,心旌摇动,热血沸腾,身不由己地将嘴唇凑上素女的面颊,拥着她动情地说:"我也离不开你。"他又坠入了情网,不能自拔。

待两人平静之后,轩辕似乎想起了什么,顺手拿起剩下的一枚琅玕吃下肚去。他又恢复了本性，周身的光环开始闪现，目放神光，左彻期盼的画面重新出现在眼前。

"我真的该走了。"轩辕口气笃定地说。素女幽怨地看他一眼，轻轻抹动琴弦。轩辕浑身一震，神情恍惚。他按住素女的手，一把将古琴揽在怀里，仔细审视起来。这把古琴由玉石、古桐木和不知名的丝制成，色呈乳白，触手温润。有五十根弦，一半赤色，一半绿色。琴身侧面的浮雕，原来是人面蛇身的伏羲女娲交尾图。轩辕恍然大悟。传说伏羲制瑟，女娲作琴，各为二十五弦；二人成婚后，便把琴、瑟合二为一，命名为花韵，大概就是眼下这台五十弦古琴瑟。它能唱出天下至音，人生妙谛。其琴音能使人心感到宁静祥和，具有一种神秘的力量。它能最大限度地张扬演奏者的内心情绪，俘虏听者魂魄。素女整日迷恋于男女性爱，使轩辕也几乎丧失本性，都是花韵神力所至。轩辕沉思良久。这次经历，让他初次认识到音乐的威力。他拔出宝剑，从自己的衣摆上割下两条丝锦，涂上树胶，用其中一条封住十二根赤色弦，用另一条封住十三根绿色弦。最后，他刺破中指，用鲜血分别在两道锦封上画上"×"字符号。

素女怔怔地望着轩辕，不知道他要干什么。这时，轩辕把花韵递给她，问道："它是从哪里来的？"

"是我家的镇宅之宝，父亲说它能保佑我平安。"素女答道。

"咱们德行浅薄，妄自挥霍先圣们的遗物，已经遭到了天谴。"轩辕神情严肃地说，"但在这台古琴里，蕴藏着先世的大智慧，如果弃而不用，也是罪过。我把它改为二十五弦，使其得以流传，也足够后人消受了。"他指着留下的二十五根弦继续说："赤弦十三，绿弦十二，一奇一偶，一阳一阴，阴阳消长互易，万物便可协调竞进了。"调整后的琴弦，阳稍胜于阴，体现了轩辕想用父系氏族替代母系氏族的改革思想，不过他没有讲。后人把夫妻关系比作琴瑟，便是由此而起。

轩辕让素女调整一下情绪，试弹改制后的二十五弦琴。素女一心想使轩辕高兴，尽量按他的要求去做。她想象大自然的美好，四季的变换，万物繁荣昌盛的景象，并信手弹来，渐觉心情舒畅。只见她白玉似的十指往来游走，轻拢慢捻，缓抹重挑，弦随指动，韵由心生，悠扬神奇的琴声，牵动天地共鸣。本是初秋季节，忽见天空阴云四合，其大如席的雪花飘飘落下；继而春风徐来，细雨润物，叮叮当当的泉水从山涧流下。此时，百鸟唱和，群兽起舞，美丽的凤凰鸣叫着上下飞翔。

当轩辕同素女双双走出闺房时，西王母和仙女们还在随着袅袅余音舞个不停。轩辕走到西王母面前，深施一礼，说："王母良苦用心，在下无以为报。"

"这是你的一劫一得，也是素丫头的造化。"王母平淡地说。又嘱咐素女："要珍惜这段情缘，要保护好琴瑟，今后说不定还有大用处呢。"素女连连点头。

希有拉着大鹏走来向二人道贺。轩辕说："我欲网空中鸟，却误得水中鱼；虽说是姻缘天定，毕竟心有余憾。希有姑娘，请你还要多多关照。"

"男人总是欲壑难填。"希有说，"你要是能把素丫头的心拴住，也就不愧是个神龟了。别老是吃着碗里占着盆儿里，一副馋相。"人们传说，轩辕是天鼋星座下凡，所以希有用这话揶揄他。轩辕只有笑笑，又对大鹏说："谢谢姑娘的奔波劳碌。"

大鹏说："你倒是该去谢谢那棵琼枝树，它要是不结果子，我到哪里去找啊！"

轩辕要去都广之野，想见识见识伏羲、女娲曾经攀缘过的建木，于是向西王母告别。西王母也不挽留，便送他上路。

轩辕的舅舅左彻，是他坚定的支持者。此公目光深邃，少言语，重承诺，对轩辕忠心耿耿。他率领族中子弟离开领地，追随轩辕辗转四方。轩辕在西王国逗留期间，左彻走访了西海周围的方国和氏族，订同盟，交朋友，并顺便让青年男女寻找配偶。此时，他们已收拾停当，赶着牛车羊群，跟随轩辕朝着东南方向迤逦而行。

一天，他们来到一座大山脚下。此山与他山不同，像是用巨大的石块垒起来的一样，没有山谷可以通行车马。轩辕忽然想起来，这大概就是大鹅给自己取琅玕的积石山，方圆有千里之遥。他与舅舅商定，由左彻带着大队人马牛车，沿草原地带南行，绕道进入都广；自己带几位弟兄穿石缝、翻山岭，继续向东南进发。

山间草木稀疏，岩石嶙峋，无路可走，他们只好下马步行。其实，轩辕坚持进山，还有一点儿想法，就是想去拜访离珠。天降三头人，定有奇用；自己千里奔波，就是为了发现、结交各方异才。

"来人站住，等我问话！"一声断喝，如晴天打了个霹雳，群山回声叠传，隆隆不绝于耳。

轩辕抬头观看，只见一人踏着岩石跳跃而来，其快如风，说话间便已立在面前。

来者便是离珠，他从来不需要自报姓名。只见他腿长腰粗，六只眼睛光芒四射，活脱脱像座瞭望塔。

轩辕哈哈大笑："三头离珠，果真名不虚传！在下北方轩辕，特来向你致谢。"

"谢我？"离珠摸不着头脑，诧异地望着眼前这位气度非凡的年轻人，"你就是大名鼎鼎的轩辕？我从来没有和你打过交道，谢我做甚？"

"西王国的大鹅来取琅玕，蒙你相赠，才使我解除心疾，不谢你谢谁？"

"惭愧，惭愧！那姑娘攻我个措手不及，抢走琅玕。我至今还没有想明白，凭我离珠，怎会栽在一只禽鸟手里？"离珠十分懊恼，眼睛也失去了光彩。

"人有失手，马有失蹄。老兄自有英雄事业，何必计较一时得失？"轩辕安慰他说，"何况，大鹅乃是神禽，凶猛而狡黠，为西王母取食四方，谁能阻挡？你遭遇此鸟却能全身而退，已属难得，有何惭愧？"

离珠茅塞顿开，笑道："人说轩辕是个豁达汉子，三句话就说服了我！我这就想随你闯荡天下，怎奈已答应人家看守这棵树，还不能离开，一俟任期届满，我就去找你。"

轩辕让人牵出两只犬。只见这犬头颅像雄狮，躯干赛牛犊，背生双翅。轩辕说："这对猛犬是西戎国送我的，名字叫作露犬，能搏杀虎豹，颇通人性，还可充当坐骑。你若不嫌弃，就收下作个见面礼吧。"

离珠大喜，也不道谢，就要上前接缰绳。只见两犬露出獠牙，嗡嗡欲吠；轩辕连忙伏身在它们耳边默念几句，两犬便摇尾上前，俯伏在离珠脚下。

轩辕不愿绕道去参观琼枝树，离珠便带他们从捷径走出积石山。当时轩辕大概不会想到，他的积石山之行，已给炎、黄大战埋下了导火索。这是后话。

轩辕一行爬上一座高山，此山积雪三尺，在融融的阳光下，涓涓雪水汇成小溪，跳跃着冲下山，形成道道飞瀑。俯瞰山谷，明镜似的湖水，倒映着蓝天白云和山坡上的古木苍林，宛若仙境。轩辕顿觉心旷神怡，真想放声高歌。

忽然，静谧的山谷间鼓角连天，从密林中冲出几支人马，叫喊着向山下飞跑。轩辕放眼望去，只见湖边有一匹骏马，头尾身长一丈有余，身体雪白，红色的鬃毛像一道焰火；特别是那双明眸，射出两道熠熠金光。轩辕想，这大概就是天下闻名的犬戎国文马乘黄，也叫吉量[1]。

山坡上的人群鼓噪着，距离愈来愈近；吉量似乎视而不见，听而不闻，只顾悠闲地散步、饮水。只听得一声呼喊："上，抛家伙！"

---

[1]《山海经·海内北经》："有文马，缟身朱鬣，目若黄金，名曰吉量，乘之寿千岁。"

几十个人便拉着绳网，甩着套马索，呼啦啦向白马扑去。

吉量突然长身直立，发出震撼山谷的嘶鸣；人们受此一惊，连人带马都趴在地上。那马四蹄腾空而起，越过人群，踏着溪水向山上驰去。这时，斜上方奔出一头青色花蹄牛，身高六尺，弯角似弓，四蹄宛如莲花；牛背上立着一位壮士，左手控纲，右手高举长鞭，直冲过来。那马吃了一惊，没料到这里藏有伏兵，慌不择路，掉头向山顶跑来。

轩辕见状，忙令从人排成弧形散兵线，就地伏卧在雪中。此时，只见白马踏雪无痕，轻飘飘飞云般来到跟前。一名子弟突然跳起，把绳索甩向马头。仓促间白马连忙把头一摆，躲过绳套，转身逃命。说时迟，那时快，轩辕飞身而上，顺手拽住马尾，就势跃上马背。白马连颠几下，背上毫无动静，像是一条龙贴在身上，自己完全被一种无形的威慑力所左右。

马长八尺为龙，已是灵物。吉量知道今天遇到了自己的主人，遂由恐惧变为高兴，踏着飞瀑激流，撒着欢儿奔下山去。那花蹄牛不待主人吆喝，也一路紧追不舍。

刚才那帮人还在乱哄哄地往山上爬。吉量好像故意向他们示威，踩着人头呼啸而过。人群一阵呐喊，掉头又来追赶。

嫘姑招婿

轩辕骑在马上，犹如风驰电掣，两旁山景一闪而过。他完全沉浸在腾云驾雾般感觉中，任凭白马在山谷间左绕右转，自由奔驰，花蹄牛已被远远抛在后面。

白马跑近一个三岔口，右边的山谷通向流黄酆氏国，左边通向西陵国，吉量跑进右边山谷；轩辕示意停下，把一条汗巾丢在地上，然后拨转马头，沿左边山谷跑下去。

前方两棵大树迎面而来，树冠枝杈交叠，形成宽大的绿色门洞。白马放慢速度，向门洞闯去。忽听一声口哨，十几名女子扯着一面大网从天而降，向人马罩来。轩辕见势不妙，随即翻身落马，一个就地十八滚，逃出伏击圈。回头看时，白马已被女子们俘获。

轩辕站定，大声喝道："你们是何处强盗，竟敢在光天化日之下拦路抢劫，难道此地没有王法吗？"声音高亢，青山为之呼应。

这时，大树背后又转出两排女子，把轩辕夹在大道中间。她们都是一样的打扮：头上扎着棒槌一样的发髻，漂亮的脸蛋儿涂抹着蚕蛾图案，左开衿的丝质短袍下面，露出一双光溜溜的大脚。随着阵势摆好，左队中站出一位容长脸、高鼻梁、身材颀长的女子，厉声说道："你说谁是强盗？你才是强盗！这地方是我国园林，你从园里盗马出逃，还骂我们抢劫，真是贼喊捉贼，实在霸道，给我拿下！"

众女子齐呼一声："接好！"便张口喷出缕缕丝线，射向轩辕，霎时织成网络，把轩辕困在中间。只要她们相对跑动，就会把他缠成粽子。

轩辕心想，她们大概就是人们传说的呕丝女吧！彼众我寡，不可轻敌，还是先下手脱困再说。

擒贼先擒王。轩辕在她们的队形欲动未动之际，疾若闪电般地向左队滑去，剑直指发布命令的那位女子。

众女子惊叫："公主小心！"

这时轩辕才知道，他的攻击对象原来是位公主。

那公主毫不惊慌，后撤一步，躲开对方一击；然后身若游蛇，迅速转出人群，同时命令："退下！"

众女子撤回大道两旁，只剩下两人对峙着，相距五步之遥。轩辕这时才看清楚，那公主的确与众不同，脸上的彩绘无法掩盖她的天生丽质，特别是那双凤眼，虽然此时乌云满面，也遮不住慈爱和宽容的本性。

公主似嗔似怒地说："看来你是个不肯由人摆布的人，但我现在和你没什么话要讲，只能把你缚回去说话。"

"一个姑娘家说这话太霸道了吧，当心传出去名誉不受打听，找不到婆家。"轩辕满不在乎地调侃她。

公主大怒，也不答话，从怀中掏出一个锦袋，随手抛向空中。只见几十只金灿灿的蚕蛾飞到轩辕头顶上空，霎时撒下黑压压的幼虫，转瞬间又变做千万条金头银体的成虫，首尾相连，互相牵挂。当轩辕意识到大事不妙时，他已经被封在一个硕大的蚕茧里面了。值得庆幸的是，金蛾子又从蚕茧里钻出来，飞入公主的锦袋，给轩辕留下几十个赖以活命的通气孔。

牛车载着大蚕茧一摇三晃地向前走。轩辕的全身被固定，只有眼珠和大脑能活动。他利用这段闲暇总结出经验教训：吃亏在自己大意，把这位美人看走了眼，让她出其不意的战术取得成功。下一步只能听天由命，见机行事了。费神无益，还是抓紧时间养神吧！他在摇床似的大车上进入梦乡。

当轩辕醒来时，蚕茧刚刚被剖开。只听一人惊讶地说："怎么网了个外地人？"

轩辕听那人话里有话，接上去说："怎么，本地也有像我这样倒霉的人吗？"说话间，人已在草堂中站定，发现面前立着一位满脸惊异的老人。

老人须发皆白，但精神矍铄。他身穿绿色丝袍，头戴山形帽，上面彩绘着金色蚕蛾图案。

轩辕从装束上知道他就是国王，忙施一礼，恭敬地说："在下来自遥远的北方草原，误入贵国宝地，惊动公主，还请老人家见谅。"

国王见此人器宇轩昂，眉目间透着一股英气，态度不卑不亢，彬彬有礼，已有几分敬意。忙说："小女鲁莽，多有冒犯，其中实有隐情，还请英雄海涵，请先饮酒压惊。"他把轩辕让到座位上，招呼上酒,"刚才您说从北方草原来,那里有个名叫轩辕的首领,可曾认识?"

"在下便是轩辕,不知老人家何以得知?"

"千里姻缘,上天为媒啊!"国王不回答轩辕的发问,却突发感慨。接着高擎酒杯,说:"今天是个好日子,来,干杯!"

轩辕摸不着头脑,糊里糊涂地跟着他干了一杯。

国王笑呵呵地说:"咱们慢慢喝,听我从头说起。"

这里是西陵国,现任国王是蚕王蚕丛的孙子。蚕丛培育了三千头金蚕,每年之初,分给每户一头,便可使他们的蚕虫大量繁殖,获得丰收,然后再把金蚕收回集中育养。当传到这位国王手中时,他的妹妹带着千头金蚕出走,去了东方。国王依照祖上规矩,常年携带家眷在境内迁徙巡视,教民众植桑养蚕。国中黎民居无定所,国王每到一地,人民便从四面八方赶来,会聚成市,进行交易。青年男女也在蚕市期间频频约会,谈情说爱。这里的婚姻形式灵活多样,可以女到男家,也可男到女家,男女青年朝分暮聚的走婚现象也很普遍。国王有一个独生女儿,芳名叫王凤,小名叫嫘姑,国王很想招个上门女婿,但嫘姑却没有什么表示。

西陵国紧靠都广之野,那里山环水绕,物丰民殷。其中有一个流黄酆氏国[1],是烈山氏南迁的一支。南迁后,女性国王又培育出适合南方气候的谷物粳稻,后代人也尊称她为后稷。后稷死后,安葬在一个大湖泊里,人们就把那湖泊叫作稷海。流黄酆氏国国王的第三个儿子叫叔均[2],小名三郎,天生聪明过人。他驯服水牛,拉着一种叫作耒耜的农具耕地,使粳稻的播种面积迅速扩展。由于有了可靠的食物来源,人民结束了采集牧猎的迁徙生活,开始在都广之野

---

[1]《山海经·海内西经》:"流黄酆氏之国,中方三百里,有涂四方,中有山,在后稷葬西。"

[2]《山海经·海内经》:"后稷是播百谷。稷之孙曰叔均,是始作牛耕。"

建屋定居，广布三百余里，百业兴旺。叔均发明的这种牛耕方式，也很快在农业地区得到推广。流黄酆氏与西陵氏农桑比邻，互通婚姻，国王两家又是世交，来往密切。嫘姑和三郎是青梅竹马的好朋友，两家老人早就看好他们是天生的一对；特别是西陵国国王夫妇，一直盼望着他们的掌上明珠把叔均招赘进门，帮着支撑门户。

在他们那里，婚配是青年男女自己的事，家人不去干涉，甚至不好过问。但嫘姑的婚事，事关金蚕继承问题，国王不希望叔均把嫘姑娶走。如果他不入赘，就沿袭走婚制，这样，嫘姑的子女还能够留在西陵国，继承养蚕事业。

国王从侧面问叔均，是否愿意到外族去做上门女婿。不料他毫不回避，直截了当地说："我曾多次向大姐姐表示过，愿意带着水牛农具，到西陵国来发展农桑。不过，她说谁能送她一匹金眼睛的红鬃白马，她就跟谁走。我已经派人外出寻找，到时我会让您老满意的。"

国王觉得女儿的聘礼要得古怪，与老伴商量，还是问一下好。嫘姑说："女儿有件心事，本不想惊动二老；既然叔均说了，我也只好禀明原委，免得二老心焦。我家金蚕乃天赐神物，应该造福天下黎民百姓。如今父母殚精竭虑，辛苦劳作，也只能惠及本土弹丸之地。我做过一个梦，梦见自己骑着金眼睛红鬃白马，日行千里，跑遍山河平川，教民众植桑养蚕。如果这个梦想变成现实，让天下黎民都能穿上丝织的衣裳，咱们西陵国才算完成了上天的重托，我们后代人才算没有辜负祖宗的心愿。我姑姑抱着这种想法，远离故土，女儿我怎敢贪图安逸而逃避责任呢？"

嫘姑一席话，听得两位老人热泪盈眶，抱着女儿放声大哭，眼泪湿透了衣衫。他们不是怕女儿离家出走，而是发现自己这个柔弱的独生女，竟有如此胸怀和雄心壮志，他们一辈子想做而没有做到的事，她却要义无反顾地去承担。老人发现西陵国的事业又有了新的希望，他们喜极而泣。

嫘姑理解父母的心，他们的泪水，更加坚定了她的决心。

国王讲完了，轩辕眼眶里也充满了泪水，直想滚下来。他不为痛苦流泪，只为舍身为民的激情而流泪。

国王心情平静下来，又想起了什么，说："前些天听说北山发现一匹金眼睛红鬃白马，我想，小女的梦果真上应天意，忙通知了三郎。他带着人马几经围捕，总是被它逃逸。今天你初到这里，就把白马送到了小女手中，这不是上天成就的姻缘吗？"

轩辕心里嘀咕，那头花蹄牛背上的青年，大概就是三郎叔均了。如果当时就知道他与公主的关系，自己会把马送给他，但是现在他有些犹豫了。

只听国王喊道："你俩快出来吧，他已经不是外人了。"

公主搀扶着一位慈眉善目的老太太走出屏风。老太太头发花白，长年野外操劳的岁月，在她黄黑的脸庞上留下几道皱纹。公主披发齐腰，筒裙及地，上身披件薄如蝉翼的丝巾；白玉似的面庞闪着红霞，飘飘然若天女下凡，同山野间那个养蚕女判若两人。如果这时再叫轩辕把白马让给叔均，他无论如何不会同意了。

轩辕迎上一步，恭恭敬敬鞠了一躬，说："在下轩辕，祝伯母身体康健。"

国母说："我在屏风后听到你们说话了，但只有老头子说个没完，大包大揽，还没听见你表态呢！"说着，和嫘姑跪坐在蒲团上。

"公主胸怀黎民，志趣高尚，令我十分敬佩；轩辕在有生之年，定要协助她实现美好的愿望。何况轩辕也曾立志匡扶天下，脱人民于蒙昧，今遇知音，岂非天作良缘？"轩辕说话的声音因激动而高亢。他望一望嫘姑，她只是抿嘴一笑，转过羞红的俏脸。

"传令万民聚会，庆祝公主成婚！"国王发话，"今天是好日子，开始散发金蚕，举国狂欢三天。"

夜幕降临，野外燃起堆堆篝火，男女老少围着篝火欢歌狂舞。当嫘姑拉着轩辕准备加入狂欢时，有人报告，从北面和西面驰来两股人马。北边来的是轩辕的随从，国王让先安排休息；西边来的是叔均，说话间已到面前。

"贤侄来得正巧，我刚要派人去通知你，你大姐姐要成婚了。"嫘姑比叔均大两岁，平时称呼她为大姐姐，国王才这么对他说。

"没想到大姐姐这么快就找到意中人了。我只是来打听一下，我送来的那匹金眼睛红鬃白马，是不是收到了。"原来叔均在岔路口发现轩辕遗下的汗巾，向右边山谷追去；到了山外，人们都说没有看见骑白马的人，才知道中了人家的计。此时叔均已经估计到后果，但咽不下这口气，才跑来讨个说法。

"什么？那马是你送来的？"国王吃惊地问。

"不信，您问这位大哥，是不是我把马赶下山的？"

众人都把目光投向轩辕，只有嫘姑不动声色。

轩辕微微一笑，说："不错，是这位老弟赶着马下山的。"

"既然是我把马赶到西王国来的，也就是我送来的，只不过马上多个人而已。大姐姐，你要的东西我可是送来了，该怎么办你拿主意吧！"叔均想用聪明的头脑挽回败局，说出的话似乎颇有道理。

国王乱了方寸，只怪自己没有调查清楚就草率决定，委屈了这个好侄子，还落个失信于民的名声。嫘姑明明知道叔均用的是狡辩术，但事关自身婚事，也不好当面与他争辩。大家一时很是尴尬。

轩辕本来不想介入，这时只好出来打圆场，说："白马是这位兄弟赶来的，却是我骑来的，究竟算是谁送给公主的呢？这事很难让父老们裁判，我们兄弟俩也不好互让，那样会亵渎公主人格。我提个解决办法不知妥否？"他见没人反对，便接着说下去："眼下这马还是匹野马，难做公主坐骑。我和三郎兄弟可以比试比试，谁能驯服它，就算是谁送给公主的。"

"好，好！还是这位大哥高明，就这么办！以跑马三圈为限。"

还没等轩辕话音落地,叔均就叫起来。他本来没抱什么希望,现在一看有了机会,赶紧抓住。

一边是自己早就看好的故人之子,一边是刚刚首肯的乘龙快婿,国王恨不得再生个女儿,把他们二人都招进门。但眼下只好通过公平竞争摆平了。

广场上篝火通明。吉量被牵出来,叔均跃跃欲试,俏皮地对轩辕说:"老兄,你大丈夫做到底,小弟要先试试运气了。"他想,自己能制服发疯的野牛,双手能分开抵架的公牛,还驯不服一匹马!说罢,便来个旱地拔葱,向吉量扑去。

吉量见轩辕在场,正翘着尾巴"咴咴"地轻声叫着向他走来,忽见一个精壮汉子从斜上方凌空扑下,双手双腿紧紧夹住自己的脖子和肚皮,大脑袋挤压住鬃毛。吉量一气之下,猛颠一通,没有奏效;它使出绝技,两腿直立,仰天嘶鸣,谁知那脖子上的两臂反而愈勒愈紧,令它几乎喘不过气来。吉量想,今天怎么啦,又遇到一位高人,好马不事二主,我得想个法摆脱他的纠缠!

只见白马不蹦不跳,踏着碎步老老实实地小跑。"好!"众人以为白马被制服,连声叫好。叔均不敢大意,手脚丝毫没有放松。

只剩下不到一圈了,眼看胜利在望,周围呼叫声此起彼伏。叔均抬起头来,想向人们笑一笑,展示一下胜利者的姿态;忽然,一束拂尘一样的兵器扫向面门。大惊之下,他下意识地急忙用双手遮挡。就在这时,白马前蹄腾空,长嘶声中,叔均翻身落马,离终点只差五步之遥!

原来吉量还有一个与众不同之处,那就是尾长等身,硬似竹条,是用来保护自身的兵器,骑手们很难躲过它出其不意的一击。

叔均爬起来,自我解嘲地对轩辕说:"这马太狡猾,可要小心点。你要是也摔下来,咱俩用我的花蹄牛继续比赛。"

轩辕拍拍叔均的肩膀,也是一个旱地拔葱,在空中转身一百八十度,恰恰落在迎面跑来的马背上。在整整三圈的赛程中,他表演了马背倒立、腹下藏身等草原骑士的绝技,令观众大饱眼福,叹为观止,广场上欢声雷动。

嫘姑悄悄对叔均说:"你只是我的好弟弟,他才是我的夫君。大姐姐会给你找一位更适合你的姑娘。"说完,迎着白马跑去。轩辕伸手把嫘姑捞在胸前,一马双跨,冲进茫茫暮色中。

他们在马上热烈拥抱,任马驰骋。吉量来到一片稀疏的桑林间,轻步慢行。此时,月色溶溶,星光闪烁,大地宁静而神秘。

他们跳下马来,嫘姑脱下长裙,迎风一摆,变作一丈见方的红地毯,铺在绿茵茵的草地上,说:"这就是我们的洞房,请君入乡随俗吧!"[1]

巫真作法

轩辕对植桑养蚕事业产生了浓厚的兴趣,他和属下追随嫘姑的养蚕队四处奔波。水一样的南国少女,磁石一般吸引着彪悍的北方汉子,使他们无暇思念草原情趣。原来农桑生活一样其乐无穷。

一日,流黄酆氏国快马来报,有一股游牧部落侵袭领地,践踏农田,请速派人马增援。

自古以来,这里各氏族之间和睦相处,很少发生争战;西面草原地带,高寒空旷,人烟稀少,也极少有人前来光顾,因此,国中不设武备。国王接报后,连忙临时召集年轻后生,推选首领,准备前去救助。轩辕自告奋勇,带领北方子弟充当先锋,即时便可动身。嫘姑也要带她的女子养蚕队随轩辕先行。国王大喜。嫘姑已身怀六甲,

---

[1]〔汉〕司马迁《史记·五帝本纪》:"黄帝居轩辕之丘,而娶于西陵之女,是为嫘祖。嫘祖为黄帝正妃。"

轩辕怕她不耐颠簸，欲加制止；嫘姑不等他开口，就抢先跨上吉量，轩辕也只好与她同骑而去。

话说左彻带领人马羊群，逐水草迤逦行来。这天，走在前面的一支牧群来到一个去处，只见地势平整，一望无边，绿油油的草地散发着阵阵清香。子弟们欢呼着把牛羊赶进这个肥美的牧场。

当他们庆祝发现新牧场时，只听远处鼓角连天，喊叫声不绝于耳。人们操着扁担、棍棒，吆喝着从四面八方赶来，把羊群和牧羊人全都掠走。牧民们打马飞奔而来，冲进农田，欲夺回牛羊。双方捉对扭打，在牧场与农田交界线上你进我退，展开拉锯战。左彻驾驭着大车赶来，站在车辕上抡开长鞭连甩几下，变作无数条鞭子飞到正在打斗的牧民头顶，噼里啪啦地炸响。双方一个个惊惧在地，不敢动弹。他见这片草原很像北方炎帝领域的农田，但秧苗既不像黍、稷，也不是谷、麦。这时，一支人马已奔到面前，在农田和草原的交接处一字排开，为首的是位年轻人，骑着一头健壮的花蹄水牛，手拿一柄叫作耒的玉铲，此人便是流黄酆氏国的三公子叔均。

左彻自知理亏，不等来人问罪，便约住部下，放下手中长鞭，上前施礼，抢先说道："壮士听禀，我等乃远方游牧氏族，小子们孤陋寡闻，错把谷苗当野草，误践良田，我在此向贵国致以歉意，请高抬贵手，放回我方人员。至于所造成的损失，可将所俘牛羊全部奉送，予以补偿，不知尊意如何？"

左彻说完，自以为还算得体。但叔均好像没听见一样，两眼直瞪瞪地瞧着左彻的身后。左彻莫名其妙，回头一看，身后只有黄牛和那辆大车。

原来，那叔均本是个牛痴。他在发明和推广牛耕种田的过程中，不知驯服了多少头水牛，也和牛建立了深厚的感情。他会相牛，从牛的体形能估计它的冲劲和耐力，从牛的眼神会读懂它的苦乐和脾气。牛，是他本身的一部分。他向对方扫去的第一眼，目光就被驾辕的那头黄牛所吸引。

轩辕发明的大车前端有一根直木作辕,两畜并驾。左边那头牛通体毛色金黄,威武雄壮,赤色的双目像火炬一样闪闪发光,那白玉般的短角,蒲团大的乌黑四蹄,都显露出它那神秘的高贵气质。

"公子,你——"左彻见他死盯着自己的牛,心里老大不自在。这头牛的确不凡。它本是出没在华山一带的野牛王,被神农氏炎帝用神鞭驯服。轩辕为突出氏族标志,制作了一辆特号大车,却找不到能用来驾辕的高大黄牛,于是向神农氏炎帝求援,并用几十匹良马进行交换,才弄到手,起个名叫大老黄。左彻心里嘀咕,再多送他些牛羊也无所谓,大老黄是无论如何不能送人的。

"好牛啊,好牛!"叔均好像从梦中醒来,"你说什么?赔偿?我不要你赔偿,你可以把人马牛羊全部领回去,但你得答应我一件事。"

"什么事?"左彻警惕地问。

"咱们比赛抵牛,以后退十步为输。如果黄牛输,截断一只牛角,你们就可以离开;要是花蹄水牛输掉,也折断一只角,我还要把你们接回家作为客人招待,至少半年。"

这是牛痴盯着黄牛发呆时想出的高招。根据他的相牛经验,对面这头黄牛天下少有,只有自己的花蹄牛能与它一比高低。如果黄牛输,便可证明花蹄牛乃天下第一牛,更增强了他相牛的权威地位;若是黄牛赢,它便是天下第一牛,得留下种才能放走。

左彻一听,竞赛条款对自己还算有利,便一口答应下来。

两头神牛谁也不愿屈居第二,被折断一只角更是奇耻大辱。比赛开始,它们都想采取先发制人的策略,一举制敌,便后退几步,使出平生力气向对方撞去。这一撞,犹如山崩地裂,惊得双方人马牛羊全都趴倒在地,浑身颤抖;只有左彻和叔均巍然屹立,并不约而同地走上前,用右手按住自己的牛背。他们心照不宣,这样做的目的有二:一是让牛感到有后盾,二是通过牛与对方比试功力。

当轩辕一行赶来时，他们已经相持三天三夜了，人和牛都达到了身体的极限。左彻最先看到轩辕的身影，精神为之一振，他和黄牛突然发力，向前推进两步；叔均和花蹄牛不甘认输，调动起全身最后的力气，准备发起反攻。

"停下！停下！"轩辕已看见黄牛和大车，便高声喊叫。

左彻听见喊声，迅疾拽起牛尾；大老黄会意，就在花蹄牛欲攻未攻之际，蓦地后跃三丈之遥。此时，叔均和花蹄牛正全力扑来，结果是一头栽在地上，再也没有动弹。

突如其来的变故，把人们惊呆了。率先赶到的嫘姑和轩辕急忙跑到叔均跟前，只见他双目紧闭，脸色蜡黄，鼻孔里已没有了气息。轩辕用气功进行推拿导引，全无效果，叔均全身渐渐变凉。

嫘姑把叔均抱在怀里，连声呼叫，但他一声也听不到。嫘姑心如刀绞，禁不住号啕大哭，泪水山泉一样浇在叔均脸上。

轩辕从叔均的随从那里了解到，东南方向千里之外有座灵山，建木就长在灵山顶上，从那里可以找到仙药，能够使人起死回生。他俯身在嫘姑耳旁说了几句话，她惊讶地望着他，继而又频频点头，嘱咐说："天已向晚，路上可要小心。"

轩辕扶起已经虚脱的左彻，把他拉到嫘姑身边，说："我即刻带三郎去灵山治病，这里一切事宜由公主安排，大家务必服从。"

轩辕从嫘姑怀里接过叔均，深情地说："你多保重，我一定还你一个活三郎！"说罢，顺手带上叔均的耒铲，转身上马而去。

都广之野乃天下之中，山水环绕，人杰地灵。只可惜轩辕心急如焚，无暇观赏，任凭如画风光一闪而过。真个是路遥知马力。那吉量要在主人面前显示自己的神力，只见它四蹄生风，一路跋山涉水，风驰电掣。当天色放亮时，他们来到一条水流湍急的江边，轩辕知道已距灵山不远，便沿江向东驰去。

一座高山迎面而来。放眼望去，只见那山群峰巍峙，云蒸雾绕，令人望而生畏。轩辕见山坡上树木丛杂，怪石嶙峋，便拍马向一条若隐若现的羊肠小道奔去。

小道越走越窄，冷不丁从山石后面蹿出一位鬼怪，青面血口，巨齿獠牙；左手持一长幡，右手托个人头骨，做出立刻就要投掷的姿势。那马受到惊吓，突然驻足，钉在当地——这也是它的特技之一。轩辕紧拽马鬃，才没被掀下马来，但他怀里的叔均已越过马头飞向前去。

轩辕大吃一惊，叔均怎能经得起如此一摔！这时，只见那位鬼怪抛下长幡和人头骨，双手稳稳地把叔均托住。

轩辕稳住马，高声喝问："你是何方恶鬼，胆敢阻我轩辕去路！"

那怪看看他，又低头端详一下怀里的叔均，然后把他轻轻放在草地上，卸下面具，转身走来。

站在马头前面的是一位妙龄女巫。黑色的网状丝质披肩和葛麻长裙，使她显得亭亭玉立；乌黑的长发遮面，露出两只秋水般明净的眸子。

"你是轩辕，他是谁？"

"他是发明牛耕种田的流黄酆氏三公子叔均，病情危急，我带他奔走千里赴灵山求药，请师姑行些方便。"轩辕见状，心里不再紧张，但仍没有下马，手中紧握着耒铲。

女巫抱起叔均，说："跟我走。"语气温和而坚定，头也不回地向山坡上走去。

绿树丛中，有一排红房子。轩辕心想，这大概就是传说的八斋了，这座山就是灵山无疑了。

女巫把叔均放在门外的青石板上，摸出一粒药塞入他的口中，然后双手合十，低首垂目，默默祷告。此时，周围空气像凝固一般，可以听到树叶落地的声响。少顷，只见她浑身颤抖，继而手舞足蹈，像只黑蝴蝶飘来飘去，口中唱道：

魂归来兮三郎，莫在外兮彷徨。
　　耕牛悲兮厌食，青苗叹兮枯黄。
　　庶民哀兮鸣号，亲人痛兮断肠。
　　敬尔品质兮高洁，女兮泪洒衣裳。
　　爱尔施爱兮黎庶，女兮难奈心伤。
　　约你灵山兮相会，于八斋兮诉衷肠。
　　云惨惨兮愁苦，雨沥沥兮凄凉。
　　祈天地兮神祇，送叔均兮还阳。
　　魂归来兮三郎，殷切切兮故乡。

　　女巫如痴如醉，呼天抢地。她的真情深深震撼着轩辕，使他禁不住仰天长啸，泪洒如雨。此时，天空乌云围聚，骤然落下一阵滂沱大雨来。只见女巫甩动长发，张开双臂，在雨中疯狂地旋转。

　　雨停了，云缝间射下一缕灿烂的阳光。女巫俯伏在叔均胸脯上，像是在休息，也像是在听候消息。

　　"好爽啊！"叔均的喉咙咕噜一声，突然说话了，但没有睁开眼睛，"大姐姐，是你唤我吗？"

　　女巫跳起来，激动地抓住轩辕的胳臂。轩辕示意她去应答。

　　她握住叔均的手，又吻一吻他的面颊，没敢出声，喜极而泣的泪水滴在他的脸上。

　　"大姐姐，你别哭，我不离开你。"他摸到她腕上的玉环，"大姐姐，你啥时换玉环了？"爱不释手地抚弄着。

　　她忙把玉环脱下来，放在他手里；叔均把玉环紧紧握住，再也不撒手，又昏昏睡去。

　　她站起来，拨开长发，露出山花般烂漫的笑脸，并随手把一片画着符号的树叶贴在叔均的头顶。

　　"他没危险了吧？"轩辕不放心地问。

　　"灵魂已经归窍。他深恋着一位姑娘，并收起她赠送的一枚玉环，看来灵魂不会轻易出窍的。"女巫并没有理会轩辕的尴尬,"灵魂是神,躯体是形,灵魂与健康的躯体结合才会形成有生命力的物体。他的内伤过重,吃我的药恢复太慢;不过等我的师兄们拿回不死药,吃下去就会立即康复。"

轩辕对女巫产生了兴趣,问:"现在看你像个天真少女,怎么作法时就变成另一个样子?为救一个陌生人,怎么会爆发出如此撼天震地的情感?"

她笑了,说:"轩辕的名字我倒是听说过,但这里的百姓并不知道有你这个人。而这位叔均先生,发明了牛耕法,使人们有了稳定的食物来源,从而结束了颠沛流离的采集生活,得以安居乐业。他是家喻户晓的人物,深受庶民尊敬。我原以为叔均是个白胡子老者,没想到这么年轻;见他生命垂危,感到十分痛心。何况我们巫者,是沟通人类和鬼神的信使;而要获得二者的信任,是需要投入真情的。"

轩辕肃然起敬。直到现在,他才遇到真正的巫者。他问道:"你师兄他们在什么地方?"

"我叫巫真,师兄们都在山上。对了,眼下该让客人吃点儿饭再听我们的故事了。"她俏皮地眨眨眼,走进房去。

东海五座神山漂散后,有十位仙人登上大陆,辗转来到西北登葆山定居。他们广收门徒,繁衍子孙,逐步形成了一个特殊的群落——巫国。十位大巫已修成高深道行,能够与天帝、天神进行交流,并通晓医术、天文、术数、占卜等各种专门知识。十巫以下,良莠不齐,但他们都以消灾祈福、治病驱鬼为生计,在各地行走。后来,十巫在灵山找到可以登天的大树建木,据说太昊伏羲氏、炎帝的孙子氏人,曾从这里上下于天;于是便在山坡上修建了八斋,作为修行基地,希望有一天能够爬到天上去面见天帝。他们在这一带发现一处咸水山泉,可以熬盐货殖,于是便将部落迁来居住,号称巫咸国,十巫之首也被称作巫咸。十巫在建木下修炼多年,但最多能爬到云层以上百里,便感胸闷气短,体力不支而返。不过,建木上的花果都是灵丹妙药,十巫们时常摘来给人民疗疾医病。前不久,天上传下消息说,天帝的密使窫窳(yà yǔ)在人间察访,得到一个重要情报,准备回天庭面秉,不料被杀死在弱水之上,凶手是天帝的反对派二负和他的门客,一个叫作危的刺客。二负已被雷神劈死在大伯国以东,危仍在潜逃。天帝命十巫立即去弱水营救窫窳。如果三天后仍不见窫窳重返天庭,天庭就投放不死药救治,要十巫赶赴灵山,攀登建木去摘取。"天庭投放不死药的时辰到了,师兄们快下来了。"巫真最后说。

巫真讲到这里时,轩辕刚吃完一陶罐粳米饭。他虽然十分关注巫咸们的去向,但还是被手中精美别致的紫陶罐所吸引,翻来覆去地把弄。巫真告诉他,这只陶罐是青城山宁封丈人烧制的,他是炎帝的陶正,专管陶器制作。后来,宁封得到一块天降玄石,便不再制陶,迷上了铸剑;如今十年过去了,那把剑还没有出炉。

"又是一位痴人、奇人。"轩辕心想。他很想去青城山拜访宁封,但眼下的任务是尽快见到巫咸,拿到不死药,使叔均康复。

"请巫真师傅照顾三郎,我到山顶去看看。"轩辕急不可待,告别巫真,攀上陡峭的峰顶。

十巫行动

两根紫色藤蔓从云端垂下,盘根错节地扎在地上,黑花,黄果,立地无影,这就是建木。旁边是悬崖绝壁,从深不见底的峡谷间,传来大江急流的轰鸣声。轩辕隐身在树丛中,观看群巫轮番上下建木。每人开始攀登时，个个都矫捷如猿猴；但下来时便成了软柿子，瘫软在地。他们谁也没能拿回不死药，也没人再起身向上爬。

"轩辕来也，让我来试试！"轩辕一跃而出，蹿上建木。等群巫反应过来，人已在八丈高开外。

没有哪个还有力气上建木追赶。巫咸便指挥大家守株待兔，以逸待劳。时间不长，只见轩辕从云雾中爬下来，腰间挂着个小黄包。

十巫打起精神，在树下摆好阵势，待这个不速之客一落地，就立即抓捕。他们都把注意力集中在建木上，没料到一条大花蛇已滑到身后，此时突然飞起，伏身在紫藤上，像离弦的利箭一般，直取轩辕。

"花蛇上天梯了！"群巫齐声惊呼。

轩辕低头一看，只见花蛇把黄包吞入口中，掉头要溜。他随即一个金钩倒挂，拽住蛇尾。花蛇弓身一挺，横空欲飞。轩辕紧紧抓住蛇尾不放。他们围绕建木打旋，把两根紫藤扭成了麻花。花蛇急于挣脱，慌不择路，只见它猛地挺身，直向峡谷坠落。轩辕大吃一惊，灵魂出窍，双脚脱离天梯，但仍然紧紧抓住蛇尾不放。

巫师们都被眼前的一幕惊呆了。他们分明看见一只大乌龟咬住花蛇的尾巴，与它一同坠入万丈深渊！惊魂未定，巫师们便呼啦啦跑到悬崖边，只见雾锁峡谷，云海茫茫；他们要找的不死药，已在龟蛇争斗中付之东流。

正当群巫垂头丧气、无计可施之时，建木上的黄色果实忽然摇动起来，发出"叮当、叮当"的响声，黑色的花朵也放出光华。抬头看时，只见一只金光闪闪的小匣子沿建木流星般滑下来。

巫咸打开匣子，里面有一包黑色颗粒和一片丝绢，丝绢上画了七个舞蹈动作。巫咸明白，这是与天帝接通保密专线的形体咒语。

巫咸把巫真传上山来，让八位巫师按八卦站好方位，他与巫姑背靠背站在中间，按图舞蹈。当做完第三遍动作时，传来天帝的声音，让他们汇报营救窫窳的情况。

"臣下赶到弱水时，见窫窳呈现人面蛇身状，口不能言；吃下我等配制的丹药后，强打精神说了一句话，又发不出声音了。"

"他说什么？"

"天弩现世，战祸将起。"巫咸回答。

天帝说："由于我们之间的通讯被窃听，危今天也赶来取药，企图使其主子二负起死回生；不过，他抢走的是假药，救不了二负的命。人间已到多事之秋，神界各派都在关注，若得不到可靠信息，天庭今后不会轻易干预人间事务。尔等是朕在下界的耳目，必须训练一位能够直接上下于天庭的信使，才能继续保持联系。可物色一个具有天神血缘的女婴，从小接受十日沐浴，功成炼日大法，才能获得自由上下于天庭的能量，充当十巫同天庭之间的信使。此事务要机密，可让羲和与鬼车帮忙。"停顿少许，天帝又接着说下去："刚才那位唐突的年轻人，是天鼋十七星座下凡，他的出世与天弩有关，要密切注意。"

十巫回到八斋，巫咸取出一粒不死药，小心翼翼地放进叔均口中。巫真含口水，抱起叔均的头，口对口给他灌下去。

巫咸说："这位叔均祖上有德，本人有功，这粒天赐不死药是他应该得到的报偿，从此他就获得长生不老之身，也似神仙一类的人物了。好了，我们去救窦窳去吧！"

"你们先走，我等叔均醒来再赶去吧。"巫真说。

"不必了，半个时辰他就会康复，不用管他。"巫咸说，"轩辕的白马在这里，让他自己走吧。"

十巫升天乏术，驭风御气还是精通的；时间不长，便飞至弱水之上。那弱水无一丝波纹，鸿毛不浮，十巫沿河道缓缓低空飞行。一个水牛般大小的人形头颅一沉一浮地出现在水面上。巫咸解开黄布包，取出红枣大小的一粒药丸，降低云头喊道："窦窳听着，天帝送来了不死药，你会很快重现飞龙本色，返回天庭。来，扬起头颅，张开嘴巴，看药！"

窦窳强打精神探出水面，露出一截蛇身，张开血盆大口。一个小黄包飞入窦窳张开的上下颌间。

一条青蛇冷不丁蹿出水面，闪电般从窦窳还没有来得及合拢的大嘴中穿过，一头扎进水里。十巫看得清楚，蛇口明明衔着那个黄布包。

"哎呀！不死药被蛇抢走了！"巫真惊叫。

窦窳合上嘴巴，无力地沉下水去。

"快！上流筑坝，下水扯网，封锁河道！"巫咸发话，并随手抛出一个乌龟壳，那龟壳立时化作一只巨鳖，落在上游，一座拦水坝横空而起。巫彭掷出他的兵器藤条，一变百，百变万，一道密密麻麻的栅栏截住下游水道。水位很快下降，窦窳露出蛇尾，在浅水中扭动。十巫各持兵器在两岸走动，准备随时动手。突然，一道水柱冲天而起，一条还没有长角的虬龙从中脱颖而出，飞入云层。

巫咸喊道："这条龙就是偷吃不死药的那条蛇，快追！"

半空乱云飞渡。远处一个黑点，越来越大，十巫紧追不舍，眼看就要赶上，那虬龙急忙扭转身体，头下尾上，垂直向下栽去。十巫紧随其后落下云头，只见脚下一片汪洋。这里便是西海，茫茫无边，巫咸们只有望洋兴叹。

"天哪！难道这也是天意吗？难道是上天在和我们开玩笑吗？"巫咸无奈地摇摇头。

巫的职业是同神打交道，他们肩负着协调人神关系的重任。因此，十巫对神界最高统治者天帝是极其虔诚和崇拜的。对天帝直接布置的任务，更是视为天职，不完成至死也不罢休。投放不死药失败后，他们很快从挫折的阴影中挣脱出来，开始新的行动。

"巫真，你和希有相识，就去西王国把天帝的指示传达给希有吧，请她及早找一个女婴来进行训练。"巫咸开始布置任务，"巫阳，在五神山时你曾经拜访过羲和国，在扶桑树下参观过十日升空，想必羲和对你还有印象。你现在就动身去羲和国，与羲和协商如何调度十日，及时配合女婴的炼日大法训练。"巫真和巫阳走后，巫咸又对大家说："摆在我们面前的有两大任务，一是寻找天弩，这是目前天帝急于想知道的机密要事，涉及天下安危，一旦和天帝沟通，需要首先报告天弩的下落；二是拯救窫窳，从哪儿跌倒还要再从哪儿爬起来。如果我们连天帝的信任都无法得到，还指望取信于他人吗？大家谈谈，还有什么办法能救活窫窳，让他重新上天。"

大家一致认为，只有青蛇的血才能救窫窳，因为它的血液里包含着不死药。但经过详细推演得出的结论是，那包天降不死药足可使青蛇变成飞龙，其神通相当于一位真正的天神，凭十巫的能耐根本无法捕获它。巫咸嗅一嗅手中的黄布包，灵机一动说："有啦，黄布包上留有不死药的味道，我们可用它培育、训练一批有吸血本领的昆虫，例如蚂蟥、蚊子之类，让它们追踪青蛇，吸取血液后再返回。这样得到的不死药成分虽然很少，但可以作为母本培育人造不死药。如果此举成功，不仅能救窫窳，说不定我们还能炼出更好的丹药呢！"

巫阳和巫真很快返回。巫阳报告说，在他到达之前，羲和就已经接到天帝的秘密通知，并拟定好了炼日大法方案，可以随时开始。但她提出，必须找一个荒无人烟、最好是连飞禽走兽都不问津的地方，以免误伤生灵；另外还要防止有人冲关，避免令她的太阳儿子们受到惊吓。

"羲和提出的条件我们都能满足。"巫咸又问巫真道，"希有答应了吗？"

"希有也答应下来了。"巫真说，"不过她提了个条件。"

"什么条件？"巫咸问。

"让十巫承诺以后为她办一件事。"巫真说。

"什么事？"巫咸警惕地问。

"希有说是她冥冥中的一个感觉，连她也说不清楚。"巫真回答。

"你答应下来啦？"巫咸担心地说，"你可知道，我们当中任何人承诺下来的事,十巫都有责任去兑现,也必须去兑现;像这种不设标底的承诺,可能会给今后造成很大的麻烦。"

"我也同希有进行了讨价还价,但她坚持说,不答应条件绝对不接受委托。"巫真无奈地说,"我拗不过她,最后只好答应下来。"

"你没向希有交代,这是天帝点名让她帮忙的吗?"巫咸问。

"不提还好些,一提这事希有姑娘就来气了。"巫真绘声绘色地说,"她说自己是因为偷抱别人的婴儿获罪被贬下界的,本来自己都改造好了,现在天帝又让她重施故技,反正她也不打算上天了,还不管这档子闲事儿了呢……"

"好啦,好啦!"巫咸打断巫真的话说,"她答应办就谢天谢地了。为了完成天帝的指令,我们背上这宗潜藏着极大风险的债务也是值得的。"

大江东去,一条白鲢逆流而上,穿恶浪,抢险滩,疾若飞矢。在大江的拐弯处,一条支流汇入,山水如画。白鲢跳到江渚的一块圆石上,展现身姿,原来是条美人鱼。对岸,一条花蛇和一只乌龟正在缠斗。花蛇把前半身缠在树上,用力朝岸上拉;乌龟执着地咬紧蛇尾,拼命往水里拖。二者势均力敌,各不相让,看来都已经精疲力竭了。激烈的龟蛇斗引起美人鱼的注意,也使她动了恻隐之心。她蜕去下身鱼皮,露出白如凝脂的腰身和修长的四肢,原来竟是素女。素女手持鱼皮迎风一抖,变成一件素色长裙,围在身上,踏着水面风摆杨柳一般走向对岸。

花蛇见有人来,可能是做贼心虚,突然掉头咬断自己的尾巴,迅速钻入山林。花蛇惨烈的壮士断腕之举,令素女心头一震;当她低头一看时,更是大惊失色。原来脚下趴着的不是乌龟,而是轩辕!她俯身大声呼唤,轩辕只是不应;伸手一摸,发现他身上冰凉,一息尚存。素女不敢耽误,随即用鱼皮裙把轩辕裹在自己身上,踏波疾走。一个恶浪将他们打入水底,当再次翻出水面时,却变成了一条白鲢驮着一只乌龟,时沉时浮,奋勇前进。

原来，轩辕离开西王国不久，素女便感到已有身孕。西王母有规矩，国中女子不能外嫁，素女不想让孩子再像自己一样失去嫁人的自由，于是想去外地生孩子，瞒过西王母和众人。都广之野有座青城山，山中有个天谷洞，曾经是素女修行的地方。天谷洞里有暗河与外界相通，可直达西王国所在地昆仑山墟。素女借口要去天谷洞过一段隐居生活，静心修炼，西王母痛快地答应下来并嘱咐她打听一下轩辕的下落，有机会也好聚一聚，对此素女很是感激。素女是黑水河神的女儿，善于在水中潜行；她通过暗河到达黑水，从家中带了两名侍女，然后转赴青城山。

一切安顿好后，素女开始在蜀中行走，四处打听轩辕的行迹。直到她临产时，才从西陵国传来消息：公主嫘姑招了个上门女婿，他自称是从北方草原来，名叫轩辕。素女顿觉天昏地暗，一下昏厥过去。以前，她从不在乎情人的婚恋行为，自己需要自由，也要允许别人享受自由，互不干涉各自的私人空间。但自从结识了轩辕，特别是怀上他的孩子后，素女变了，变成一个爱情专一的情痴，她不想让别的女人分享她的所爱。轩辕这么快就忘情再娶，使她难以承受；对西王母阻碍她随轩辕出走一事，也增添了一层怨艾。素女醒来后，发现身边躺着个女婴。那女婴不哭，不笑，不闹，眼神略带忧伤，不知是在为娘亲分担凄苦，还是在为自己的命运担忧。素女给孩子起名叫女魃，并下决心把她送到了洞庭湖外婆家，希望她能摆脱西王母的控制，在浩渺的洞庭湖自由自在地生活。

却说素女在返回青城山的途中救下轩辕，一路辛苦把他背回天谷洞，细心呵护。她弹起花韵，想用神奇的琴声唤醒轩辕。此时，轩辕的灵魂还没有归体，一直在天谷洞外徘徊。迷人的旋律吸引他进入洞中，发现这里夜明珠散发着柔和的光，一个男人在睡觉，模样与自己差不多，一个女人坐在他的身边弹琴。

好耳熟的曲调啊，好面熟的女子啊……她好像是素女！"素女！"他用了很大力气才喊出声来。素女见轩辕醒来，急忙放下花韵，搂住他的头亲吻，不觉簌簌泪下。

轩辕身体很虚弱，但神志清醒。他端详着她的眼睛说："你真的是素女，我不是在做梦吧？"说着，伸手去摸她的脸。

这时他才发现，自己手里还攥着一条蛇尾巴。

轩辕蓦然坐起身来，两眼发光，把蛇尾甩掉，急促地问："那条花蛇呢？它抢走了我的不死药，得找它要回来，去救三郎的命！"说着，就要挣扎着站起来。

素女一把把轩辕按住，说："我已派人打探过了。叔均骑着你的白马回到了流黄酆氏国，人好好的，比原来还壮实。那条花蛇也够悲壮的了，你就饶了它吧！"她见轩辕松了口气，便扶他倒在卧榻上。"告诉你个好消息，嫘姑生了个大胖小子……"

"你说什么？嫘姑生了个儿子？"轩辕不知哪儿来的力气，一下跳起身来，摇晃着素女的肩膀问。

"那还有假？"素女说，"可把西陵国王老两口乐坏了，给外孙起名叫昌意。国王还发话说，这孩子归他养活了，只要留下昌意，嫘姑愿意到哪儿去就到哪儿去，走多远都行。这不，嫘姑生下孩子不到十天就离家出走了，他们也不去找……"

轩辕吃惊地说："怎么？嫘姑一个人出走了？那怎么行！"

"你放心，嫘姑不会孤单，有人比你还关心她。"素女又拉他坐下，故作神秘地说。

"谁？"轩辕催问。

"就是那个三郎叔均呗，还能有谁？"素女说，"听说嫘姑还送给三郎一只玉镯做定情物，两人一个骑白马，一个骑着左彻的大黄牛，就这么双双出游了。"素女说完，看一眼轩辕的反应。

"我舅舅他们呢？"轩辕关心地问。

"左彻迷上了农桑。"素女说，"他往来于西陵国和流黄酆氏国之间，督促你那些牧羊子弟养蚕种地，倒也没有要走的迹象。"

"好，好，我们爷俩想到一块去了。"轩辕会心地一笑，一头倒在卧榻上。

"亏你还笑得出来。"素女自顾自地说,"这事传得可热闹了。乡亲们都说,人家两人从小青梅竹马,本来就是天生的一对,要不是有个外来人插这么一脚,早就该办喜事了。这不,最终还是凑到一起了,有情人终成眷属嘛!"

轩辕的鼾声打断了素女的啰唆。他早已进入梦乡,疲惫的脸上挂着微笑。素女尴尬地说:"这人真怪,他的女人跟人跑了,竟然还能睡得着!"

天鼋剑

青城山有个丈人崖,背山面水,下临绝壁,这里便是宁封开炉铸剑的地方。据说宁封是一只千年封狐精,误吞了燧人氏的遗物火镰石,变成人形,能口喷真火,可焚玉石。那火镰石本为炎帝收藏,当初火种难觅,常用来点火烧山,以便开荒种地。后来取火之物渐多,便不再轻易动用,闲置于旧居古洞穴中,被封狐吞食。当时有人劝炎帝杀狐取石,以绝后患;炎帝不忍,便为其取名宁封,命他利用喷火专长,在丈人崖建窑制陶,以利百姓。宁封不负重托,所制陶器誉满天下,盛行一时,也深受历代炎帝器重,被呼为宁封丈人。[1] 后来各地制陶业竞相发展,其中不乏推陈出新、后来居上者;而宁封预感天下有变,便欲改行铸剑,以应天时。

---

[1]《列仙传》:"宁封子者,黄帝时人也,……封子积火自烧,而随烟气上下,视其灰烬,犹有其骨。时人共葬于宁北山中,故谓之宁封子焉。"又传:灰烟中有宁封形影,便谓其火化登仙而不死。

一日午夜时分，宁封坐在丈人崖上仰观天象，准备择日开炉。但见繁星满天，银河阑干，神秘的天穹使人感到想象力的匮乏。此时，忽然天光大亮，一颗流星划破夜空，直向头顶飞来。宁封预感奇异事件将要发生，端坐不动，静观其变。

那流星夹风带火，在炉窑口上三起三落，然后稳稳落入窑中。宁封明白，他已受上天委托，要铸一把威行天下的宝剑。他从申弥国取来燧木之枝，配以黑金作为燃料，每日喷火助燃。那燧木乃燧人氏最初钻木取火之木，炉内焰火熊熊，一烧就是十年；但陨石只红不熔，了无声息。宁封认为并非火候欠缺，而是时机未到。因此，他不急不躁，操作不懈，以待天时。

在开炉十周年纪念日的那天凌晨，宁封在炉前打了个盹，梦见一位天神通知他说，今日事主不远千里前来提货，天庭责成你务必在落日前起窑，按标定成色奉上天鼋剑。惊醒后，他急忙登上炉顶观察，发现陨石开始熔融，并不时闪现光芒。宁封暗想，成功与否，就在今天。

却说轩辕在素女的精心护理下，感觉体力已经恢复。他的第一个愿望，就是去拜访宁封丈人。因天气炎热，直到太阳快要落山时，素女才带他走出谷口，来到一个深水潭旁。素女告诉他，水潭对面就是宁封丈人崖，绕过水面就到。

火红的夕阳照耀着宁封丈人崖。崖上有一炉窑，烟火冲天。一位老人跳上炉顶，在烟火中上下浮动，观察窑中情况，并不时张望西下的太阳，显得十分焦急。素女告诉轩辕，烧窑的老人便是宁封。

落山的太阳只剩下半张脸。轩辕和素女揪心地瞅着在烟火中受煎熬的宁封。此时，忽听一声撕心裂肺的呼号："我来啦！"只见宁封丈人通体红光四射，纵身跃入窑中。

轩辕大惊失色，拔腿就要奔过去；只听"轰"的一声，整个丈人崖大火突起，变成一座火焰山。他刚停住脚步，就看到炉窑连带着半个山头崩飞了，砖石瓦块飞上半天，巨大的声浪和气浪把他俩仰面掀倒在地。一个人影伴着一条火蛇从火海中升起，火蛇在空中划出一道弧圈，一头栽进面前的水潭中。潭水沸腾，蒸汽堆云，平静的水面涌起巨大的波涛，以迅雷不及掩耳之势扑上岸来，将轩辕和素女吞没。

浪头退回，素女拉住轩辕正要爬起来，发现一柄宝剑静静地躺在他俩中间，兀自散发着蒸汽。轩辕下意识地一手摁住剑鞘，正要捡起，忽见一条大花蛇从水中钻出，一口咬住剑柄。轩辕伸手去抓蛇头，蛇的秃尾巴夹带着一股刚烈之气扑面扫来；轩辕腾身跃后一丈，躲过袭击，再看手中，却只剩下了一只剑鞘。

轩辕望着湖水发怔。"宁封丈人火化登仙，我要设法找到他。"他遗憾地喃喃自语。

"那条花蛇我好像见过。"素女说。

"就是它。"轩辕肯定地说，"它抢走了不死药，又与我争抢这把宝剑，不知究竟是什么来头，也不知它到底是为什么。"

一条钓竿把丝线甩到深潭中间。执竿者是位老者，飘然而立，俨然一位钓翁。他是神仙红崖先生。

"红崖师父！"素女兴奋地呼喊。

红崖摆摆手，不让素女吱声，口中念念有词："天鼋剑，天鼋剑，你投错了主，上错了船，快快咬住我的红崖鞭，红崖渡你见天鼋。"

有鱼上钩，红崖用力一甩，却钓出了一把宝剑。一条断尾花蛇死命地咬着剑柄，情急之下一口把剑吞进肚子里，悬空吊挂在水面上。花蛇忽然变粗变长，把钓竿坠成弓形，重又钻入水中，竟把红崖拽了个趔趄。红崖不敢大意，像遛鱼一样举着鞭来回走动，口中重复着那套说辞。花蛇时浮时沉，翻腾跳跃，与红崖先生较劲。

"哎，我说这位壮士，你听我说句话吧。"红崖对着湖水数落道，"你也是有头有脸的角色了，干吗干起偷鸡摸狗的行当来啦？这事要是传出去，你以后在江湖上还怎么走动啊！天鼋剑可不是寻常物件，又不是自己的，窝在肚子里会伤脾胃的。你要是确有急用，向天鼋借一下不就得了，相信他也不会那么小气。"

红崖自言自语，啰里啰唆，轩辕和素女似懂非懂，相视而笑。花蛇忽然探出水面，弓起身子一挺，天鼋剑如箭一般从口中射出，在空中划过一个弧圈，钻进轩辕手持的剑鞘中。红崖收起长鞭，起在空中。

"师父！"素女张开双臂呼喊。

"专心演习琴瑟之音，莫要三心二意，就是你此生至善至美的归宿。"红崖的声音渐去渐远，消失在暮色里。

风平浪静，对岸的余火把山水照得通明。轩辕拔剑出鞘，没有出现意料中的寒光闪闪、剑气逼人的景观；看到的是一把色呈紫黑、体重刃钝的奇异兵器，剑身上刻着一只龟龙图案，也称作玄武，那是天鼋星座的标志。"这是天降宝物，可叫作天鼋剑。"轩辕欣喜地说。

"听洪崖师父说话的意思，好像你就是天鼋呢！"素女说。

轩辕笑笑，不置可否。

翌日，晨曦映出轩辕舞剑的身影，一招一式如风扫落叶，云卷长空。素女靠在岩石上笑吟吟地观看。轩辕舞到高兴处，忽然"嘿"的一声呼叫，不见了身影；却见一只龟龙起在空中，从口中喷出一道电光，直射一块突出山体的岩石，岩石应声崩飞。素女正看得眼花缭乱，轩辕忽然站在了她的面前，来了个慢动作的收式。

"这把剑就像给你量身打造的一样，练剑时人剑合一，威力无穷。"素女盯着轩辕的眼睛说，"说不定你真的就是红崖师父说的那个天鼋了。"

"我就是那个发明大车的凡夫俗子轩辕。"轩辕说，"仙人们硬说我是天鼋，那你知道吗，天鼋究竟是个啥模样？"

"我知道，"素女狡黠地说，"就是不能告诉你。"

"你不说也罢，我也不想知道。"轩辕说，"哦，对了，听说红崖仙人道行无边，你称其为师，一定跟他学到不少东西吧？"

067

"他只辅导我弹琴，"素女说，"剑术之类的武技我只看不练，师父也不说教我。"

"我有一事相求，你能否给我帮个忙？"轩辕问。

"你说哪里去啦！"素女嗔怪地说，"我把自己整个人都交给你了，还有什么事儿不给你帮忙啊？"

"嫘姑生的那个孩子是我的儿子，等稍大一点儿，我想让他拜在红崖仙人门下，你能否说个情？"轩辕乞求说。

"你的儿子就是我的儿子，昌意拜师的事就包在我身上了。"素女忽然想起了什么，问道："唉，你们那儿历来是孩子认娘不认爹，都是由女方把他养大，你怎么操起这份闲心来了？"

"我要改一改老规矩。"轩辕说，"我的孩子，我一定要把他抚养成人。"

"你是个负责任的男人。"素女吞吞吐吐地说，"有件事儿我一直瞒着西王母，也瞒着你，现在不知道该不该告诉你。"

"如果需要我帮忙，就告诉我。"轩辕说，"我会替你保密的。"

"我生了个女儿，寄养在君山我表妹阿珠那里。"素女脱口而出。

"这是什么时候的事儿？"轩辕问。

"是在天谷洞分娩的，孩子都两岁了。"素女说，"我不愿意让她成为西王国的臣民，将来连嫁人的自由都没有。"

轩辕掐指默算，忽然惊喜地叫道："哎呀，那孩子还应该有我的份儿呢，怎能不告诉我呢！有没有起个名字？"

"我出身于彤鱼氏，给女儿取名叫女魃。"接着素女又委屈地说："女魃本来就是你的孩子……人家自从遇到你以后，就没有再接待过别的男友。谁知道你还是疑神疑鬼的……"说着竟嘤嘤地哭起来。

轩辕给了素女一个长吻，以抚慰她那颗受到伤害的心。素女抬起泪眼问："你要是出蜀东行，能否到君山去看看女魃？"

"那是自然。"轩辕说，"女魃是我的女儿，女儿一样可以壮大我轩辕的家族嘛！"

一位不速之客悄无声息地爬上山梁，它就是那条断尾花蛇。花蛇忽然变成一个男人，腰围蛇皮，身披绿地黄花斗篷，四肢发达，脖子偏长。他就是天神二负的臣子，名字叫作危，是一名刺客。

"美女宝剑，尔复何求？"危见二人正在甜蜜地接吻，有点儿酸酸地吟诵道。

素女看见危，浑身一颤，好像被蝎子蜇到一般。轩辕瞄一眼不速之客，随口答道："我心我愿，谁人可知？"他把素女抱得更紧了，轻声说："不要怕！"

"好，好，"危皮笑肉不笑地说，"素女好有福气啊！"

素女浑身颤抖得更厉害了，把头埋在轩辕怀里。

"这位老兄到此，不是专程来对诗和祝福的吧？"轩辕抚摩着素女的秀发，若无其事地问道。

危呵呵大笑，说道："我在下界行走多年，文来武往，只遇见你这么一个可打交道的伙伴，庆幸啊庆幸！"

素女望一眼危，扯扯轩辕的衣服，想说什么，又没有开口。

"素女，你不用担心。"危一本正经地说，"我们相识一场，我是不会让你的新朋友难堪的。"

轩辕如坠五里云雾，看看素女又看看危，疑惑地问："先生是……"

"天鼋，咱俩不打不相识。"危主动地自报家门，"我便是那个在天梯上抢走不死药的花蛇，名字叫危，是天神二负的家臣。和你的那场争斗，使我损失了一根脚趾。不过，我不是来寻仇的，何况咱俩都上了人家的当。"

"那么，先生来此有何指教？"轩辕客气地问。

"我要和你做笔交易。"危举起一把古琴，正是素女那把花韵琴。

"花韵？你盗走了我的花韵？"花韵是她的命根子，素女一下子急了，扭身就要去抢，被轩辕拉住。

"不错，正是你的花韵。"危有点儿歉疚地说，"素女，危如今途穷末路，不得不采取点儿卑下手段，说来有点儿对不起你。不过，我这一半是为了我,另一半却是为了你。"

"老兄,请你把话说清楚好不好?诸事好办!"轩辕大包大揽地说,他不愿看到素女受折磨。

"好,天鼋是个痛快人!"危称赞说,"我要用这把古琴,换你手中的宝剑一用。"

"一言为定,现在就可成交。"轩辕说罢,举起天鼋剑就要掷过去。

"慢!"危说,"我现在需要的是古琴花韵,十年之后才用得着你的天鼋剑。"

"为什么?"轩辕问,"这需要你说明理由。"

"那是自然。"危说,"天鼋,你是通过投胎下凡的,已迷失真性,不晓得上界形势,今天我给你透露一点儿天机。上界有多个宗派势力,尊天帝为盟主,但并不受其约束。天帝想直接操纵人间事物,派其嫡系窫窳下界刺探情报。我家主人二负主张让人间自己管理自己,各派都不要去干涉,并为此与窫窳发生流血冲突。我的责任,就是必须找回不死药,设法救主人上天。我已访知,不死药被弱水一条青蛇吞食,只有用它的血,才能使我的主人重返天界。但那条蛇已经变成飞龙,他的功力已达到天神量级,非智取难以战胜。智生于心,我要在蕴涵大智慧的花韵熏陶下,修心十年;到时再借助你这把天鼋剑的威力,才有可能制服它。天鼋,天下古来无战事,显不出兵器作用;十年后,战祸将起,就怕你舍不得用剑来换花韵了,所以我要及早与你签下君子协定。"危喘口气又说:"素女是众多男子约会的首选对象,梦中情人;如今,她谢绝诸多朋友,专情于你,在感情生活上做出了重大牺牲,你可要对得起她,不然要引起众怒的。"说罢,跳上云头,扬长而去。

炎帝家事

素女陪伴轩辕踏遍蜀中山水，阅尽都广繁荣，拜访了一些部落酋长和有道高人。时光荏苒，不觉素女假期已经结束，要回西王国报到。分别时，两人依依不舍。"记住，你到君山后去找一个叫阿珠的姑娘，我把女魃寄托在她那里。"素女嘱咐说。离开素女，轩辕看过儿子昌意，察看了左彻一帮子弟的活动情况，嘱咐大家学会种地养蚕，并在当地娶妻育子，等适当时机再迁回北方，在游牧和农耕交界地带开荒种地、植桑养蚕。一切安排妥当之后，便只身开始了新的旅程。

轩辕乘一叶扁舟顺江而下，手持一根长竿，避滩冲浪，倒也有惊无险。一路上但见两岸群峰争秀，幽谷吐翠，猿啼古木，鹰憩壁岩，好一派壮丽河山！轩辕热血激荡，豪情满怀，至于他曾经在这里的那场恶斗，却一点儿印象也没有了。终于，群山退后，大江渐见开阔；奔跑疲倦了的江水也渐渐放慢了速度。眼前天高地广，水流平缓，稻谷飘香，芦花荡漾，别是一番天地在人间。从被十万大山隔绝的蜀地乍一来到这里，轩辕顿觉心旷神怡。他让小舟随波逐流，自由漂浮，自己平心静气地欣赏着从未见过的江南风光。这时，他发现一条大鱼搁浅，急忙跳下小舟，涉水登上沙洲。

一条人面鱼身的美人鱼映入眼帘。她裸露着雪白的肩膀，眉目如画，只是此时双眼紧闭，气息奄奄，危在旦夕。轩辕用双掌捂住美人鱼的前胸，向她体内输入真气。他曾随广成子修炼过自然功法，颇有些造诣，时间不长，只见美人鱼呼吸均匀，渐渐苏醒，终于睁开两只水汪汪的大眼睛。

"哎呀！"她惊叫一声，从鱼皮中脱出双手，试图坐起身来，但没有做到，便用手紧紧捂住下体，浑身不停地颤抖。

轩辕目瞪口呆。只见鱼皮蜕尽，一副曼妙无比的少女胴体展现在他的面前。少顷，轩辕忽然明白过来。他曾经听人说过，某些氏族的人死后会化作鱼妇，就是刚才见到的人面鱼；复苏后，就会恢复人形。他脱下斗篷，露出紫铜色的肌肤，只穿一件丝织围裙。少女惊恐地翻身坐起来，挣扎着要逃。

轩辕把斗篷罩在她光溜溜的身上，说："你不要紧张，可怕的事情都过去了。告诉我你的家人在哪里，我会把你送回家去。"

少女双手攥住斗篷紧紧地裹住身子，警惕地端详眼前这个男人。好一会儿，见轩辕彬彬有礼，并无恶意，于是平静下来，不卑不亢地说："劳驾大哥把我送到君山上，我和家人将感激不尽。"

"君山？是洞庭湖中的君山吗？"轩辕惊喜地问。

"是的。顺江东去即可到达。"少女注视着轩辕，期待着他的回答。

"你是否认识彤鱼氏叫阿珠的姑娘？"轩辕急切地问。

"我就是阿珠，"少女惊讶地站起身来说，"你怎么知道我？"

"我叫轩辕。"轩辕兴奋地说，"是黑水素女让我来找阿珠的。"

"孩子丢了，我对不起素女姐姐！"阿珠说完这句话，"哇"的一声，吐出一口血来，直挺挺地就要倒下来。轩辕急忙接住，让她枕在自己的腿上，向她的胸口输送真气。

阿珠的脸色渐渐恢复正常，沉静地睡着了，只是眉头紧锁，面带忧戚。轩辕把她放好，回首遥望大江落日，轻轻地叹口气。他想起素女。这个孩子是他和她在古琴花韵的伴奏下，激情迸发的结晶，一生难得再有那种惊心动魄的时刻了。他似乎看到了素女痛苦的面容，不觉心情沉重起来。

"我到水边洗了一下手，一回头孩子就不见了……"阿珠在梦中喃喃自语。

事虽至此，尚不知祸福，何必背上如此沉重的包袱呢？轩辕安慰自己。

"她怎么就不见了呢？"阿珠还在梦中痛苦地自责。

轩辕接着她的呓语说："这孩子有神器护佑，不是凡人，有可能是神仙带走抚养了，你又何必折磨自己呢？"这句话本来是用来安慰阿珠的，他自己心里也豁然敞亮起来。

阿珠忽然坐起来，问："你说什么？她被神仙带走了？"

轩辕认真地点点头。

"我怎么没想到这一层。洞庭湖波涛千里，如果不是神仙，有谁能在一瞬间从小岛上把她抱走呢？为什么水里陆地都找遍，连一点儿痕迹都没有呢？"阿珠越说越激动，跳起来手舞足蹈。她见轩辕看着自己一个劲儿地傻笑，莫名其妙；低头一看，自己的身子光溜溜的一丝不挂，丰乳圆臀，暴露无遗，连忙披上衣服，蹲在地上，把头埋在两臂间，不发一言。

"好啦，好啦，刚才你出水时，我还以为遇到了精怪，现在你也该向大哥交代一下出身来历了。"轩辕想转换话题。

阿珠的祖父就是六世神农、当今炎帝。当初，神农在首阳山被拥戴为炎帝后，向东、向南辗转迁徙，在大江南北筑城定居；封擅长放火烧荒的烈山氏后代祝融氏任火正，封长于平治水土的共工氏为水正，夸父氏、刑天氏、宿沙氏等部落，以及上万个氏族、方国，咸来宾服，形成以火凤凰为图腾的炎帝族团。当今炎帝有两个儿子。长子俞罔，生下来就有一种特异功能，让他喝下一种饮料后，便通体透亮，其五脏六腑、血管脉络一目了然，从小就被炎帝用来做药理试验。及长，终年在山林野外采药，或在黎民百姓中行医。次子伯陵，颇有音乐天赋，还喜欢射猎，他把兽皮蒙在一段掏空的枯树干上，发明了鼓，沿江一路击打行吟，浪漫而风雅。

有一位彤鱼氏的女子，名叫缘妇，嫁给了大江下游震泽畔的吴权。

缘妇乘船回乡探亲，溯江而上，遇到伯陵。两人隔水对歌，十分投缘，便双双走入山林，找个隐蔽的地方居住下来。缘妇怀孕三年，一胎生下三个儿子，名字分别叫作阿鼓、阿延、阿殳。后来又生了个女儿，就是阿珠。阿殳爱好射艺，而阿鼓和阿延迷恋音乐，他俩合作发明了钟，并创制了乐曲和音律。伯陵组织了一个乐团，在民间行走，经常出现在各氏族祭祀和庆典的集会上。

缘妇失踪后，吴权像丢了魂似的四处流浪，寻找她的下落。苍天不负有心人，他终于找到了伯陵一家。吴权与伯陵约定，用决斗的方式裁定缘妇的归属。令人莫名其妙的是，吴权每次都亲自上阵，却允许伯陵使用替身，但用人不得重复。为应付吴权的挑战，伯陵走遍大江南北，邀请异人灵兽，出奇招战胜吴权。吴权每隔一年找来一次，失手即退，屡败屡战，矢志不移。伯陵拿他没办法，谁叫自己拐走人家的妻子呢！

祝融氏和共工氏，是炎帝集团中两个势力强大的部落。祝融氏是烈山氏后裔，善于用火，受炎帝委托指导人们烧荒垦土，时称火正；共工氏善平水土，炎帝命其防治水患，兴修水利，管理百工，时称水正和工正。神农炎帝日见衰老，两个儿子又不问政事，便有意禅让炎帝一职。当时，祝融氏和共工氏都有接替神农为帝之意，部落间渐生嫌隙，摩擦不断。炎帝怕引起集团分裂和战争，禅让之事举棋不定。

祝融氏之子名叫朱明，是火凤凰转世，能驾两条火龙在空中飞行。为取得炎帝的信任，也是为了借助神农氏的声望，争取其他各氏族的支持，朱明主动向神农氏求婚。其实，炎帝也很喜欢他，便命伯陵把阿珠嫁给了朱明。因为一个巫者曾经说过，阿珠只有嫁给帝王才会命长；朱明祖上曾为炎帝，眼下称帝有望，上应天意，伯陵夫妇便看好了这门亲事。阿珠此时仍是个未谙风情的少女，心怀恐惧，但还是被鼓乐喧天地送到祝融氏的长屋大宅中。

据说彤鱼氏的祖先是鱼变来的,阿珠有彤鱼氏血统,又从小住在君山外婆家,在洞庭湖水中泡大,喜水而畏燥。她不适应祝融氏驻地烟熏火燎的环境,经常被房间中的大火塘烤得头昏脑涨。朱明其人性情如火,对阿珠表示爱的方式简单而疯狂。他的热情越高,阿珠越难受,当他激情爆发时,阿珠早已痛苦得死去活来。不到一年,阿珠借口要到外婆家生孩子,回到君山,并生了个怪模怪样的男孩。她给儿子起名寒流,表示对祝融氏氛围的反感,并决心不再回到那个鬼地方去。

这时,她的表姐素女送来一个女孩,十分可爱,阿珠用自己充足的乳汁哺育她,还经常背着她在湖畔玩耍。

当阿珠说到这里时,又触动了心病,声音呜咽,说不出话来。轩辕一惊,忙用双手抵住她的后背。一股热流激荡,阿珠感到从未有过的舒服。她回头嫣然一笑,说:"我没事了。不过,你的手还是这样放着好。"说完,孩子似的做个鬼脸。

轩辕为她性感十足的魅力所征服,不觉心旌摇动,一颗心"咚咚"地跳出声来,好像整个大地都在震动。

大地确实在震动。江水左岸,九面大鼓一字排开。中间那位击鼓者,肩膀上托着个圆圆的大脑袋,平顶,活脱脱就像一面鼓。阿珠告诉轩辕,他就是大哥阿鼓。鼓的前面,在一根两端支起的横杆上,倒挂着五只盆状彩陶。这就是阿鼓与阿延合作发明的响器,叫作钟。中间那位敲钟者,身披彩色麻织斗篷,便是二哥阿延。在钟鼓前的平地上,男女青年手持玉剑,踏着钟鼓节奏舞蹈,人们三五成群向江边跑来。

"不好,吴权又来挑战了!"阿珠话音未落,只听螺号声划破长空,一只大船乘风破浪,逆水而上;水手们喊着号子,风车般舞动船桨,顷刻而至。

阿珠和轩辕混在人群里观看动静。

"伯陵,我吴权又来了!"随着雷鸣般的一声吼叫,一位大汉跳上岸来。他甩掉锦袍，露出全身古树根般的肌肉，威风凛凛地站在场地中央。

"吴伯伯，今年还比试射箭吧。"一位肩宽腰圆的青年挤进圈子，向吴权打拱说道。阿珠小声告诉轩辕，他就是三哥阿殳。

"不行，不行！去年我与伯陵比赛射竹竿，你当裁判，明明是我胜了，你却说标示不明显，硬判了个平局。以后再也不比射艺了。"

"那可不能怪我，高手比射，历来没有好办法进行裁判。我制作了一个箭靶，起名叫侯，用它比试，技艺高低微小的差别也能分辨，不信你试试！"阿殳叫众人闪开，指给吴权看。

百步开外竖起一块长方形木板，上面画着黄色圆环，套着个红色圆心。吴权一看就明白了，说：

"的确很妙。那么我和谁比赛呢？"

"和我。"阿殳自信地说，并快步跑去拿弓箭。

"你？我不和你比赛。"

"为什么？我为什么不能代表家父？"阿殳回过头来诧异地问。

"你是不是他的儿子还说不清楚呢。"在场的人吃了一惊，听他说下去，"听伯陵说，缘妇怀孕三年生下你们哥仨；我总认为你母亲的孕期至少四年，才能一胎生下三个儿子。照这么算下来，我吴权才是你们的亲爹，我怎能和你比试呢？"

阿殳大怒，推开围观者，找到自己的弓箭，向吴权喊道：

"你侮辱了我，我要叫你知道，信口雌黄是要付出代价的，看箭！"说着，"嗖"的一箭向吴权射来。

吴权不避不闪，看箭到来，突然挥手一拍，那箭矢掉转方向，加快速度直向箭靶飞去，端端地扎在红心上。

"好！"众人高声喝彩。

阿殳一气射出十支箭，支支不离吴权胸口。只见吴权用手拍，用脚踢，或抓住箭杆甩出去，全部射中红心。众人的欢呼声一浪高过一浪。阿鼓和阿延一开始为阿殳击鼓鸣钟，到后来，则是为吴权的精彩表演而尽情敲打。

阿殳惊呆了,他想都没有想到,射箭的技艺竟有如此高超的境界。他把弓摔在地上,跑到吴权跟前,跪下说:"我不愿认你作父,但愿意拜你为师。"

吴权把他扶起来,哈哈大笑:"我会让你像亲儿子一样,继承我的一切。"他又向着天边高呼:"缘妇啊缘妇,我吴权也总算和你有缘了。"

吴权忘乎所以,拉着阿殳要走。阿殳问:"下面的比赛不进行了?"

吴权看看四周,说:"谁还和我比赛?"

场上没人应声。

"吴权,看我的!"只听空中响起一声尖叫,一只黑猩猩撑着几丈长、碗口粗的青竹从天而降。刚一落地,便直捣吴权。

吴权一手挡开竹竿,一手推开阿殳。只见竹竿在面前舞成一朵花,防不胜防。吴权知道来者不善,大声喊道:

"吴刀!"

二八神 [1]

一把弯月形的金刀从船上飞来。吴权接刀在手,说:"请诸位见识见识我的新兵器吴刀!"便连连挥动吴刀,向竹竿削去。

比赛场上竹屑飞扬,响起快刀削竹的"唰唰"声。

当时,刀、斧等利器都是用玉石磨制成的,削竹砍木很是不爽,这宝刀是用什么东西打造的呢?人们都看呆了,谁也不说话。

---

[1]《山海经·海外南经》:"有神人二八,连臂,为帝司夜于此野。在羽民东。其为人小颊赤肩,尽十六人。"

黑猩猩手中的竹竿只剩下不到一丈长,它似乎意识到那把弯刀的厉害,开始上蹿下跳,前滚后翻,尽量避免被削。吴权以静制动,瞅准机会就砍下一节,猩猩手忙脚乱,手中的兵器已不堪御敌。

吴权无意伤害猩猩,看到它的狼狈相,感到好笑,一不小心,却让黑猩猩窜到他的背后,在他屁股上狠狠敲了一棒。

吴权大怒,转身举刀向它扑来。黑猩猩一个滚翻,滚到轩辕脚下,叫道:"轩辕救我!"

轩辕十分欣赏吴权的武艺,更为吴刀的锋利所折服,同时也替滑稽可爱的黑猩猩捏一把汗。听到黑猩猩呼他的名字,想也没想,便拔剑挥向吴刀。只听"当"的一声响,刀剑相交,剑身变红,暴吐三尺电光。吴权只觉得刀柄发烫,手臂如触电一般,再也使不出力来,吴刀脱手而出,飞向半空。

吴权惊愕在地。见吴刀闪闪坠落,轩辕怕砸伤众人,随即腾身跃起,抄在手中。他掂量一下吴刀,又摸一摸锋刃,情不自禁地赞道:"好刀啊好刀!"又叹口气,把刀递给吴权说:"这种兵刃如此锋利,它的行世,将给天下带来血光之灾,老兄,慎用啊!"

吴权接过刀,又伸出手来,轩辕忙把剑递过去。吴权端详再三,说:"这把剑是吴刀的克星,似是神器,并非人人可持之物。吴刀是一位异人用庐山金石制成,那金石取之不尽,迟早会为民间所用,老弟所虑极是。但天道有常,岂能由你轩辕和我吴权所节制?"

轩辕忽然想起,他的名字首先是由黑猩猩喊出来的,四下张望,已不知它到何处去了,自言自语地说:"它怎么会知道我的名字呢?"

吴权笑道:"轩辕,你真是孤陋寡闻。那黑猩猩乃是一大怪物,出没在大森林边缘地带,全称叫作猩猩知人名,不管是何处来的陌生人,它都能一口叫出名字,还能呼出其先祖的名讳。好了,今日吴刀第一次临阵,就引出天鼋剑,岂非天意?咱们后会有期。"说罢,把剑还给轩辕,拉着阿殳就走。

空中传来悠扬的旋律。山坡上出现一男一女,男的吹着骨笛,女的弹起五弦琴，神情闲适而高雅。

"母亲……"阿珠刚叫出声，轩辕急忙捂住她的嘴。

吴权盯着缘妇和伯陵，一言不发，面部表情变幻不定。人们担心地看着他，阿殳紧紧抓住他微微颤抖的手。

"哈哈哈哈……"吴权忽然放声大笑，声震山川，但那笑声像哭一样，令人心碎。

笑声停下来，场上鸦雀无声。

"我只是想有个家，有个属于我自己的家。我想拥有属于我的妻子和孩子，让他们享受我的收获。"

谁也没有想到，像吴权这样叱咤风云的人物，竟如此平静地、歌吟般地在大庭广众之下诉说衷肠！他像是说给缘妇听，说给伯陵听，也像是说给众人听："江东美女如云，任我求偶，却没有一个能够走出氏族大门与我成家。不得已，我只好到炎帝境内来寻找，是缘妇给了我希望，使我过上了有家的日子。她走了，我想用矢志不渝的爱心感动她，引她回来。没想到，二十年来，伯陵用同样的爱心留住了她。缘妇，今后世上不会再有比你更幸福的女人了。阿殳能跟我走，我也满足了，不会再来打扰你们了。"

人们在流泪。阿珠紧紧抱着轩辕的一只胳膊，他能感觉到她擂鼓似的心跳。伯陵情不自禁地举起笛子，凄婉的笛声在空中荡漾。

鼓乐响起来。阿鼓和阿延搬起鼓、钟送到船上，说："吴伯伯，把我们的钟和鼓带回去吧，做个纪念，欢迎你常来做客。"说完，又和阿殳拥抱告别。

人们拥到江边，送吴船东去。

缘妇一个人站在山坡上，在落日的余晖中，岩石般一动不动地眺望东方，天边有一轮不完整的月亮。

"母亲——母亲——"阿珠哭喊着跑过去，扑在缘妇怀里。缘妇似从梦中惊醒，也不问情由，便抱住阿珠坐在地上放声大哭。等伯陵他们围过来时，缘妇擦干眼泪想站起来，这时她发觉阿珠身上冰凉，已瘫在自己怀里。

"阿珠，阿珠！你怎么了？"缘妇喊叫，"伯陵，你看阿珠她怎么啦？"

轩辕知道发生了什么事，正要挤进去救阿珠，只听空中传来一阵铃声，人群里有人叫道："岐伯[1]来了！"

轩辕抬头看去，只见十二只白鹿，脖子上挂着陶铃，拉着一辆大红色的车子徐徐降下地来。

岐伯是神农的高足，驾着鹿车四处采药。他的肩上伏着一只状若野兔的小动物，是白民国送给神农的，名叫药兽，它能根据诊断的病情，对症采来草药。岐伯为阿珠把脉后，在药兽耳边轻声说了句人们听不懂的话，它便箭一般消失在暮色里。

岐伯说，阿珠害了心疼病，是长时间悲伤过度引起的，用草药不易除根。说话间，药兽取来忘忧草，岐伯用陶舂捣出汁，和水给阿珠灌下去。

"轩辕，轩辕。"阿珠苏醒过来，声音微弱地呼唤。

轩辕抓住她的手说："阿珠，岐伯先生在这里，你会好的，好好休息吧！"她安静地睡着了。

"您是……"伯陵惊疑地望着轩辕，直到如今，他们还不知道阿珠从祝融国逃回来的事。

轩辕轵要地把阿珠离开祝融氏、丢失孩子及江上遇救的经过告诉大家，只是没有透露那孩子的父母是谁。

岐伯和药兽听得十分认真。他俩小声交流几句后，药兽便跳到岐伯头顶上，竖起两只比身体还要长的大耳朵，缓慢旋转。当耳郭朝向太阳落下去的方向时，它停下来，两只耳朵不停地摇动好一阵子，然后叫嚷着滑到岐伯怀里。

岐伯说，药兽遥测到，由此西行五百里开外，有一味根治心疼

---

[1]《太平御览》卷七二一引《帝王世纪》："岐伯，黄帝臣也。帝使岐伯尝味草木，典主医病《经方》《本草》《素问》之书咸出焉。"

病的特效药，具体名称和所处位置尚模糊不清，需前往近处探测。为防阿珠的心疼病突发，他建议轩辕留下来照顾她，等取回特效药再回北方。轩辕点点头。

轩辕跟伯陵一家学习音律、器乐，一点就通，且能举一反三，很受伯陵、缘妇的器重，与阿鼓兄弟也成了好朋友。阿珠对轩辕十分依恋，二人形影不离。伯陵夫妇为阿珠不幸的婚姻感到内疚，乐见他们朝夕相处，借以慰藉阿珠心灵上的创伤。轩辕把从素女那里学到的房事经验用在阿珠身上，着实令她受益匪浅。时间不长，阿珠便从一个悲悲凄凄的小女子，变成了一位活泼开朗的少妇人。但是，伯陵不打算让阿珠跟轩辕出走，他怕引起类似吴权那样的纠纷，无法向老父交代。

伯陵的担心不久就发生了。一日，彤鱼氏传来口信，说祝融氏派二八神来寻找阿珠，已去过君山，现正在到处打听伯陵家的住处。

伯陵脸色大变，对轩辕说："二八神共兄弟十六人，为首的叫野仲、游光，昼隐夜现，人称夜游神，是南海中夷方地区一霸。其品性善恶不定，善者可用其为善，恶者亦可纵其行恶。受人之托，忠人之事，是他们的信条。阿珠的病还没治好，不能让他们带走，只好麻烦你和阿鼓带她到西面大森林里躲避一下。"

夜幕降临，前面便是方圆三百里的大森林。阿鼓敲起挂在胸前的小鼓，并停下来听听动静，像是要和什么人取得联系。忽然，后面传来阵阵喊叫声，阿珠回头一望，吓得魂不附体，"啊"的一声扑在轩辕怀里。

追来的是二八神，共有十六人。但见个个人形犬耳，脸似刀背，肩胛红如炭火，一前一后八人连臂而来，边走边大声呼叫，声若犬吠。他们目似闪电，红光和绿光交替闪烁，形如鬼魅，煞是吓人。轩辕把阿珠轻轻推给阿鼓，让他们快跑；他一人当路站定，面对二八。

十六人将轩辕团团围住。他不动声色，不挪一步。野仲止住大家的鼓噪，说："夷方二八，受祝融氏朱明委托，来接少夫人回府。我们一路嗅着气味跟来，知道少夫人一向深得先生照顾，在此一并致谢。"

轩辕没有想到，凶神恶煞般的二八头目，还会讲出如此不软不硬、话里有话的外交辞令，不禁大感兴趣，说道："诸位忠人之事，千里奔波，不辞辛苦，我轩辕极是佩服。在下有个不当之请，望给个薄面：请你们回去捎个口信给朱明，就说阿珠不服水土，不堪他的火暴脾气，让他改好后再来接人，拜托！"

"放屁，放屁！我们只答应把那个小女人抢回去，别的屁事都不管。大哥，甭给他转文了，抬脚！"二首领游光极不耐烦，发出命令。

"唰！"前排八只脚齐齐地向轩辕蹬来。

"刺啦——"宝剑出鞘，剑芒绕行一周，眼看着八条腿被齐刷刷地切下来。

轩辕大吃一惊。他只是要自卫一下，没料到一出手就伤人致残。

"好剑！"十六人同声叫好，又有八只脚抵上来，外围还是八个人。

轩辕又是一惊。地上既没有断腿，也不见一条腿的人。当他手忙脚乱地又一剑削下时，结果依然如此。

真是见鬼了！

不错，就是见鬼了。通过反复观察，轩辕恍然大悟。二八神，也被称作二八鬼，他们的生命坐标恰在人和鬼的交界线上，是亦人亦鬼的怪物。当身体受到伤害时，他忽地变成了无形的鬼魂，毫发无损；危险过后，他又堂而皇之地成了人。轩辕把亦人亦兽的怪物当作人来对待，甚是好打交道；今天被这种怪物缠上身，可真是伤透了脑筋。在应付二八神的车轮战中，他苦苦思索脱身之计。

"轩辕莫怕，我来救你！"来者是猩猩知人名，它身后是一大群黑猩猩，呼啦啦给二八神来了个外线包围。它们挥舞着粗木棒，在削尖的那端套着圆石球，看来像是采集用的工具，被拿来做了武器。

"哈哈，枭阳[1]来也！"这一声喊，像空中打了个霹雳，立时刮起一阵飓风，树叶唰唰落下一地。只见一位巨人一步跨进包围圈，一把把轩辕拎出圈外，接着叫道："二八神神出鬼没，不可轻敌，快快摆下桃木阵！"

黑猩猩把木棒插在地上，形成一个大栅栏，把二八神圈在里面。猩猩们边舞边唱，像是在念咒语。

"抛石手准备！哈哈！"枭阳话音刚落，一群浑身长毛的人又包围上来。他们人人拿根短木棒，木棒一端套个石球，这是他们平时用来狩猎的抛掷工具。

趁他发号施令之际，轩辕才有机会打量这个自称枭阳的巨人。他有三个平常人叠起来那么高，毛发遮体，面部界于人和猿之间，嘴唇外翻，手持一支玉管，看来是此地枭阳国的首领无疑。

只听野仲说道："枭阳大王你好！我二八迎接少夫人还家，借道贵国，不曾伤害一草一木，为何摆下如此大阵对付我们？"

"哈哈哈哈！"枭阳有个毛病，不管高兴也罢，恼怒也罢，见人就爱发笑，"二八听着！伯陵是我朋友，小女前来避难，岂能不管？我知道二八难缠，只好先下手为强，摆下这桃木阵，使尔等无法变来变去。你们只要表示放弃捉拿阿珠，我可马上放行；如说半个不字，石球砸下，便是二八归天之时！"

"不行，不行，"游光大叫，"放弃承诺，毋宁粉身！"

"放弃承诺，毋宁粉身！放弃承诺，毋宁粉身！"二八连臂，在桃木阵中边走边呼，悲壮激昂，震撼人心。

"预备——"二八不买他的面子，令枭阳十分震怒，大手一举，便要下令抛石。

---

[1]《山海经·海内南经》："枭阳国在北朐之西，其为人人面长唇，黑身有毛，反踵，见人则笑。左手操管。"

"慢！"轩辕双手抱拳，向枭阳说，"小弟有句话要问，请大哥宽限片刻。"

枭阳点点头，手还是没有放下。

巴蛇吞象

轩辕问道："野仲、游光，我有一事不明，祝融氏朱明是否交代过，他是要你们接一个活的夫人回去呢，还是要个死的？"

二八们一怔，随即哄然大笑："当然是活的，死的要她干吗？"看他们那神态，还真没把死当回事。

场上气氛活跃起来，人们交头接耳，等待对话的进展，枭阳也把抬起的胳膊放下来。

"少夫人阿珠得了心疼病，如果现在跟你们走，路上病发而死，你们将如何交差呢？"

二八们面面相觑，又窃窃私语。好一会儿，才听野仲怯声怯气地答道："如果接回去是个死的，应当以违背承诺论处，二八从此不再做人矣……轩辕，你有什么好办法教导我们吗？"

"岐伯先生正在寻找特效药，等他回来，在这里给少夫人慢慢调理，我可陪你们回去复命……"轩辕说到这里，忽然两只大鸟从众人头上掠过，把一块树皮端端地抛给枭阳，枭阳蹲下拿给他看。

树皮上画着一条蛇在吞食大象，岐伯站在旁边招手。

轩辕明白，这是岐伯请枭阳去帮忙。

轩辕和枭阳耳语几句，举起树皮对二八神说："岐伯先生召唤，我与猩猩知人名要陪同枭阳大哥前往，少夫人阿珠交给你们保护。二八兄弟听清了，我回来后，你们把阿珠交给我，我跟你们走。"

"一言为定！"二八齐声应答。

枭阳告诉轩辕，他们要去的地方在巴遂山的青卷国，那里盘踞着一条巨蛇，外地人称它为巴蛇，能吞食大象，三年后才把象骨吐出来，这种象骨可治心疼病。[1] 从这里去巴遂山，要穿过他的地盘枭阳国，也就是方圆三百里的森林地带，叫作泛林。这里的森林居民以狩猎、采集为生，冬宿洞穴，夏栖树巢，与禽兽为伍。枭阳本人生而有异，不仅比同类高出一倍，力大无穷，而且智力超常，是各群落公认的领袖。

"我觉得自己哪一点儿都不比人类差，就是因为长了这身毛，才总被人列入异类。不过，有一失必有一得，野兽们却把我当作同类来交往；就像这只黑猩猩，头一次见面，就拜我为大哥。"枭阳说完，又禁不住哈哈大笑起来。

"你总想往人类那边靠，不承认自己是兽类。你不想想，你一发怒就要吃人，人家能要你吗？"猩猩知人名向轩辕揭发。它是黑猩猩部落中的智者，颇通人言、人性，但有自知之明，从来没有加入人类行列的野心。

"我吃的都是恶人，禽兽不如！"枭阳马上替自己辩解。看来，他对自己被排斥在人类之外一直耿耿于怀。

轩辕想，这人和兽还真是不好区别，眼前这两位是兽形人心，也的确有一些人是人形兽心。唉，这种说法也有问题，谁能肯定地说，这兽心都比人心坏呢？

一路上涧深林密，古木参天，青藤倒挂，荆棘丛生，一些凶禽猛兽也时常出没其间。轩辕伏在枭阳背上，看他俩攀藤缘木，涉水跳涧，行走如飞。猩猩话语不多，枭阳却十分健谈，说到深山老林中的异物奇兽，轩辕闻所未闻，大长见识。枭阳还告诉他，神农氏炎帝也经常到这一带采药、行医，很受人们的敬重。枭阳本人与伯陵、

---

[1]《山海经·海内南经》："巴蛇食象，三岁而出其骨，君子服之，无心腹之疾。其为蛇青黄赤黑。"

岐伯等神农氏子弟，都以兄弟相称。

"你见过俞罔吗？"轩辕忽然想起，阿珠有位大伯，常在山林行走。

"前些日子我在北面的姑瑶山遇到大哥俞罔，当时他在精卫氏家族落脚，住在树巢上。那家有一对双胞胎女婴，说是他的孩子。"枭阳说，不知是赞赏还是感伤，"大哥很有人缘，各部落都同意让他接班做炎帝，他却毫不在意，过着像我这种野人一样的生活，无家无室，四处流浪。"

巴遂山山高路险，枭阳仍不让轩辕下地，他和黑猩猩手脚并用，翻山越岭，如履平地。

"轩辕停下，黄鸟问话。"当他们攀上顶峰时，听见有人呼唤。

轩辕循声望去，见银杏树上有一只双头凤鸟，忽闪着翅膀喊叫。

轩辕感到奇怪，问道："你是谁？怎么认识我？"

"它叫黄鸟，是天帝派来监视那条巴蛇的。"黑猩猩忽然插话。

"好聪明的大猩猩，你不光知人名，还懂不少事。"黄鸟称赞道，又对轩辕说："西面不远便是灵山，我曾经亲眼看见你攀登建木，与花蛇苦斗坠江。天帝怕大蛇偷吃建木上的花和叶——那些都是仙药，派我监视它。只要巴蛇掉头渡涧西来，我就报警，召雷公发射霹雳把它吓回去。"

"为什么不把它击毙呢？"轩辕不解地问。

"上天有好生之德，虽有无敌神威，却不因自己的好恶而随意杀生。那蛇也是天生地长的灵物，岂可无端害它性命？"黄鸟解释说，看来它并没有因这个枯燥的差事而怨恨大蛇。

"听说那巨蛇食虎豹、吞大象，为害方圆百里，无法可治，天帝怎不加以制止呢？"

"一物降一物，乃成天下秩序。弱者自强不息，以柔克刚，仍不乏生存之道；强者若不能自行节制，一味贪暴，待恶贯满盈之时，定遭灭顶之灾，何劳天帝费神？"黄鸟把话锋一转，又说："轩辕，上次你爬天梯求不死药，差点儿丢了性命，是为了妻子的情人；这次蛇口取药，该是为了自己的情人吧？"

"你这个鬼灵精，看来什么都知道，不会不知道岐伯在什么地方吧？"轩辕笑道，他急于赶路。

"翻过山头就能见到他。快去吧，我还等着看热闹呢。"

巨蛇黑身青首，嘴巴已经咬住大象的头部。大象用力向后拽，但黑蛇尾部绕在大树上，一动不动，就这么僵持着。

岐伯告诉他们，按黄鸟的预测，黑蛇上次吞象距今已有三年，这几天就该吐骨了。正当他们焦急等待时，忽然跑来一头雄壮的公象，向黑蛇发起挑战，像是来复仇一般。起初公象气势汹汹，锐不可当，黑蛇只是左避右闪，不与它接触，同时频频释放毒液。这样苦斗了三天三夜，大象的动作渐渐迟钝，黑蛇瞅准机会咬住它的头。

"这时我开始着急了。要是它吞起象来，又要等三年才能吐骨，阿珠的病就耽误了。所以请鸠王送信给枭阳，看能否制止它。"说完，岐伯望着枭阳。

枭阳盯着对面的山梁，没有回答岐伯的话，轩辕也在观察这场恶斗的阵势。

"运日、阴谐何在？"过了好大一会儿，枭阳忽然问道。

随着尖厉的叫声划破长空，两只大鸟从山顶高大的树冠上俯冲而下，在他们头顶上空缓缓盘旋。轩辕抬头细看，见此鸟长颈赤喙，展翅如雕，其中一只拖着山雉一样的长尾，绚丽多彩，正是给枭阳送信的那两只。岐伯告诉他，这种鸟叫作鸩，身有剧毒，以橡实为食，最爱吃毒蛇头。这两只是北面女儿山上的鸩王，雄鸟名为运日，雌鸟叫作阴谐，颇通人性，经常帮神农驱赶毒虫。它们早就对巴蛇的大脑袋垂涎三尺，经常千里迢迢前来窥视，等待猎食机会。

在岐伯同轩辕交谈时，枭阳与鸩王沟通了攻击战术。只听一声呼啸，枭阳身形如风，直扑大树，两只大手紧紧拽住蛇尾，把它在树干上勒紧。与此同时，两只鸩鸟箭一般射向蛇头，连连啄击，发出"当当当"的响声，如敲打岩石一般。

巴蛇以为它们在头上啄虫子，没有理睬，依然叼住大象脑袋不放。运日和阴谐见它如此小瞧堂堂鸩王，勃然大怒，雄左雌右，分两路猛攻巴蛇双目。

在鸩鸟尖喙利爪的反复折腾下，眼睛这块防守薄弱的阵地连连告急。但巴蛇仍然不肯放弃这道美餐。像它这样的饭量，填饱一次肚皮很不容易，这可是三年的口粮啊！

在危急之际，巴蛇想起了它的祖传绝技口诀：击首尾应，击尾首应，击中首尾相应，于是急忙调动尾巴前来排除骚扰。这时它才发现，自己的尾巴已被勒紧在大树上，失去了活动自由。

巴蛇见遭到暗算，深感大事不妙。它放开大象，昂首吐舌向鸩鸟发起反击；大象趁机脱离险境。

巴蛇张开大口，想把鸩鸟吸入腹内，逼得运日与阴谐不敢靠近。这时它若掉头救尾，枭阳定难脱身。此时，轩辕急中生智，突然拔剑，向蛇口掷去。

巴蛇见一物夹风带火来到嘴边，大吃一惊，忙用舌拨打剑身，那剑恰好竖起来，卡在上下腭之间，吐不出，吞不进。

伏在伯陵肩上的药兽，忽地飞身跃起，弹丸一般射入蛇口，迫不及待地钻入蛇腹取骨。

那药兽在巴蛇肚子里又啃又挠，还释放出阵阵怪味，搞得巴蛇恶心难耐。只见它弓起身来，左右摆动，忽然身形一长，喷出一股恶气，随着轰然一声巨响，肚子里的象骨和秽物冰雹似的撒向对面山坡，药兽和宝剑也一同被抛出来。

巴蛇浑身瘫软，趴在地上喘息。枭阳不敢恋战，呼号一声，便飞也似的跑过涧来。运日和阴谐见是机会，不听枭阳招呼，反而向蛇头发起偷袭；那蛇怒不可遏，猛然扬起头来迎击，两鸟急忙逃离。

巴蛇此时又气又饿，发现敌人就在对面山坡上，有人有鹿，正是一顿美餐，于是顿时来了精神，腾空扑去。

岐伯大吃一惊，抓起一根象骨扭头便跑；轩辕自知无法逃避，宁可一拼，抓住飞回的宝剑双手举过头顶，直面大蛇。

情况万分紧急。

"巴蛇过涧啦！巴蛇过涧啦！"千钧一发之际，黄鸟一声尖叫刺破云天。随即，响起两声惊天动地的炸雷。巴蛇伏在地上半天不敢动弹。

岐伯的采药车只能搭载轩辕一人。当他与轩辕驾车赶回泛林时，阿鼓告诉他们一个坏消息：阿珠失踪了。阿鼓讲，二八神把阿珠送到树巢上，让阿鼓住到洞穴里，他们自己昼夜巡逻，连臂奔走高呼，很是尽心。到了第二天的夜半时分，外面响起一阵杂乱的呼叫声，他走出来一看，只见两条火龙向东飞去，二八神已无影无踪。

岐伯分析，是祝融氏之子朱明派人跟踪二八，得知阿珠下落后，亲自驾火龙把她接走的。二八不会阻拦朱明去见阿珠，对他不加设防，因此失守。为今之计，只有找炎帝打听她的下落。因为阿珠若犯病，朱明会把她送到那里去看病。

岐伯驾鹿车飞赴神农洞。神农洞坐落在千仞绝壁上，是一个天然洞穴，高三十丈，长二百丈。洞口前辟出一片平地，上面草木葳蕤，百花争艳，都是神农炎帝亲自培育的草药。其中有一种奇异的藤花，一昼夜可变换紫、绿、黄、青、赤五种色彩，各具异香。

鹿车直接滑入洞口停下，轩辕跟随岐伯步行入洞。在夜明珠黯淡的光照中，隐约可见峭岩突兀，洞中有洞。当接近一个宽敞平坦的大厅时，忽听前面传来说话声，岐伯忙拉轩辕停下。

"……司天官大桡曾多次报告，北方上空的天鼋星座，乃轩辕氏星象，这几年日见炫耀，与我方星座朱雀七星遥相争辉。近来又见其主星大放异彩，光芒所及，使朱雀黯然失色。我已晓谕各国，注意北来游客，若有异常，即带来盘查。"岐伯悄悄告诉轩辕，说话的人就是朱明，他示意轩辕隐蔽一下。

轩辕闪身躲进一个浅洞，感到有股潮湿的凉风从石隙吹来，好像别有洞天。接下来，从大厅传来一个苍老的声音：

"自实行农耕以来，先帝们设立了十四座观天台，通过跟踪日月出入、运行，测定寒暑变化，指导民众及时播种五谷，此乃观天之常例。司天官大桡靠天生纵目，以观察星象预测人间形势，此举可嘉；但尚无实例验证其真伪，岂可轻信！况轩辕先祖乃出自少典国，与我神农同祖同宗，怎能视为匪类？传我口谕，若遇轩辕氏人丁，可请来与我一叙。"

"是。"朱明回答，又奏道："共工氏筑城蓄水，下游方国常遭水淹，臣的部族也深受其害，我想请炎帝下一道手谕，让我组织联军前去问罪，不知可否？"

"不可造次！"炎帝生气地说，"共工氏祖居山麓，首创蓄水引渠，开人工灌溉田亩之先河，使缺水坡地得以旱涝保收。至于水淹下游，实因天降骤雨，引起山洪暴发，冲塌堤防所至，此乃天灾，岂可问罪共工？我已责成雨师赤松子，要经常向共工氏通报降雨之期，使其及时排放蓄水，以避免人为灾害。祝融氏与共工氏，一为火正，一为水正，是我两大股肱，应协力同心，才是族人之福，切不可以邻为壑，互相攻伐！"

"是。我可以走了吧？"朱明心中不快，怏怏地说。

"我还有话问你，岐伯有消息吗？"炎帝口气缓和了些。

"弟子在此等候参见陛下。"岐伯不等朱明回答，边说边走上前向炎帝施礼。

"听阿珠说，你去给她寻找特效药了？"

"弟子已找来巴蛇腹中象骨。"

"是味好药，但取之不易。我给她配制了一剂草药，服用后止住了疼痛。"炎帝又问朱明，"这几天阿珠还好吧？"

"我把她送到位于荥泽中间的小岛上静养，如今已恢复正常。陛下那副药很是神奇。"朱明答道。

"是如何配制的？弟子记下来。"岐伯迫不及待地问。

"我用的是洞前藤花。于一天中的辰、午、晡、暮、夜五个时间里，采摘紫、绿、黄、青、赤每种颜色藤花各一份，再配以鬼草，捣碎取汁，用山泉冲服即可。我发现不同草药的混合制剂，要比一种效果好。"

"这个发现很重要。类似蛇腹象骨这样的单味特效药，实在难以得到……"

"听说北方来的一位叫轩辕的人，同你一起去找药，他在哪里？"朱明不待岐伯把话说完，便插话逼问。

岐伯一愕，不知如何回答。

"北方轩辕，特来参见炎帝！"人随声到，轩辕上前给炎帝施礼，并向朱明、岐伯致意。

三人都吃了一惊。朱明由吃惊变为嫉恨，岐伯则由吃惊变为担心，而炎帝由吃惊变为兴奋。炎帝高兴地说："我刚想见一位北方来客，话音未落你就找上门来，真是太好了！年轻人，快坐到我跟前来，给我讲讲你祖上的事和现在的光景。"

轩辕面前的炎帝，有着和他的年龄不相对应的面容，须发乌黑，面色红润，只是声音苍老，但底气充沛。他座下是一块未加雕琢的玉石，上面铺着虎皮；面前的大石桌打磨得光滑如镜，桌面上雕刻着凤凰图案；右手边摆一副捣药的杵臼，左手旁放着一只黑亮的三足陶盂和几只陶钵。

岐伯从盂中倒出一钵水给轩辕。炎帝说："这是从山上采摘的一种树叶，叫作茶，饮用它泡过的水，可洗胃去毒，提神爽思。我尝药试毒之后，常用它来消解体内毒素，你可细细品尝。"

朱明要告辞，炎帝让他拿块象骨，若阿珠再犯病时，可研成粉末，冲水服下。

茶香沁人肺腑。轩辕向炎帝讲述祖上从姬水向东迁徙的过程，并介绍游牧部落的风俗习惯，使炎帝大感兴趣。他不时插话，还详细询问了几个问题。最后，炎帝忽然扭过头去，问道："仓颉[1]都记下了吗？"

"记下了。"一个声音低沉而洪亮，引起嗡嗡共鸣声。

也许眼睛逐渐适应了洞中的昏暗，轩辕这时才发现，对面墙壁前还立着一个人。在他那硕大的脑袋上，竟长着四只大眼睛，一对朝前，另一对长在额头上，射出道道灵光。

岐伯介绍说，他来自史皇氏，姓侯冈，名颉，人称仓颉，喜欢用手指在岩壁上画画。他手下的花鸟鱼虫、飞禽走兽，无不活灵活现。仓颉是炎帝史官，负责用图画描绘炎帝族群的历史和生活，留给后人作见证。

"我要告诉你的，都在洞中石壁上，让仓颉带你观看吧。我肚子里药力发作，须喝口茶静卧半个时辰。"炎帝轻声对轩辕说。他脸色蜡黄，头冒冷汗，似是隐忍着极大痛苦。他示意岐伯离开，动手自斟自饮。

朱明与句龙

岩壁上画着自然界各种物象，有的逼真，有的神似，多数是用赭红色染料涂成，也有的不知是用何种工具刻就的，让人目不暇接。轩辕还没有仔细揣摩内容，就已被这种记事方式震撼了。要知道，在他的部落里，人们仍在使用古老的结绳、刻木法。

轩辕一边浏览，一边陷入深思。当看完最后一幅图画时，他向

---

[1]《汉学堂丛书》辑《春秋纬元命苞》云："仓帝史皇氏，名颉，姓侯冈，龙颜侈哆，四目灵光，实有睿德，生而能书。……于是穷天地之变，……指掌而创文字，天为雨粟，鬼为夜哭，龙乃潜藏。"（录自袁珂《中国神话传说词典》）

仓颉提出一个问题："人们想要说的话,你都能用图画表示出来吗?"

仓颉摇摇头。

"你认为以后能做到这一点吗?"

仓颉肯定地点点头。

轩辕奇怪地望着仓颉。到目前为止,他还一句话没说,似乎他用来表达思想的方式,不是语言,而是画画。在他那超乎寻常的大脑袋里,定然储藏着无穷的智慧。轩辕有意结识仓颉,又提出一个令他非说话不可的问题："先生,你的创造使我眼前豁然开朗,咱们的友谊从今天开始。你能告诉我,你对我说的第一句话是什么吗?"

仓颉还是没有说话。只见他右手食指一挥,随着"嚓嚓嚓"三声响,石屑横飞,在岩壁上勾勒出一个活脱脱的小人,只见小人迈开大步,双臂摆动,呼之欲出,好像要从壁上走下来。

轩辕惊异地抓住仓颉的手仔细察看,他没料到,一个史官竟练就如此硬功。那小人传递的信息,他还没有来得及品味呢!

岐伯一脸惊慌,趴在轩辕耳边急促地说："仓颉叫你快走。他那两只天眼有隔山见物的透视功能,一定是发现了危险情况,我先出去看看。"

轩辕向仓颉一抱拳,说："后会有期。"

仓颉点一下头,又面壁去了。

当轩辕回来时,炎帝已恢复了正常,边捣药边问："还能看得明白吗?"

"仓颉之法若能推而广之,天下族群交流融合有望矣,古往今来传承发展无碍矣!"轩辕似是感慨,似是回答,顿一顿又说："炎帝治下物华天宝,人杰地灵,您有何法教我以治荒蛮之地?"

炎帝停下手中操作,说："古人不储余财,饥则求食,饱而弃余,故道法自然,自有天下大治;今世之人,物欲初蒙,摩擦渐生,以德化之,犹可保持淳朴民风;但仍有一些强梁之辈,不听教诲,相互侵伐,无法禁止。有人建议设刑法、治军备,以暴制暴,吾尚未采纳，现在看来在所难免。不过人心向善、人心求和乃是本性，故以德为本无论何时也不可废。"

"轩辕谨记教导。"他深施一礼，从容告辞。

岐伯告诉轩辕，山下有人马埋伏，祝融氏朱明驾两龙候在山顶。他建议轩辕回去请求炎帝发话放行。

轩辕摇摇头，说："你驾车出走，飞得越远越好，把朱明引开，我自有脱身之计。"

岐伯把车篷掩好，催动十二只白鹿冲出洞口。轩辕找到自己曾经藏身的那个洞穴，想试试能否用宝剑另辟出路。此时，忽然发现暗中闪过一个人来，定睛看时，正是仓颉。只见他立掌为刀，硬生生在石壁上钻出一个洞口，把轩辕推进去。只听"咣当"一声，洞口又被大石堵住。

轩辕被推倒在狭小又潮湿的岩洞里，他的手触到一条正在滑动的粗壮的蛇尾，便紧紧拽住。那蛇拖着他时上时下、时左时右地滑行，所幸半圆形的路面很光，像是蛇长期爬行摩擦出来的一样。

不知过了多久，前面传来流水声，洞穴也逐渐宽大。轩辕松开手，滑落在阴河岸边，那条蛇头也不回地钻入水中。

水流湍急，不知深浅，上面还滴滴答答地落着水滴。轩辕坐在水边布满青苔的大石板上，思考如何走出暗河。

他忽然觉得，石板已无声无息地离开河岸，正在顺流而下！就在他满腹狐疑之时，更奇怪的事发生了：石板下伸出一只乌龟头，两只眼睛射出绿莹莹的光，照亮了岩壁、流水，使轩辕顿时感到从黑暗的地狱回到了人间。

他的小船原来是一只少见的三足龟，龟甲上长满了苔藓，让人误以为是石板。那只三足龟在此地不知静卧了多少个年头，不想今天贵客从天而降，使它得到一次施展本领的机会。只见它把前面的两条腿当桨，用来划水，把后面的一条腿作为舵，优哉游哉，顺水游去。

洞中天光大亮。轩辕抬头观看，见上方有一天井，直把蓝天白云投射下来。他顿时来了精神，示意停下。三足龟好像还没有尽兴，不情愿地停下来。

天井中有一条从上面垂下来的麻绳，系着半截一抱粗的竹筒，泡在水中。轩辕摸一摸龟头，向它告辞，然后借助麻绳攀上地面。

眼前阡陌纵横，麦苗青青。沿着地下阴河的走向，相隔不远便有一口水井，井台上置有提水的辘轳，看来是用于灌溉田亩的。此时，太阳当头，田间不见一人，轩辕沿着大路向北方走去。

大路上尘土飞扬，一匹马飞奔而来，那马的四条腿的膝盖上，长满长长的细毛。马的后面还紧跟着一个人，他的脚竟和马蹄一模一样，膝盖上也长着毛。那人拽着马尾，蹄不点地，腿上长毛飘动，如腾云驾雾一般，转眼间来到轩辕面前。

轩辕闪开大路，让他们冲过去。这时前面传来阵阵叫喊声。

"先生可是轩辕？"一人一马忽然又跑了回来，随着问话声，那人率先来到轩辕面前，手里还拿着一张画像。

"我便是轩辕，壮士来自何处？"

"我是丁零国人，就叫我丁零吧！是左彻先生派我来找你的。后面有人追赶，你先骑上这匹牦马，再听我细说。"

说话间，有二三十人已经迫近，个个人面猿身。丁零告诉轩辕，他们来自厌火国，口中能喷出三尺长的火焰，是朱明的卫队。只听他们高声喊道："快停下接受盘查，不然我们就放箭了！"话音未落，两支带火的箭"嗖嗖"越过头顶，落在他们身后几步远的地方。看来这是警告。

轩辕心想，如果奋力一拼，这些人是挡不住自己的天鼋剑的，但丁零和牦马的飞毛腿就难保了，何况他也不愿意在炎帝地盘上伤害人命；若听任他们查问，就会惊动朱明，难以逃脱……

正当轩辕举棋不定时,二八神突然现身,厌火国人还没有看清来人面目,就一个个扑跌在地,动弹不得。

"二八脚下留情!"轩辕急忙发话,他怕二八们的铁腿置他们于死地。

"好个有仁有义的轩辕!请放心,两个时辰后他们就能走了。"野仲走向前来,双手抱拳,对轩辕说,"我们是来向您告别的,也是向人世告别的。由于违背了与您的约定,二八神亵渎了自己做人的信条,再也没脸在阳间走动;不过,总有一天,我们会把阿珠送到您面前。"

野仲转过身去,面对他的弟兄,坚定地举起右手。二八神齐声高喊,呼声悲壮:"若不践约,宁勿做人!"连呼两遍,忽地化作一团阴风飘去。

"若不践约,宁勿做人!若不践约,宁勿做人!……"轩辕反复念叨着二八神的誓言,感慨万千。

丁零说,左彻一行路经丁零国,选派了五名青年,分头到各地寻找轩辕。他告诉轩辕,处于轩辕部落以北的熏粥部落,屡屡侵掠邻里;近来又在集聚人马,图谋大举南侵,请轩辕速速回归。丁零在路上发现了这匹牦马,便与它展开竞赛,跑了一天一夜,牦马也没有把丁零甩开,于是就归顺了他。

轩辕骑在马上,丁零依旧拽着马尾,边走边说。发现有人盘查,便加速冲过去。一路上经常在日中时分遇到集市贸易,届时大道两旁人群汇聚,他们不敢穿越,只好绕道潜行。

这一日,他们来到一座土山脚下,前面都是丘陵地带,轩辕揣摩着已经逃出祝融氏地界,脱离了险境,便停下来休息。丁零抓了几只野兔架在火上烧烤,散发出阵阵肉香。牦马也自顾自地去吃草。轩辕坐在草地上,遥望南天,想起他新近结交的一个个好朋友;还有那个令他放心不下的阿珠,她的病好了吗?心情愉快吗?一阵惆怅袭向心头。

白云飘来了,大雁飞来了,忽然,天边闪出一片火红的云团,越来越近——原来是祝融氏朱明驾着两龙追来了!

跑已经来不及了,跑得再快也没有他飞得快。轩辕让丁零牵着马躲进山上的树林里,他坐在那里吃兔肉,宝剑就放在身边。

轩辕其实很想再见朱明一面,主要是想看看他那两条龙,因为到目前为止,他还不知龙为何物。草原上的人们把闪电称为龙,是根据打雷时的"隆隆"声命名的。对于一些尚不知名的动物,人们习惯用"自呼其名"来称呼它,如虎、羊、鸡、鸭等,就是这样叫开的。轩辕曾无数次站在雨中观察闪电,探究龙的形象,但它总是一闪即逝,神秘莫测。

朱明驾着龙低空盘旋,见轩辕若无其事地进餐,还不时向自己摆手致意,心中大犯嘀咕。特别是他身边那把宝剑,先时只同吴刀碰撞了一下,便已震惊大江南北,闻者胆寒。要是自己单独和他动手,胜负难卜。他见兵丁未到,便考虑如何先稳住轩辕。

两条龙通体散发着红光,兽头鹰爪,蛇体鱼鳞,看来是一种水、陆、空三栖动物。只是过于驯服,一点头、一伸足都由朱明的手势控制,了无灵气,和轩辕想象的那种变化无常、神通广大的龙大相径庭。

轩辕知道,朱明来者不善。但既然来了,就要把自己要说的话告诉他,至于后果,只有看对方的反应了。

"轩辕阁下,我本打算邀请您访问祝融国,届时聆听您的高见,您怎能不辞而别呢?"朱明把龙停在轩辕的斜上方,首先发话。

轩辕见朱明虽然说话客气,但并不降落,还不时回头看,已知其意,便直截了当地说:"炎帝治下文明开化,强我十倍,令轩辕十分佩服,学犹不及,何来高见?只是对足下倒有一言相告,不知当讲不当讲?"

"请讲!"朱明坐在高处,已看到援兵出现在地平线上。

"两情相悦,始为伉俪,此乃禽兽所本、人性所至也。今阿珠与君水火不容，伴君如伴蛇虺，痛不欲生，您又何必缠住她不放呢？令轩辕百思不得其解。"

"住口！"朱明勃然大怒，浑身冒火。戏人之妻，不知悔恨，反倒教训人家，真是岂有此理！只见他把右边的龙角猛地一拍，双龙俯冲，同时伸出长长的龙爪，抓向轩辕人头。

轩辕与阿珠那段情缘，已经触犯了祝融氏的大忌，而他还浑然不觉。因为在轩辕的部落里，性伙伴是个人随时自由选择的，虽然也免不了产生嫉妒情绪，但绝对不会酿成武斗。他没料到几句话刚出口，就惹朱明发这么大的火。

面对突如其来的袭击，轩辕本能地拔剑向上一挥，天鼋剑吐出三尺电光，直扫过去。那只龙脚猛然痉挛一下，便像麻绳一样软塌塌地垂下来。

朱明惊出一身冷汗。他在盛怒之下忘记了提防天鼋剑。这时他的头脑开始冷静，迅速一提龙角，向斜上方飞去，然后掉过头来，挥手拍向左边的龙角，火龙喷出两枚火球，向轩辕飞来。

轩辕所赖以护身的只有这把剑。他站起身来，双手举剑过顶。剑身变得通红，从剑尖射出两束紫光，直指火球。只听"砰、砰"两声响，火球先后在空中爆炸。

这时，厌火国人手持弓箭、刀枪，口中喷火，蜂拥而来。轩辕见大事不妙，转身奔上土山，与丁零会合。追兵把土山团团围住。

朱明在空中哈哈大笑："轩辕，你现在成了瓮中之鳖，莫再逞强，只要你交出宝剑，并发誓不再南来，朱明放你一条生路，你看如何？"

"你违背炎帝指示，私自跑来寻仇，已是大逆不道，我岂能向你这种无信无义之人低头？穷不输志，达不张狂，乃为人之道，朱明，你应该记住我的教诲。"

朱明见轩辕在国人面前揭露他的秘密，恼羞成怒，急忙下令："快给我放火！"

无数只带火的箭射向森林和草木深处。山丘顿时笼罩在烟火之中。

轩辕挥剑伐木,命丁零把砍倒的树木拖开,欲营造出一块隔火带;但火箭如飞蝗般射到,他们身旁的草木很快燃烧起来,纵有神通广大的天鼋剑也无可奈何。

情况万分紧急!

忽然,一阵骤雨从天而降,自山头直洒向山脚,在火海中蹚出一条路来。此时,天上万里晴空。

轩辕大喜,也不问情由,两人一马跟着雨头跑下山来,又一气冲到另一座草木稀疏的山梁上。

眼前豁然开朗,只见丘壑间有一片碧波粼粼的湖水。不远处的拦水坝上,有一条蟒蛇从湖水中探出半截身来,人面红发,口中喷出一道粗大的水柱,射向他们刚刚逃离的火海。

轩辕和丁零十分惊奇,他们不再逃跑,站在那里观看这场水火大战。

山火被扑灭,围山的兵丁一个个成了落汤鸡,再也吐不出火来。朱明从空中掷下几只火球,想阻止蟒蛇喷水,也都被水柱扫中,落入湖中。

蟒蛇不见了,大坝上站着一位翩翩少年,腰围蛇皮短裙,红发高束,面向空中喊道:"朱明,你为何纵火焚烧我家山林?你祝融氏把林木都烧光了,又要到我共工氏的地盘上放火不成?"

"句龙[1],你小小年纪,怎如此对我说话!你可知,放虎归山,遗下无穷后患,又该当何罪?"

"炎帝刚刚说过,轩辕不是敌人是客人,我救他何罪之有?你是不是又在给共工氏罗织罪名,准备组织联军来攻打?"句龙不依不饶,把朱明那点儿心事全揭穿了。

"你,你……你怎么知道?"朱明气急败坏,语无伦次。到了这个份上,他只好把心一横,干脆把话挑明:"我向炎帝的报告,

---

[1]《左传·昭公二十九年》:"共工氏有子曰句龙,为后土。"

你怎么能听到？"

"老兄，难道你没听说过'隔墙有耳'这句话吗？"句龙的回答十分坦诚。

轩辕恍然大悟，把自己带出神农洞的那条蛇，正是这个句龙，或者是他派去的密探；那条光溜溜的暗道，竟是共工氏为窃听炎帝谈话经常出入的秘密通道！

轩辕不愿卷入炎帝集团的内部纷争，于是抱拳说道："轩辕初次南来，给弟兄们添了不少麻烦，心中甚是过意不去，还望二位莫因轩辕而不和，就此告别！"说罢，跨上牦马向北进发。

朱明见句龙背后就是一个蓄水湖，如果动手，正好让他发挥水战优势；自己又烧了人家的山林，感到理亏，若再争执下去，于己不利，只好气哼哼地掉头南去。

句龙向轩辕赶来，说："在下共工氏句龙，慕先生久矣。今既到此地，何不到我的共工之丘盘桓几日，指点一下九丘十八川的治理方略？"

"轩辕只身南来，屡遭不测，蒙英雄援手于阴河之畔，火海之中，此恩轩辕铭记在心，容当后报。"轩辕说，"只是这次来访，给炎帝君臣添了不少麻烦，心中甚是过意不去。衷心希望水正和火正二位大臣能够协力辅佐炎帝，万不可因为轩辕的到来而引起族群之间的纷争。"

"先生多虑了。不瞒您说，共工氏同祝融氏之间的嫌隙由来已久。"句龙说，"那朱明依仗部族势力强大，又久得炎帝倚重，野心日见膨胀，大有挟天子以令诸侯之势。我共工氏也是一个古老的部族，几千年来雄踞太行山麓，称霸大河之滨。句龙虽不才，但又怎能甘居他人之下，处处听他朱明摆布？只是如今祝融氏执掌炎帝大权，排挤他国，共工氏不得不防。前日引你潜出神农洞的那条暗道，就是我们经常侦探朱明奏报炎帝的秘密通道。"

"既然如此，轩辕就更应该回避些好，不然会进一步加深炎帝水、火两位大臣之间的矛盾。"轩辕惦记着妻子嫘姑的去向、女儿的下落，归心似箭，于是抱拳说："请兄弟止步，咱们来日方长，轩辕去也！"

东海流波山

在希有不在的日子里，蚩尤真的成了野孩子。大黑熊已不再听从木公的招呼，只跟着蚩尤没日没夜地在岛上游荡。已升任东王公的木公，此时比原来更觉孤单了。他完全没有管教孩子的经验，只好视其所长，以导代管。

东海流波山上有一种野兽，叫作夔[1]，形状似牛而无角，一足，马尾，出入水时总是伴有狂风骤雨，光若日月，吼声如雷。由于夔威猛异常，至今无人能驯。一日，东王公持钓竿去流波山，捉来一只刚出生的夔崽，送给蚩尤。蚩尤见它形状怪异，很是好奇，一直蹲在那里喂它鱼子和蜂蜜。夔崽睁开眼睛后，第一眼看到的就是蚩尤，于是把他误认为自己的生身之母，从此再也不肯离开他。蚩尤给它起名叫灵夔。蚩尤整天忙着照料新朋友，大黑熊受到冷落，东王公才趁机召回旧部。

两年后，灵夔长大了，已经可以载着蚩尤下海了，这扩大了蚩尤的旅游半径。灵夔的毛发又厚又密，入水不湿。潜水时，蚩尤把脸埋入毛发，还可进行呼吸，能陪它在水下待一个时辰。他们息息相通，成为生死之交的弟兄。

清晨，天空万里无云，刚刚露头的太阳在海波中欢快地沐浴，

---

[1]《山海经·大荒东经》："东海中有流波山，入海七千里。其上有兽，状如牛，苍身而无角，一足，出入水则必风雨，其光如日月，其声如雷，其名曰夔。黄帝得之，以其皮为鼓，橛以雷兽之骨，声闻五百里，以威天下。"

蚩尤和黑熊用笨拙的舞蹈欢迎它的升起。灵夔在不远处练习单腿跳，它在陆上远不如在水中行动灵活，不过，它跳跃式的奔跑速度足以令野马自愧不如。

从海上飞来一大一小两只虎鹰，像是母鹰带领刚出道的小鹰到岛上训练猎食的，蚩尤他们已司空见惯，并不在意。就在这时，只见那只小鹰突然向灵夔冲来；灵夔一惊之下，仰天呼号，像是求救，又像是呵斥，那声音恰似平地响起一声炸雷，直震得沙石并飞，海浪如柱。蚩尤和黑熊趴倒在地，连平时雷打不动的东王公也跑出来察看动静。

大虎鹰跌跌撞撞勉强支撑着滑落水面；小虎鹰像被龙卷风卷起的一片树叶，横飞出去，撞在山岩上摔下地来。

这是灵夔出生以来第一次大声吼叫，令本来有些醋意的黑熊大为服气。它跑到灵夔跟前，不住地舔它的独足。而灵夔却呆呆地站在原地，一动不动，不知发生了什么变故。

蚩尤把小虎鹰背回来。它昏昏沉沉，还折断了一条腿。东王公指导蚩尤给它接上断骨，并用树皮和麻线固定好。蚩尤做得很认真、很细心，使东王公又看到了这个野孩子的善良天性。

这只小虎鹰就是蚩尤用金丹救活的那只。在疗养期间，小虎鹰对岛上居民产生了感情；骨伤痊愈后，便成了蚩尤集团的核心成员，大虎鹰几次前来召唤，它都没有回家。虎鹰的加盟，大大扩展了蚩尤的活动空间。但真正令他惊喜的是，姑姑希有送来了一个女婴。

当初巫真找到希有，向她传达了天帝的指示，请她帮忙物色一个女婴。希有虽然不再偷婴儿喂养，但她那喜欢孩子的天性没变，也时刻关心着天下新降生的婴儿。她知道素女生了个女儿，眼下也只有这个孩子符合天帝列出的条件。她更清楚，西王母手眼通天，迟早会发现女孩的下落，并把她引渡到西王国。因此，为孩子着想，把她培养成一名神巫，还是一条不错的出路。

虽然如此，希有还是提出两个条件：一是训练之余，孩子由她安排（这一条巫真回去后没有回报，因为她自己可以做主）；二是十巫要承诺为她办一件事。前者是为了给蚩尤找个小伙伴，后者就是为了那冥冥中的感觉了。巫真当时答应了希有的要求，并告诉她，十巫有一条严格规定，一人承诺的事，其他九人都有责任去兑现。她还与希有约定，女孩十岁之前，夏季进行封闭式训练，其他时间交付给希有监护。

希有飞到君山，神不知鬼不觉地抱走女魃，连夜来到东王国。当晚月色朦胧，虽然希有每年都陪西王母到这儿来度假，但蚩尤见到她时仍然十分激动："姑姑来了！姑姑来了！"边喊边扑过来。此时一路熟睡的女魃被惊醒，她不哭不闹，两只大眼睛盯着蚩尤看，乌黑的眸子一动不动，最引人注目的是她眉宇间那颗火红的美人痣。忽然，她"咯咯"地笑起来。

在希有面前，所有的孩子都很乖，像在妈妈身边一样。她担心离开时女魃会哭闹，让她脱不了身，没想到女魃与蚩尤一见如故，让她感到放心。于是对蚩尤说："我给你抱来个小妹妹，你陪她玩会儿，我先去跟爷爷说句话。"说着走进洞去。

女魃已会蹒跚走路，牙牙学语。令蚩尤高兴的是，她是一个形状和自己类似的动物，特别是她那"呀呀"的叫声、"咯咯"的笑声，听起来既悦耳又熟悉，好像从前在哪里听到过一样。女魃很快就和蚩尤玩熟了，她开始注意蚩尤那块胎记，并执意要把小脸贴上去听一听。蚩尤感到奇怪，又不好扫她的兴，只好让她伏在背上听个够。

希有和东王公走来时，正赶上女魃蹲在地上撒尿，蚩尤懵懵懂懂地看着她直发呆。希有忙说："她是女孩，不能像你那样站着撒尿。"

"她是母的吗？会下崽吗？"蚩尤天真地问。他对各类动物进行过细致观察，知道它们有公母之别，母的会下崽。

"会的，长大了才会。"希有笑着回答，"她是你的阿妹，你要好好照顾她。"

蚩尤肃然起敬，上前把女魃搀起来。他特别喜爱动物幼崽，当然惠及它们的母亲；至于父亲在生育活动中所扮演的关键角色，他还没有研究，所以不予承认。

每年夏季到来之前，希有都把女魃带走，交给巫阳，送她到秘密训练基地，然后再陪同西王母来东王国避暑。因为希有事先有交代，大家都绝口不提东王国新移民女魃的事。但蚩尤总是盼望西王母快点儿离开，那时他和阿妹的快乐生活就开始了。女魃会说的第一句话，就是"吃（蚩）哥哥"。

灵夔和虎鹰都长大了，不习惯困守海岛，蚩尤和女魃就让它们做向导周游东海。每次出游，都是水、空两路并举，有时两人乘虎鹰在空中飞，灵夔走水路追随；有时同骑灵夔在海里游，虎鹰在头顶上空护航，很是风光。他们考察过东山口的君子国，那里的人衣冠带剑，好让不争，使蚩尤第一次感受到人类社会的文明。回来后，他把麻织短裙围在腰间，那是西王母给他拿来的，放在那里一直没穿。

一日凌晨，蚩尤一行随灵夔来到它的故乡——东海流波山。此时，这里正在进行夔王争霸战。一号选手老夔王站在北山头，二号选手是一位年轻的挑战者，站在南山头。裁判员是全岛老少选民——三百余头夔兽，它们散落在两山之间。

太阳露面时，比赛正式开始。两位竞争对手一声接一声地交替大吼，互比高低；选民们在两山之间徘徊观望，无所适从。几十个回合以后，老夔王渐感体力不支，底气疲软，已是声嘶力竭；而此时的挑战者内力十足，声声直逼对手。众夔兽见胜负已露端倪，纷纷涌向南山下。老夔王见大势已去，只好俯伏在地，表示臣服。

三号选手登上北山头。面对疲惫之师，它一鼓作气，如泰山压顶，迫使二号投降，选民们又开始用脚投票，潮水般回到北山下。

如此这般，已有九位选手轮番登场，没有一个能连胜两局，夔兽们只好像钟摆一样在两山之间跑来跑去，但没有一个放弃选举权——它们期待着强者出现。

灵夔自幼离开族群，并不知道这是在进行夔王争霸战，只是感到这种比赛很好玩，不觉技痒。当八号选手腾出位置时，它突然跳上南山头。九号选手挟得胜之势，欲给这位不速之客一个下马威，于是用出吃奶的力气向对面大吼，声浪滚滚不息。不料灵夔只浅浅回应一声，好像被吓住一样。山下出现一阵骚动，大家发现参赛者竟是一位从未晤面的同类。流波山的夔兽们不排斥外来者参与竞争，但只有强者才受到拥戴。

九号得势不饶人，在对方怯生生的应对中，不要命地发力，企图把它吓回去；无奈功力有限，不觉一声比一声低下来。此时灵夔倒一声高似一声，毫不费力便把对手赶下台。

灵夔自幼在东王国长大，受到人类熏陶，又从蚩尤那里分吃过东王公的金丹、西王母的仙桃，智商和功力已远非野生夔兽可比。这次它略施小计，便取得胜利，心中不觉扬扬自得。

但流波山的居民们并不买账，它们犹犹豫豫，没有像往常一样涌向胜利者，因为这个回归派的叫声纯属一般水平，够不上夔王资格，而且其比赛风格有违当地习惯。

蚩尤和女魃在空中观战，已看出门道。他们飞近灵夔，提醒它注意战术——他们之间没有共同的语言，但彼此心有灵犀，形成了一种比语言还要快捷的信息交流方式。

这时，灵夔已胸有成竹。它让虎鹰飞得高些、远些，然后运动丹田之气，发出惊天动地的吼声。对手应声滚落。夔兽群中，大半惊倒在地。回音过后，海岛一阵沉默，万籁无声。

灵夔独立山巅，昂首向天。虎鹰飞来，东王国的使者们欲率先向流波山新夔王表示祝贺。突然，山下传来阵阵声浪，其势排山倒海；虎鹰头晕目眩，一头栽了下来。

蚩尤和女魃大惊失色，双手抱紧虎鹰，俯伏在它的背上。危机之时，只听蚩尤背后"咔哒"一声响过，那块神秘的胎记忽地寒光四射，并发出蜜蜂似的"嗡嗡"叫声。

那悦耳的"嗡嗡"声,竟然赶跑了震耳欲聋的声浪。在即将触地之时,虎鹰顿时清醒,双翅一展,又飘然浮在空中。

蚩尤也被震得昏昏沉沉,对自己背后的神奇现象并无察觉。险情排除后,他才注意到地面上那激动人心的一幕:几百只夔兽正在进行大合唱,刚才那可怕的响声,就是它们发出的旋律,无怪乎虎鹰难以招架。不过现在变成了"嗡嗡"声,蚩尤以为自己的耳朵被震聋了。

流波山的居民们,是在向新夔王表示欢呼呢,还是对外来者进行示威?蚩尤正在纳闷,只见夔兽们齐刷刷扑倒在地,有节奏地向灵夔匍匐前进。再看他的朋友灵夔,巍然屹立在高高的山巅上,高傲而自信。大概此时的灵夔已经明白,父老乡亲已尊它为王了。

如此精彩的场面,竟然没有引起女魃的注意。原来她正掀开蚩尤的布衫,专心致志地研究他那块胎记。弓箭形的胎记还在闪烁着荧光,透出阵阵寒意。不过,此时的女魃已经过修炼,体内蓄有太阳真火,那股寒气只能使她感到一缕清爽,十分受用。

女魃想欣赏欣赏这个神奇的物件,用手轻轻地挠动,想把它抠下来。不料此举惊动了蚩尤,他回头诧异地看看这个已长成大孩子的阿妹。她只是撒娇地一笑,说:"吃哥哥,你回头看我干吗?"她从会说话起就把蚩尤唤作"吃哥哥",把"吃哥哥"和"吃饭"当成两件最喜欢的事。

灵夔做了流波山大王以后,要防御外敌入侵,要处理内部纠纷,还要关爱众多的异性追求者,可谓公务繁忙,就不像过去那样常驻东王国了。不过,它还是经常忙里偷闲跑来看看;特别是接到蚩尤的心灵感应信息时,便会放下一切要务,火速赶来。灵夔有了自己的事业,还能如此思念故人、忠于朋友,令蚩尤倍感欣慰。

蚩尤长大了,东王公有时也喊他帮帮忙;天长日久,蚩尤对东王公的研究工作渐渐产生了兴趣。就连女魃也受到熏陶,他们的爱好越来越多地从嬉戏、游玩转向东王公的实验室。

小虎鹰的活动出现一些怪异现象。它一改过去那种懒懒散散的习惯，不知从哪儿弄来一只乌龟，一天到晚抓着它起起落落；随着时间推移，虎鹰爪下的乌龟越换越大。三个寒暑过后，小虎鹰已是体大如牛、展翅若一片乌云，可轻而易举地抓着两只大乌龟自由飞翔。

在一个春暖花开的季节，小虎鹰郑重宣布，它要回出生地鹰岛竞选鹰王，请朋友们前去做个见证。直到这时，蚩尤他们才明白，小虎鹰的刻苦训练，原来是为了一个伟大的奋斗目标。

鹰岛上栖息着上千只虎鹰，它们没有固定的配偶，幼子随母，形成单亲家庭。幼鹰食量很大，雌虎鹰不堪重负。因此，雄虎鹰的主要社会责任，是各尽所能猎取食物，帮助所有的母亲哺育幼鹰。乌龟蛋是最受欢迎的美食，于是，一条竞赛规则约定成俗：谁能捉到个头最大、下蛋最多的乌龟，谁就是鹰王。

小虎鹰立志争夺王位后，便四处侦察猎物。它发现在君子国北面的孤岛上，有一只奇特的大乌龟，鸟头蛇尾，产蛋量超过十只普通乌龟的总和。如果把它运回国，可保终身为王。经过超强度的体能训练，小虎鹰自信可以举行登基典礼了，便向朋友们发出邀请。

君子国

小虎鹰飞走了，它要回国发表声明，然后再去搬运乌龟。蚩尤、女魃和灵夔随后前往鹰岛，为未来的鹰王捧场。

蚩尤一行路经东山口君子国，发现岛上鼓乐喧天，热闹非常。二人好奇，便向水畔一位钓鱼的老者打听原委。老者须眉皆白，气定神闲，身边卧着两只白虎，那是他的宠物兼坐骑。养虎，是君子国国民的一大嗜好。

老者告诉他们，昨天是君子国的祭祀日，今天是剑术节，明天和后天是娱乐节。这三个节，是举国庆祝日，国民可享受全年仅有的四天法定假。蚩尤曾到过君子国，向老者提出一个疑问：君子国既无外患也无内争，为什么男人们个个带剑而行呢？

见他们是外地游者，老者津津乐道地讲起本国的一段历史。

建国之初，君子国的先人们引进大批甘楂树，遍植全岛后皆长成参天大树。此树红枝黄叶，白花黑果，球形果实成熟后直径九尺大小，无瓤无核，果汁犹如凝固的蜂蜜，食之甘甜而耐饥渴。甘楂硕大的果壳还可以抽丝织布，造舟建屋，岛上居民世世代代衣食无忧，安居乐业。因此，人民爱岛如家，养成好让而不争的君子国风。

但万事美中不足。从历史上的某一年开始，大概是天帝醉酒时点错了鸳鸯谱，国中男女比例渐渐失调。到后来，约有三分之一的男性公民，享受不到规定的一夫一妻的权利。因此，围绕男女情事发生的治安案件急剧上升，为争夺配偶而决斗的事件也屡禁不止。君子国中无君子，几乎弄到被逼改换国名的地步。

长老们忧心忡忡，经再三计议，拟出一项提案付诸全民公决：在每年的祭祀日之后，放假三天，举办剑术节和娱乐节。同时颁布全民公约，规定人与人之间的所有怨恨，都要集中在剑术节这天通过比试剑术来发泄；所有的婚外情缘，都可在娱乐节中得到满足；在其余的日子里，国民们必须衣冠楚楚，彬彬有礼，温良恭俭让，以维护君子国国体与国风。

老人最后说："我的孙子叫孟奇，在中心广场参加比赛，他争夺的对象是今年刚选出的岛花。孟奇是正宗君子剑传人，你们可以去鉴赏鉴赏他的剑术。"

岛上到处都是比赛场，每个赛点的围观者有多有少，有的地方干脆就只有三个人：两个男人对打，一个女人观战。比赛规则是只能划破衣服，不能伤及皮肉。蚩尤、女魃一路看到，大凡那些长衫被剑锋划破的，都是郁郁寡欢的失败者。

中央广场人山人海。蚩尤挤到前排，看得入了迷。一位眉清目秀的小伙子连败三名高手，人们开始呼唤着他的名字，为他加油。原来他就是那位白胡子老人的孙子孟奇。孟奇果然身手不凡，眼下的对手是位高他一头的大汉，十分凶悍，一上来就猛打猛冲。孟奇在他周围躲闪腾挪，不一会儿，大汉的长袍下摆就变成了布条，而他仍然毫无退意。

观众看得出，这位老兄为美人不怕流血牺牲，勇气可嘉，但少了君子风度。有人开始喝倒好。此时，只听"当"的一声响，大汉的宝剑脱手落下，他连退几步跌倒在地。"哗——"全场掌声雷动。

岛花确实很漂亮。她激动地跑上去想拥抱胜利者——他不但剑术高明，长得也很帅——却发现一个黑不溜秋的半大孩子，捡起地上那把剑，站到孟奇面前。他的腰间只围了一条布裙，不知是哪里跑来的野小子。

人们交头接耳。公约上并没有限制参赛者的国籍和年龄。

"出手！"孟奇把剑指向蚩尤。蚩尤发现，对方的剑无色透明，而自己手中是一把碧绿的玉剑。比赛场上讲究君子动手不动口，孟奇催挑战者先出手，而蚩尤却一动不动。因为他一直在琢磨如何躲避孟奇的快攻，保护自己，还没有来得及研究怎样伤及对方。

孟奇只好一剑一剑刺来，速度较慢，分寸拿捏十分准确。蚩尤何其灵巧！他没有出剑，只是身子扭来扭去，便轻易躲过剑锋。

孟奇大怒，以为这位少年瞧不起自己的剑术。他一剑快似一剑，旋风一样袭来。蚩尤鬼魅般闪动，不时用剑遮挡一下，不让对方刺破自己的布衫。

竞技场上一黑一白，难分难解。孟奇久无对手，今日见这位少年身怀绝技，天下无双，可令自己在父老面前一展所学，于是越战越勇。君子国的人们还没有见过剑手如此过招，个个目瞪口呆，场上鸦雀无声。

蚩尤发现，剑的招式主要就那么几种，刺、挑、劈、抹、格，它的威力在于速度和力道，外加些技巧，这和禽兽并无两样。禽兽只是依靠自己的肢体，能量再大，也有限度；而人的手中有了兵器，力量将是无限的。这大概是这位未来"兵圣"的第一次感悟。

孟奇久攻无果，忽然收剑，抱拳说："小兄弟，你不是凡人，用常规剑式无法胜你，下面我想用君子剑神技试一试。祖上规定，此剑术一代只传一人，且不许在国内比武中使用，在场观众也没人见识过。今天，托你这位贵宾的福，我让父老乡亲瞻仰一下国术之魂的神姿，你要小心了。"

全场轰动。孟奇举剑指天，口中念念有词，观众敛声闭气，一场大战在即。

"当、当、当！"人们只看见一团雾，一道闪电，传来三声响，便一切都结束了。

两位选手面对面呆立着。蚩尤的玉剑变成碎片，洒落在地，手中只剩下剑柄。

观众呼叫着孟奇的名字涌向赛场，跑在最前面的当然是岛花姑娘。此时，孟奇一下成了姑娘们的偶像和岛国的保护神。

包围圈中，孟奇忽然抱拳，向惊魂未定的大男孩一揖到底，说："你赢了。"

众人惊愕不已。他们这时才发现，孟奇手中那把透明的宝剑不见了，连个碎片也没留下。

武士失剑，便是一输到底。

蚩尤对周围的景况浑然不觉。他仍然停留在刚才的一瞬间：无数条银蛇从三面射向自己那块可怜的遮羞布，他本能地提剑遮挡，玉剑粉碎；一道白光过后，银蛇无影无踪。

那道白光是从哪儿来的呢？他不知道。谁都不知道。

只有一个人知道，她就是女魃。她站在蚩尤背后，为他担心，目不转睛地盯着他。蚩尤背上那把神秘的剑忽地出鞘，又忽地入鞘，动作之快,目光追踪不及。

岛花姑娘脸色蜡黄,似乎不愿接受这位胜利者,但在众目睽睽之下,祖宗之法不可违,只好畏畏缩缩地走向蚩尤。

"他不要,他不要!"大男孩背后忽然钻出个女孩,一头把岛花撞了个屁股蹲,拉起蚩尤就跑。

蚩尤如梦初醒,他抓住女魃的胳臂一甩,让她骑在双肩上,一跃而起,踩着围观者的头冲出是非之地,向山林跑去。后面人群抬上岛花紧追不舍,孟奇也违心地随波逐流。

蚩尤何等快捷,早把追兵甩开。他正想放慢脚步,忽然一头撞在渔网上。

"哈哈哈!"一位老人把他们扶住,笑着说,"你不要,让给别人不好吗?逃什么!"

正是那位白胡子钓翁。

"让?让给谁?"蚩尤虚心请教。

"你随意。最好让给剑术高超的、岛花姑娘喜欢的人,这样使国人服气,也免得有缘男女老惦记着去偷情。虽然每年有一次娱乐节,也难消情怨。"老人给蚩尤指点迷津,又借题发表一条国是评论。

人群追上来。岛花姑娘昏了过去,孟奇痛苦地抱着她,一步步向蚩尤走来,好像要献祭一样。

蚩尤胸有成竹,他挥手让人们静下来,大声说:"我宣布,岛花姑娘属于孟奇大哥!"

人们都以为自己听错了,张着嘴发不出声来,包括孟奇在内。虽说君子国以让为本,但互让女人的事,近几十年还没有先例。

这时岛花"哇"地哭出声来,翻身抱住孟奇狂吻。人们回过神来,爆发出惊天动地的欢呼声。女魃把头埋在蚩尤怀里,不停地叫:"吃哥哥!吃哥哥!"

岛花姑娘疯了似的跑向蚩尤,拥着他和女魃呜呜痛哭,又破涕大笑。人们拥上前,抬起蚩尤、女魃和孟奇、岛花,在全岛游行祝贺。

只剩下白胡子老头嘻嘻地笑着走向水边，继续他的钓鱼事业。

娱乐节的头天晚上，孟奇用果壳制作了四副面具。岛花充分发挥艺术才能，在孟奇、蚩尤、女魃和自己身上绘制彩色图案。孟奇告诉两位贵宾，君子国的人们平时穿衣戴帽十分严谨，衣袖露肘、裙摆见膝便被认为有伤风化，受人指责。但在娱乐节期间，可以裸露全身，回归自然。因此，人人都借这个机会炫耀自己身体魅力，以吸引异性。

老人和孩子到野外去野餐，街头和广场成了青年男女的天下。五颜六色的人体彩绘争奇斗艳，人们互相欣赏着，评论着，并不感到羞涩和难堪，因为个个用染料画了脸谱，有的还戴着面具，让人认不出自己的本来面目。只有有情人凭暗号互相识别对方，在光天化日之下亲热，感受公开偷情的乐趣。

中心广场成了大舞台。有的唱，有的跳，有的在耍杂技、巫术。凡有一技之长者，都在竭力表演，渴望有人捧场。岛花解释说，君子国以谦让为最高美德，把爱表现才能的行为视作轻薄，人们只好在娱乐节一展才华，宣泄心底的表现欲。

南海诸国组织了一个杂技团，慕名来到君子国进行文化交流。他们的模样奇形怪状，引来不少人围观。孟奇一行到来时，贯胸国的一名选手正在表演单杠大车轮，与他配合的是交胫国选手。

两名交胫国的小伙相对倒立，各自的两条小腿天然交叉，一根木棒担在其间，便组成一副运动器械单杠。贯胸国选手胸间有窍，整个人悬空穿在单杠上，以单杠为轴不停地旋转，引起阵阵掌声。

另一处，三身国与焦侥国选手在联合表演拿手戏。三身国公民生有一头三身六条腿，倒立后，便形成梅花桩。焦侥国民身高一尺五寸，一男一女在六根桩上表演舞蹈、对打，精妙绝伦，令人眼花缭乱，观众叫好声不断。

那岛花是位性情中人，情绪极易冲动。她那凝脂般的胴体上描绘着鲜艳的飞蛇图形，还恰到好处地点缀着玉饰和野花，优美动人，已招来许多目光。节目演到精彩处，她又笑又跳，一时忘乎所以，摘下面具抛向空中。这可招来了大麻烦，一群男士发现了梦中情人，一拥而上，把她抬起来就跑。孟奇大惊，边喊边追，不小心暴露了自家身份，引火烧上身来。

原来有不少怨女少妇正在广场上游荡，苦苦寻找心目中的白马王子；此时发现了猎物，连喊带叫，把孟奇团团围住。蚩尤像蛇一样游动身躯钻入包围圈，欲救孟奇出来；孟奇只好苦笑着摇摇头，催他们先回去。

蚩尤拉着女魃去寻岛花，迎面遭遇一群少女。她们情窦初开，个个胸前画着蚩尤头像，原来是群狂热的追星族。少女们手拉手拦住去路，嘻嘻地笑着，相同的脸谱上露出洁白的牙齿和天真的眸子。

大事不好。蚩尤背起女魃扭头欲逃，不料已被四面包围，一面大网当头撒下。看来她们早有预谋，并采用了白胡子老人捉俘虏的战术。

蚩尤知道她们并无恶意，只是预感到要有麻烦，心中并不害怕。但女魃却像被蛇咬了一般哭叫起来："不要动他！不要动他！让我们走！"

女魃的哭声撕心裂肺，深深震撼着蚩尤，为了她，也要尽快摆脱少女们的纠缠。但他一时无计可施。

此时天空晴转阴。忽然，半空响起一连串的炸雷，人们惊魂未定，倾盆大雨便兜头盖脑泼洒下来。

这雷雨来得甚是奇怪。但谁也没有来得及想，就抱着头蹲在地上，因为跑都跑不动。

这雨去得更是奇怪。当人们睁开眼睛时，已是云消雾散。太阳笑嘻嘻地鸟瞰人间，五颜六色的小溪在大地上流淌。

暴雨把人们洗刷得干干净净。此时，每人都惊奇地发现了一幅史无前例的景观：周围的伙伴个个浑身一丝不挂，而且勇敢地暴露出了自己的真面目。这可是国之大忌、民之大耻啊！

当众人终于意识到自己和大家一样被曝光时，几乎同时"啊"地大叫一声，用手捂住脸面飞快地跑开，人人若惊弓之鸟，只剩下外国旅游者在那里指手画脚。

风雨情缘

蚩尤决定不再惊动孟奇和岛花，便背起女魃准备要走。此时，灵夔不声不响地来到面前。蚩尤大喜，和女魃骑上夔背，离开是非之地。

灵夔告诉他们，小虎鹰被雷霆击伤一爪，漂在水面上不能起飞。它抓来的乌龟落入海中，一时无法寻觅，此次政变已告流产，它已帮小虎鹰飞回东王国疗伤。据小虎鹰讲，好像是乌龟在空中下的蛋发生爆炸，把虎鹰震落水面。此事甚为蹊跷。

君子国遭受如此奇耻大辱，惹起民怨沸腾。由于司天官的天气预报严重失误，被提起公诉，天庭准备判他渎职罪。司天官为洗白自己，把一张状纸传至天庭，状告雨师，不发布公告就临时改变行雨计划，违反了天条。

东海雨师名叫玄冥，曾是东海五神山散仙之一。当时，由于玄冥为人潇洒，神采飘逸，深得众女仙青睐。他也处处逢场作戏，广交女友，是有名的风流仙人。

但玄冥最爱慕的女仙是风伯。风伯原是一个凤氏家族的长女，叫伯凤；后来修炼成仙，被封为管风的箕星之神，官名呼作风伯；又因为她是女性，为人热情大方，宽宏豁达，平时人们都管她叫风姨。

玄冥一直苦苦地追求她，但风伯的态度总是不冷不热，若即若离，却又十分关照他。

玄冥修道有成，能够喷水作云，呵气成雾。他从狃山弄来一只鸟首蛇尾的乌龟，名叫旋龟，养在无名岛上，用金丹和玉膏喂养它。旋龟每次可产蛋百余枚，个个大如鸡子。旋龟蛋不能作为食物，却另有妙用。玄冥把它握在手中，施以咒语，然后抛向云层，可产生雷霆之势，催生降雨。因此，玄冥把旋龟称作雨工，把龟蛋命名为雷霆。

玄冥凭借真才实学，被天帝钦点为东方雨师，由一介散仙荣登仙籍。但事有遗憾，他喷出的云彩，必须借助风力才能随心所欲地运动，若没有风伯的配合，便很难完成行云布雨的任务。

令玄冥十分感动的是，风伯千年如一日热心相助，二人配合之默契，已达到心灵感应的程度。对他来说，无论是在感情上，还是在事业上，都再也离不开风伯。

但风伯对他的态度却依然如故，从来不说一句亲热的话。

"是嫌弃我嗜好寻花问柳吧？但她从来没有表示过，不过女人都爱吃醋。"玄冥心里嘀咕，"这些年我已经检点多了，她不会不知道吧？"

当玄冥的雨工旋龟被劫持时，他正在姑妹国参加动物运动会。那姑妹国地处偏远，国中都是女性，她们自称具备没有丈夫也能怀孕的功能，而且生下的全都是女孩。那里有湛蓝的海湾、金色的沙滩，环境优美。为招徕国外游客，特别是男士来此小住，她们每年都要举办国际稀有动物运动会。

今年的比赛项目是蛇类和鱼类航空表演。由于某些参赛者可能会带来水灾或旱灾，所以主办国特邀雨师玄冥作为嘉宾前来坐镇。此时比赛还没有开始，玄冥坐在主席台上，饶有兴趣地欣赏着东道国大会主持人。

她叫乌霓，通体乌黑，皮肤细腻而有光泽，左耳上挂条青蛇，右耳上挂条赤蛇，手腕上还缠着绿蛇，身形娇美而富有活力。乌霓此时正用甜美的声音介绍参赛选手：

如虬鱼，来自鸟鼠同穴山滥水河，形状像只有嘴有把的煮饭锅，鸟头鱼尾，鱼翅大如鸟翼，叫声如敲击磬石，可产珠玉。

滑鱼，来自子桐山子桐水河，背上长有鸟的翅膀，叫声酷似鸳鸯，它出现的地方会发生旱灾。

鸣蛇，来自鲜山，长有四只翅膀，鸣叫如击磬之声，它飞向哪里，哪里就会发生旱灾。

化蛇，来自阳山，长着人的脸面、豺的腰身和鸟的翅膀，叫起来像人在大声呼喝，它出现的地方会发生水灾。

…………

一片树叶飘飘悠悠地落在玄冥面前。他看过一眼，不动声色地收起来，示意乌霓走近。

"先生，有什么事吗？"乌霓亲切地问。

"我的旋龟被人劫持，在空中抛洒雷霆，违规降雨，天庭传我即刻回去。"玄冥凑近她的耳边轻声说。

"那么重要的东西，应该请人看管才好。"乌霓关心地说，"您这一走，若水魔、旱魔窜来扰乱大会该如何处置？"

"这好办。"玄冥说，随即牵着乌霓的手飞临一处断崖。他叉开五指摁在岩壁上，然后呼出一口气。岩壁上赫然出现一只巨大的朱砂手印。

"姑娘放心，水、旱两魔看到玄冥的印记都会退避三舍，不敢前来骚扰。"玄冥抱拳说，"我走了，谢谢你的热情招待。"

玄冥登上云头，看见乌霓仍然站在岩石上向他招手，并传来暖人肺腑的送行话："玄冥先生，我时时盼望着您回来，这里永远是您温暖的家。"

玄冥毅然离开了姑妹国，虽然心中不无遗憾。

和往年一样，希有接走了女魃，又送来了西王母。不同的是，这次女魃离开时，蚩尤同她面对面地站了很久，两人无声地流着眼泪，大有生离死别的味道。女魃进入了强化训练阶段，不能再回来了，但希有并没有把这话告诉他们，怎么就这样难分难舍呢？难道这两个小人儿早恋了不成？据说，深深相爱的人，对命运会产生共同的预感。

小虎鹰的伤很快被西王母医好了，它又去四处寻找献给国人的礼物。灵夔不在岛上的日子，蚩尤多半陪着东王公做试验，不像过去那样整天黏着希有了，这使她多少感到有点儿失落。令希有高兴的是，西王母一到东王国，就一改常态，变得像个活泼可爱的少女，同希有没大没小地嬉戏、玩笑，使东王国平添了几分欢乐。当然，在蚩尤面前，她还时刻牢记自己的奶奶身份。

这天，玄冥来到东王国。他没想到这里的统治者原是五神山的故人。更令他惊奇的是，当年如此孤僻呆板的东王公，竟然把倾倒天下神仙的西王母弄来做了老婆。玄冥口中连声说："老兄，你好大的福气啊，你好大的艳福啊！"东王公说："谁还比得上你呀，天天伴美女，夜夜做新郎。"玄冥说："那都是为了排遣寂寞，解一时之闷，我早就感到厌倦了，多年来不过偶尔为之。你不知道，我现在还是个顾影自怜的光棍呢！"

"是谁说得这么可怜啊？"话音未落，一位纤腰楚楚、体态轻盈的女郎已站在他们面前。

西王母笑道："如果我没有猜错的话，来者是风姑娘无疑啦。我正想问雨师呢，普天下的人都知道，风伯与你过往亲密，天生一对俏男才女，现在还只限于同事关系吗？风姑娘既然也来了，就请你俩回答吧！"

"主动权在风姨手里，让她先说吧。"玄冥一脸的委屈，差点儿掉下泪来。

"哎呀呀，风姨！到现在你还在考验玄冥的忠诚吗？也就是我这老弟吧，哪个男人还受得住哇！结婚，结婚，现在就结！"一向岩石般沉默的东王公不知触动了哪根神经，突然激动起来，拉着他俩就要拜天地。他的反常，惹得三人都笑起来。

"是谁又跑到这里来结婚啦？看来还得劳驾本姑娘张罗婚礼了。"进来的是希有。她与风伯、雨师虽然没有见过面，彼此的大名还是熟悉的。

在场的人都表了态，就等风伯说话了。她有点儿窘，不像平时那样话声朗朗，像是对玄冥，也像是对大家说："其实我很喜欢玄冥兄弟，嫁与不嫁，主要权衡是否有利于工作。我们俩担负的责任，要求我们必须密切配合到永远，但夫妻关系未必如此。世上人与人之间，夫妻间是最亲密的，也是最易产生矛盾的，两人的事业，很容易受到婚姻生活变化的牵制。如果这样，还不如永远保持志同道合的朋友关系。况且，我还有不少别的地方要照顾，不能总是陪伴他。因此，我一直盼着他能找一位好妻子，但结果却令我大失所望。"

"有你在，还能有第二个女人使我倾心吗？天晓得你会有这种怪理论，我还担心你吃醋呢，后来连女人都不敢招惹了，哪里还能讨来好老婆？"玄冥苦笑着说出心里话。

"聪明的女人，只要得到男人的心就心满意足了。傻兄弟，你看我是个傻女人吗？"风伯又恢复了开朗大方的天性，开心地笑起来。

"聪明的男人，只想着得到女人的身，谁还在乎她那个心？"玄冥一本正经地说。

"你对风姨应该是个例外吧？"希有怕玄冥说漏了嘴，赶紧给他提供修正的机会。

"风姨更不能例外。我不顾一切追求的，正是她那无与伦比的魔鬼身材。"玄冥见大家面色有异，忽然诡谲地一笑，接着说："因为我早就得到了她的心。"

三个女人感到受了玄冥的嘲弄，把他掀翻在地，抓起手脚蹾他的屁股。玄冥大叫："风姨，你可要手下留情，我马上就是你的老公了。"他很聪明，想趁几位故人在场把婚姻敲定。

大家坐下来。西王母说："你俩的恋爱史之长，已是前无古人、后无来者，今天就入洞房吧，不然，会给人们留下不少遗憾。"

风伯点点头，说："我还要给玄冥兄弟说两句话，生活上我照顾不到的时候，你还可以请其他女友帮忙；万一咱俩不想再做夫妻，要好聚好散，继续保持朋友关系，坚持在事业上的密切合作。"

玄冥还想说什么，被东王公抢过话头："你小子说我有艳福，你的艳福比我大多啦！不光娶了个天下第一的俏媳妇，还能遍地去采野花，这样的男人才叫潇洒。"

西王母白了他一眼，说："我也没说不让你去采，有能耐你给我多采几个养在山洞里好啦！"

"对不起，夫人，寡人没有闲工夫，不能从命。"东王公耸耸肩膀说。

风伯和雨师的婚礼当日举行，东王国全民总动员：东王公主婚，西王母证婚，希有主持婚礼，蚩尤为嘉宾，灵夔指挥岛上飞禽走兽在山坡观看，小虎鹰也正从外地往回赶。

二人拜罢天地，玄冥喜滋滋地拉着风伯就要进入洞房——东王公和王母让出的卧室，忽然发现了匆匆归来的小虎鹰。他猛然想起，自己一路侦察、追踪来到东王国，原本是为捉拿这个盗贼的，没想到一见故人，竟把当前要务忘了个干干净净。

玄冥把风伯推进洞，又回头一把把东王公拉了进去。大家莫名其妙，只好在门外观察动静。

东王公又把蚩尤叫到洞房里。他拜见了师姑、师叔，听玄冥讲明来意后，说："请师姑、师叔安心度蜜月，这案子交给我审理，三天后听信。"说完，带着灵夔、虎鹰出发了。

这几位神通广大的仙人，倒要看看这孩子究竟有多大能耐。他们摆上从西王国带来的酒果、东王国本地产的金丹，畅饮叙旧，抚琴高歌，好生快乐。

希有有些不放心。第三天一大早，趁两对老鸳鸯还没有起床，她飞到君子国上空察看动静。在浅海海域上，希有发现长臂人骑在长腿人的脖子上，排成长长的两队，像两张大网缓缓相向移动，好像正在集体捕鱼。那长腿人腿长三丈，长臂人臂长三丈，两人取长补短，珠联璧合。

两排人网逐渐靠近，只见灵夔和虎鹰不时浮出水面。希有此时才明白，原来他们是在围捕雨师的旋龟。她刚想到这里，忽听下面传来一阵欢呼声，八只长臂把一只鸟头蛇尾的大乌龟抬出水面。虎鹰从水中蹿出来，抓起旋龟腾空而起。

蚩尤站在海边等待灵夔接他回去，身后是孟奇一家和君子国男男女女送行的人。忽然，一只大鸟闪电般扑来，抓起蚩尤扬长而去。众人一片惊呼，叫苦不迭。正当人们号啕大哭之时，那大鸟又低空掠过头顶，只见蚩尤站立在鸟背上，向大家频频挥手。

"天神哪！天神降临我国啦！"白胡子老人突然大声喊叫，人们呼啦啦跪倒在地，向乘鸟飞天的蚩尤顶礼膜拜。

在东王国，东王公设宴为蚩尤庆功。蚩尤说，这次行动他没有费什么力气，是请朋友孟奇一家代劳的。孟奇的爷爷在各部落德高望重，于是拜托他从长臂国和长股国请来了联合捕捞队，灵夔和虎鹰配合他们把旋龟打捞上来。孟奇是君子国女人们的拥护者，而他的妻子岛花，则在男人中有很强的号召力。他俩分头做通了女人和男人的工作，于是撤销了对司天官的起诉，司天官也撤回了对雨师的诉状。

众仙大喜。西王母说："亲和民众、知人善任是帅才智慧，这孩子的前程不可限量。"希有趁机鼓动："长辈们该给他发点儿奖品，以资鼓励。"

风伯答应传授蚩尤轻身飞行术，雨师要教他喷云吐雾，还给他的朋友虎鹰提供一只足可用以争王的大乌龟。西王母掏出一只用果壳雕制成的小葫芦,递给蚩尤说:"孩子,你有过人的胆量和智慧,还佩有神秘莫测的天赐宝剑,奶奶没有更好的东西送给你了。这是我用六种具有神奇性能的野果配制的一粒丸药,对你的身体大有好处。说起来它也是无价之宝,因为其中多数野生物种已经灭绝了。"

蚩尤谢过诸位,望着只笑不语的东王公说:"爷爷该给我的我都学会了,我只请求您每月给黑熊放几天假,让它自由自由。"大家附和说:"应该,应该。"东王公说:"爷爷还有一件要紧的东西送你,正在炼制。"

西王母走后,蚩尤天天盼着女魃的到来,可直到第二年西王母又来度假时,也没有把她等来。希有偷偷把真相告诉了他,蚩尤整天闷闷不乐。西王母建议把他带到大陆上去闯荡,东王公同意了,并送给蚩尤一个小葫芦,说:"当大雾弥漫时,打开葫芦塞,便会招来阴兵保护你。你长大了,爷爷不能再监护你了。"

告别了东王国,蚩尤和西王母坐在大鸟背上向西进发。当下面出现大片的森林、原野和山川湖泊时,西王母从大鸟身上拔下两根羽毛,让蚩尤一手握住一根,向下跳去。

羽毛变成两只鸟翼,蚩尤像一片落叶,在空中飘飘悠悠地滑翔。

力牧[1]戍边

轩辕与丁零离开共工国,晓行夜宿,一路北行。他们走过广阔的大平原,沿着河谷穿越层峦叠嶂的燕山,来到一个去处。但见

---

[1]《帝王世纪辑存》:"黄帝……梦人执千钧之弩,驱羊万群。帝寤而叹曰:'……夫千钧之弩,异力者也;驱羊数万群,能牧民为善者也。天下岂有姓力名牧者哉?'于是依二占而求之……得力牧于大泽,进以为将。"(录自袁珂《中国神话传说词典》)

此地阡陌纵横，桑苗成行，泉水自平地汩汩涌出，形成蜿蜒曲折的小溪，奔向一条大河。

轩辕若有所思。此时，忽然传来欢快的马嘶声，一匹红鬃白马如风而至。但见它尾长等身，目若点金，正是吉量！轩辕大喜过望，从牦马背上一跃而起，落在吉量身上。吉量踏着欢快的舞步，"咴儿、咴儿"地叫着把他送到一群植桑人面前。她们梳成棒槌形的发髻，布衫上绣着彩色蚕蛾，一张张红扑扑的脸望着他笑。嫘姑轻盈地从人群里飘出，轩辕伸手拉她跳上马背。两人回身挥手向人们致意，然后消失在绿色里。

轩辕仿佛走进他常常梦见的一个场景。但此时怀中拥抱的，的确是活生生的嫘姑。

嫘姑讲述了他们分离后的日子。叔均从灵山回来后，兴高采烈地拿着一只玉环来找嫘姑，说这是嫘姑在梦中送给他的定情物。嫘姑向他说明，是轩辕一个人送他去灵山治病的，这玉环定是为他招魂的女巫留下的，只有找到轩辕，才能了解这位多情的姑娘是谁。嫘姑料定轩辕迟早要赶回北方草原，与其满世界无目的去找，还不如到那里去等。当他们路经华山时，叔均的坐骑大老黄发现此地原是故乡，仰起头来"哞哞"大叫，顿时呼来几十头野牛，一路跟随不肯离去。

华山以北是渭河平原，那里人烟稠密，沃野千里，人们仍然用人力翻地播种。叔均在这里发现了自己的事业，教这里的兄弟姐妹们用牛耕种。好在有牛王做榜样，野牛们无怨无悔地上了套。叔均被当地人推选为首领，留在那里。临别时，他请嫘姑打听那位女巫的下落。

"三郎事业心极强，人才难得，我们得尽心做成这件好事。"轩辕插话说，"不过，十巫一贯神出鬼没，到哪里去寻找巫真呢？"

"千里姻缘一线牵，这就看他俩的缘分了。"嫘姑说，"哎，你看这地儿还可以吧？"

"好，环境很美。"轩辕赞道。

"我为我的金蚕在北方选定了第一处繁殖地，也为流浪的你找了一个避风港。"嫘姑偎依在轩辕怀里，陶醉地说，"这里有百里平川，可植桑林、播五谷、放牧牛羊，北近草原部落，南通农耕人家，山河秀丽，能与我的故乡媲美。我已给那条河命名为漯水，这眼喷泉留给你，就叫轩辕泉吧！"

"这孔泉流淌在缓缓的坡地上，就叫阪泉吧。"轩辕说，"我们要从这里起家，要做一番值得后人纪念的事业，轩辕泉就让后人叫去吧。"这些天，轩辕对周围做了详细勘察，经常与嫘姑坐在泉水旁讨论未来的蓝图。经过前一段时间的游历之后，他的眼界开阔了，改变了祖祖辈辈的游牧部落思维，决定在这里定居。他已派丁零去寻找左彻，让他们到这里来会合。

这天，丁零匆匆来报，说左彻一行在西北方向遭人偷袭，一些牛羊被抢，他们正在跟踪追击。轩辕听报后，立即告别嫘姑，跨上吉量前去接应，丁零也随后跟来。

偷袭左彻的是荤粥[1]（xūn yù）部落的小股人马，他们盯上远离车队的一群羊，突如其来地扑上去，每人抓起两只羊就跑。等左彻闻讯追来，敌人已经无影无踪。

轩辕让左彻带领车队、牛羊向阪泉一带进发，他和部分子弟组成小分队，在荤粥劫匪经常出没的地带游弋，保护在这里放牧的部落羊群。但敌人忽东忽西，抢了就跑；小分队在漫长的边界地带疲于奔命，人困马乏，仍无法遏制荤粥部落的侵扰。

轩辕感到势单力薄，他需要有才能的人帮助自己保国护民。他做了一个梦，梦见大风吹走了天下的尘垢；又梦见一人手持千钧之弩，放牧着数万群羊。通过占卜，轩辕知道这两人一个叫风后，另一个叫力牧，皆有戡乱济世之才。轩辕派遣丁零到各地去寻找，哪怕走

---

[1]〔汉〕司马迁《史记·五帝本纪》："北逐荤粥，合符釜山，而邑于涿鹿之阿。"
《匈奴传》曰："唐虞以上有山戎、猃狁、荤粥，居于北蛮。"

到天涯海角，也要打听到他们的下落。

一日，丁零又赶来报告："左彻一行在西北方向遭人偷袭，一些牛羊被抢，他们正在跟踪追击。"

"贼人是哪里来的？"轩辕问。

"可能又是荤粥部落的人马。"丁零说，"他们个个骑术射技精湛，非常强悍，左彻他们已难以应付，牛羊损失不少。"

"我先赶去支援舅舅，丁零再召集人马随后接济。嫘姑，你多保重。"轩辕说完，跨马而去。

草原上碧空万里，残阳如血。左彻正在收拢羊群，子弟们个个跨马持弓，如临大敌。左彻告诉轩辕，这一股袭击者的首领就是荤粥。他的坐骑是一只贪食的恶兽，叫作狍鸮，也叫饕餮，是海龙禺号的第五个儿子。那饕餮人面虎齿，四只利爪长若人的手指，眼睛长在腋下，奔跑赛过羚羊，特别贪食。荤粥和他的卫队异常贪婪，每袭击一处，都要就地吃饱，然后满载而归，常常是连人带羊都不能幸免。轩辕决定擒贼先擒王，只有擒获到荤粥，才能尽快解除边患。

当夜，残月如霜。战士们人困马乏，个个昏昏欲睡。轩辕不敢大意，独自跨马巡逻。忽然，不远处群狼号叫，声音凄厉而恐怖，羊群开始骚动。轩辕放眼望去，只见一群黑压压的野狼朝这里冲来。惊醒的战士们急忙开弓放箭，但野狼前仆后继，硬是把羊群冲了个七零八落。尾随狼群而来的是马队，马背上的骑士个个像是大灰狼。大灰狼从马背上探出身，燕子掠水般地捞起羊就逃，毫不恋战。

轩辕按马不动，镇静地观察形势。他看到那只叫作狍鸮的凶兽载着一匹狼往来冲突，勇不可当。轩辕纵马扑上，伸手抓住野狼一拽，只撕下来一张狼皮，狼皮下原来是一位骑士，头大肩宽，面目狰狞。此人就是荤粥。在轩辕惊异之间，荤粥的狼牙棒已劈头砸下。轩辕右手举剑磕开狼牙棒，左手用狼皮扫去。荤粥抓住狼皮用力一扯，两人同时落地。

轩辕大战荤粥。白马吉量和凶兽狍鸮也咆哮撕咬，各不相让。

狼牙棒终究不敌天鼋剑，荤粥渐落下风，支持几个回合后，突然飞身跳上狍号，开口说话："我叫荤粥，请阁下报上名来。"

"在下姬姓轩辕氏，世代在这一带草原游牧。"轩辕质问道，"你们为何不去游牧为生，而明火执仗地去劫掠别人呢？"

"荤粥部落也是姬姓后代。"荤粥说，"我的祖辈早年被逐，流落大漠以北，如今我带领子弟们故地重游，顺便筹些行资，还请你少管些闲事。"

"草原牧人都是我的兄弟，轩辕岂能坐视不管，任你侵扰？"轩辕说，"我劝你还是收拾人马，趁早回到漠北去吧！"

"草原之大，广袤万里，任我驰骋寻猎，你轩辕纵有神剑助威，其奈我何？看棒！"荤粥虚晃一棒，掉头便逃，轩辕驰马追赶。荤粥和卫兵倒骑坐骑，乱箭射来，轩辕速度不减，天鼋剑射出三尺电光，飞矢纷纷落地。荤粥大吃一惊，料定神剑难敌，急忙一声呼啸，卫兵们就地散开，向不同方向跑去。轩辕单单盯住荤粥，紧追不舍。荤粥目视前方，狍号用腋下的眼睛观察后方，二者如同一体，配合默契，左盘右旋，竟让吉量一时拿它不下。轩辕追到一个去处，忽然不见了荤粥的踪影。这里草深过人，灌木丛生，无路可走。轩辕只好下马，挥剑开路，寻迹搜查。

四周忽然浓烟滚滚，火光冲天，在毕毕剥剥的枯草干柴燃烧声中，夹杂着声声狼嚎。轩辕大惊，他跳上马背举目观看，见自己已被烈火包围。他急忙清理出一块空地，跨马提剑，打算等火头临近时冲出去，逃到已烧过的灰烬地带。这样做无异于飞蛾扑火，但却有一丝希望可以争取。轩辕有神剑在手，不怕强敌凶兽，但面对火攻却无可奈何。至今，他已两次遭遇火难。

正在危机之时，忽见一人一骑冲入火海，后面还追随着十几只猛虎。他所到之处，火焰纷纷闪开，身后便是一条无火甬道。轩辕正在诧异，骑马少年已到面前，说声"跟我走"，拨马又冲了回去。

少年在前，轩辕居中，猛虎断后，一口气跑离火场，来到一条小河边，竟然没有遇到任何阻挡。那少年扶轩辕下马，说："孩儿来迟，让爹爹受惊了。"说罢，倒头便拜。

轩辕仔细端详，见他方面大耳，鼻直口方，手持长笛，眉宇间透出一派英气。他的坐骑像是一匹马，头上却端端地长出一只角来。轩辕纳闷，自己什么时候有了这么个神勇的儿子？于是问道："你是何处人氏？怎么认我做爹爹？"

"我叫骆明[1]，本氏族游牧地在阴山一带。"少年说，"母亲告诉我，当她还是少女时，在自己的帐房里留宿了一位过路的青年，便怀孕生下我。因为那是她接纳的第一个男人，并留下了孩子，所以很难忘怀。她后来做了氏族首领，仍然夜夜梦见您。今天凌晨，她从睡梦中惊醒，说看到您正往火坑里跳，急忙命我到这个方向来搭救。"轩辕脑海里浮现了那位少女清纯的面孔，却想不起她的名字——也许当时就没有问她叫什么，眼下又不便向骆明打听——不过，这丝毫不妨碍他得意地收下这个长子。

骆明还告诉轩辕，他曾遇异人，送他一只不知用什么兽骨化石做成的箫管，坚硬无比，锤击不折，可做兵器；它的另一个用处是能吹奏不同的曲子，可以招呼各种野兽。这匹可以避火的马，名叫玃疏，产于带山，也是那位不愿透露姓名的恩师所赠。至于驯服猛虎的本领，是一个叫力牧的师傅传授的，他的游牧地在南面几百里外的大泽一带。

轩辕大喜过望，命骆明即时带他去拜访力牧。

大泽方圆三百里，烟波浩渺。轩辕到来时，正当冰雪消融、春草泛绿。蓝天上的白云，绿地上的羊群，还有星星点点的帐房，相映成趣。水边的沙滩上、湿地的芦苇间，到处是各种禽鸟温馨的家。它们在这里剔解绒毛，谈情说爱，哺养幼鸟。一切都透露出生机、平和与自然。"治理这个家园的人，定是一位非凡的人。"轩辕心中暗暗赞叹。

---

[1]《山海经·海内经》："黄帝生骆明，骆明生白马，白马是为鲧。"

骆明已提前跑去报信。此时，一簇人马迎面跑来，为首的大汉身高丈余，腰圆膀阔，斜挎八尺刚木雕就的彤弓，凛凛然似金刚下凡。他的坐骑是一头肥壮的牛形怪物，头生四角，两只猪耳赛过蒲团，口露獠牙，叫声若鸿雁鸣空，名叫诸怀，能食虎豹。轩辕推断，此人定是力牧无疑。

力牧跳下诸怀，大笑着走上前来，说："看来先生比我还要着急。昨天丁零找到这里，我让他先回去向您报告。今天我草草收拾一下，正要上路，不想您就到了。"

轩辕说："梦中一见，日思夜想，先生早一日出山，人民可早一日安眠。"

"力牧久有驱除荤粥之志，怎奈无力号召众氏族同心协力。今有轩辕倡导，吾志指日可酬矣！"力牧说罢，向轩辕一拜到地。

阳春三月，轩辕召开祭祀大会，北方各部落、氏族首领云集阪泉。借此机会，轩辕登坛拜将，命力牧全权统率抗击荤粥的军事行动。力牧广收门徒，特别是那些来自以熊、罴、虎、豹、鹰、雕等凶禽猛兽为图腾的氏族青年。他们学会了驱动猛兽和装扮猛兽同敌人作战的本领，回去后组织起一支支亦兵亦民的队伍，使荤粥的侵掠活动得到遏制。经过一番准备，力牧亲率一支劲旅，将荤粥驱除到大漠以北，令其闻风丧胆，几十年不敢南向牧马。这是后话。

应龙出世

得到了力牧，轩辕更加想念风后。就在这时，丁零跑来报告：在千里之外的海隅，发现了风后的踪迹。海隅是昆仑以东地带十大湖泊之一，涵纳平原百川，吞吐东海潮汐，广袤千里。轩辕在丁零的陪同下，沿湖走遍各个族落，访察风后下落。人们都说风后的确是海隅人氏，但经常云游四海，不知去向。一老者提供线索，风后与太行山麓的巧垂过从甚密，可前去打听。

太行山纵贯两千余里，山高林密，道路崎岖。一日，轩辕登上一座高峰，举目四望，但见群山叠翠，白云悠悠。这时一只紫色鸟从北方迎风飞来。轩辕认出，它是祝鸡公饲养的远飞鸡。那祝鸡公是力牧的禽兽师之一，善于养鸡。他的远飞鸡长翅善飞，翅下有目，天一亮就飞向五湖四海，追踪指定目标，太阳落山时便飞回祝鸡公所在地归宿。轩辕临行时，力牧让他会见了一只远飞鸡，这只鸡便成了他们的信使。

轩辕见远飞鸡在头顶盘旋三匝，仍不离去，知道力牧有信寄来，于是举起右手，准备接它降落。此时，一只猛禽突然从天而降，抓起远飞鸡远走高飞。

轩辕大惊，急忙张弓引箭，羽箭还没有离弦，却见猛禽一头栽下山坡，远飞鸡趁机飞落轩辕脚下，兀自连声惊叫。

轩辕十分惊异。只觉身后一阵风声，回头一看，发现一只凤鸟落在不远处的石礅上。它身高六尺，体长丈二，蛇颈鸡喙，羽毛五彩缤纷。鸟背上坐着一位女子，身披蓝地青花斗篷，面如满月，道骨仙风，眉宇间隐现智慧之光，此时正望着轩辕微笑。

轩辕心中灵光一闪，抱拳上前说："风后，您让我找得好苦哇！"凤鸟飞行带风，凤即风也；所谓后，是部落居民对女首领的尊称。眼前这位骑凤鸟的女子是风后无疑了。

风后说："轩辕雄踞草原，一呼百应，找我一个闲散女子做甚？"

"轩辕胸中抱负从未向人表露过，今遇风后，不吐不快。"轩辕推心置腹地说，"如今神农炎帝衰微，诸侯并起，相互攻伐之势日盛，人民哀怨之声不绝，唯有铲平祸乱，统一天下，广施仁政，方能解苍生于倒悬。轩辕天生地养，人神共助，岂能苟且于一隅，有辱天命？只是才疏学浅，不知从何做起，望先生教我。"说罢深深一揖。

风后跳下地来，还礼道："风女行走海内，遍访雄才大略之主，今遇轩辕，不枉此生矣！"

二人席地而坐。轩辕请教统一天下的方略，风后说："炎帝神农氏以德治世，推行农耕，倡导市贸，首创草药治病，人民安居乐业，施政六代，天下归心。如今虽然式微，就人心向背而言，炎帝族中尚没有哪个族群可取而代之。祝融氏首领朱明性如烈火，共工氏句龙孤家寡人，二者虽有争帝之心，皆难成大业。夸父氏掌管观天之职，忠于神农，但独力难支，也只好退保一隅平安。其他寡民弱势之族，更不在话下。东夷诸国物华天宝，民风强悍，但至今群龙无首，难成大事。我想，今后继神农氏而造福天下者，非轩辕氏莫属。"

"轩辕受命于天，不敢怠慢，以先生之意，目下当从何做起呢？"轩辕问。

"筑城阪泉，东固亲族，西和羌戎，北逐荤粥，南向牧马。"风后屈指说道。

轩辕大喜，说："您的近谋远略，皆合我意；见情之高远，虑事之周密，远非轩辕所及。就此拜托，请您全权筹划实施，万勿推辞。"说罢起身，一揖到地。

"风女愿效犬马之劳。"风后连忙还礼，一字一顿，掷地有声。她指着远飞鸡笑道："你该放信使回去了，它还在等着呢。"

轩辕从远飞鸡腿上取下素绢，把它放飞，忽然想起了什么，问："您刚才用的什么兵器？"他断定那只猛禽是风后打下来的。

风后从长袖中抽出一根尺余长的草茎，状似细竹，说："它叫风狸杖。南方有一种罕见的野兽叫风狸，用这种草茎射杀树上鸟类作食物。我的凤鸟与风狸王攀上远亲，讨来这只风狸杖，在十步以内可射击禽兽，也可随时狙击进攻之敌，要死要活可随意念而定。刚才那只猛禽叫晨风鸟，我并没有射死它，现在它早已飞走了。"

"您虽不是神仙，也是位神鬼莫测的异人，真是天助我也！"轩辕一边感叹，一边打开素绢，脸色忽然凝重起来。

绢上画着一把琴和一个人，那人只有一只眼。轩辕告诉风后，他要去赴十年前的一个约会。风后决定与他同行，一路交换些见闻和看法。

轩辕和风后来到鬼国——该国国民只有一只眼，只见南面风雨交加，电闪雷鸣，一龙一蛇正在半空苦斗。轩辕告诉风后，那条花蛇便是天神二负的家臣危，那条龙大概就是抢吃了灵山不死药的小蛇了。小龙鹿角鹰翼、鱼鳞凤爪，面对老奸巨猾的大蛇，攻守自如，游刃有余。风后预测，花蛇不是小龙的对手。她进一步解释说，大河鲤鱼每年都要逆流而上，游到山高谷深的龙门去跳跃，凡能跳过龙门的，便成为龙，叫虬龙；修炼五百年，长出凤爪，叫螭龙；再过五百年，头生鹿角，叫角龙，即蛟龙，可遨游四海；再经过一千年的勤修苦练，才能长出翅膀来，腾云驾雾，呼风唤雨，此时叫作应龙。只有万分之一的幸运者才能升入高一级。由蛇成龙者，也要经过以上四个阶段的遴选。天降不死药威力无穷，十年间，一条小蛇已成为龙中之王，若无神器相助，难有敌手。

说话间，眼见得花蛇只有招架之功，再无进攻之力，急忙落下云头，就地一滚，化作人形。应龙也跟着飘然而下，一位青衣少年站在危的对面。"轩辕果然守信，接琴！"危大声呼叫，随着叫声，古琴花韵向轩辕飞来。轩辕左手接琴，右手随即将天鼋剑抛向危。一剑在手，危顿时精神百倍，平心静气地对应龙说："我家主人二负就在深壑下面的水潭里，我把你引到这里来，就是要请你为他输血，救他升天，不然，为救主人，我也只好强人所难了。"

应龙冷笑："我的血乃天赐之物，若随意送人，岂不获罪于天？只好劳驾阁下动手自取了。"

危冷笑道："当一位天神手持天鼋剑的时候，你小子就知道厉害了。看剑！"

应龙没有料到那把剑如此厉害，他一触到剑芒，便觉浑身燥热，眼冒金星。但他毕竟神力无穷，不时喷出高压水柱，压制灼热的电光。天鼋剑在危手中变得周身通红，连连发出雷霆般的轰炸，此时方见其刺客本色。应龙连翻几个跟头，跳在空中，喷出阵阵强大的水柱，压制灼热的电光。危越战越勇，剑借人气，人凭剑胆，人剑合一，舞成一个火球，迎着水柱步步紧逼。应龙喷出的水柱化成了蒸汽，水势渐弱。他渐觉后悔，自己还没有最后练成蓄水大法，便出海应战，以至陷入险境。此时危已将天鼋剑舞作一团大火，将应龙团团包围。应龙再也支撑不住，忽然收翅坠地，变成一位青衣少年，脸色蜡黄，束手待毙。

危随后落地，剑指应龙说："你是不见棺材不落泪。好啦，乖乖跟我到下面去放血。我不会要你的命，仍然还你一条自由自在的草蛇之身……"

"好！"突然传来一声喝彩，轩辕循声望去，发现对面山上云雾缭绕，不知何时十巫已到。危和应龙都是他们追捕的目标，眼下正在坐山观虎斗。

"好剑法！好剑法！"一少年半身赤裸，从东山坡飞奔而下，人随声到，"你输了，该轮到我啦！"他一头把应龙撞飞。应龙借势跃上山崖，脱离险地。

这位少年便是蚩尤。他脱离大鸟后，在空中随风飘荡，降落在东山头，见二人正在打斗，南北山顶上还有人观战，以为又在召开比武大会，便靠近观看。蚩尤见那青衣少年已成败相，还赖着不走，心中有气，便决定取而代之。当他面对对手时，才发现自己两手空空。

危十年磨剑，眼看就要得手，忽被搅局，心里着急。他怕错失良机，于是撇开眼前的野小子，转身又向应龙扑去。不料蚩尤身形极快，又挡住去路，嘴里还嚷嚷着："他输啦，该我啦！"

危撇开蚩尤，欲飞身追赶应龙。蚩尤一把抓住危的脚，把他拽回地面。

"他已经认输啦，"蚩尤天真地说，"对败家就不要往死里打啦，我来陪你玩玩吧！"

危大怒，挥剑向蚩尤扫来。蚩尤一扭身躲过。危欲掉头追赶应龙，蚩尤鬼魅般地挡在面前。危一剑快似一剑地刺向蚩尤，蚩尤背上的胎记一闪一闪，发出一阵肃杀之气，并伴有蜂鸣般的嗡嗡声。蚩尤手忙脚乱，一跤绊倒。危挥剑砍下，只见蚩尤背上寒光一闪，格开天鼋剑。天鼋剑顿时像丢了魂似的，光彩尽失，现出黑黝黝的原形。危定睛一看，蚩尤手中多了一把宝剑，寒气森森，直逼前来。

"天弩？"危大惊失色，"你那块胎记是神器天弩？"

"你说什么？我这剑是胎记变的？"蚩尤说，"那就好，那就好！宝剑对宝剑才公平，刚才我差点儿输给你。"

"小兄弟，你先让开，等我把刚才那小子杀掉再陪你玩儿，行不？"危请求说。

"你怎么忍心杀一个战败的人？"蚩尤生气地嚷嚷道，"那可不是好汉，而是个坏蛋。看剑！"

危急忙运动神力，把剑舞得车轮一般，硬碰硬和蚩尤战作一团。他毕竟是天神临界，剑道出神入化，手中天鼋剑虽然失去了电光，却也消耗了对方兵刃逼人的寒气。而蚩尤自从吃了西王母的药丸子，浑身的力量如海浪汹涌，滚滚不绝。两人直杀得天昏地暗，云雾惨惨。

"好剑法，好汉子！"蚩尤夸赞道，"咱们这样打下去怕是没完没了。我在君子国学了一套君子剑法，今天借你的威力试一试，你可要小心了。"蚩尤说罢，左手剑指朝天，右手宝剑平指，口中念念有词，手腕一抖，抖落一天霜花，二人被一团白烟笼罩，从里面传来噼里啪啦一阵响。少时云消雾散，只见天鼋剑斜插在地上，剑身结了一层霜花。危的斗篷布满密密麻麻的洞，像个金钱豹，而皮肉却毫发无损。他瞪着眼睛、大张着嘴巴，一脸惊恐地僵立着。

蚩尤上前拍拍危，关心地问："大哥没事吧？你放心，我用的是出自君子国的君子剑法，是不会伤及身体的。"

危没有反应。

"抓住他！"在南山坡上窥视动静的十巫蜂拥而来。应龙怕惹麻烦，来不及和蚩尤打招呼，就地卷起一股旋风，腾空飞去。蚩尤以为又要抓他去强制婚配，拔腿便跑，嘴里还不停地喊叫："我不要！我不要！"十巫并不去追赶他，只把危团团围住。

危面部开始抽动，由白变红。他泪如雨下，忽地跪倒，以头撞地，悲怆地说："主人，臣子无能，未能救您升天，我决定束手就缚，陪伴您长留人间。"说罢，抓起剑来掷向轩辕——如果他此时舞剑飞走，料巫咸也奈何不得——说："谢谢你的剑，我的使命到此结束了。"

巫咸莫名其妙地望着他，危仰天大笑："天弩出世，天帝对人间的专断权受到挑战，世上万物各显风骚的时代初露端倪，这就是我家主人的愿望。现在既已实现，我也无事可做了，你们就把我抓去向天帝邀功吧！不过，一定要把我系押在疏属山顶的大树上，我要在那里观赏人间好戏。"说罢，倒背双手，让排行老八的巫抵捆绑好。

"天弩现在何处？"排行老七的巫礼抢先审问俘虏。

"就在逃走的那位少年身上。不过，任何天神也拿他没办法。你若想逞能，现在还来得及赶上他试试运气。"危冷笑道。

巫师们争先恐后地追过去，只有巫咸和巫真留下来。巫咸一脸的沉默，见轩辕打招呼，只轻轻地点了一下头。巫真却笑着说："轩辕大难不死，必有后福哇！这位骑凤鸟的大姐，想必就是大贤风后了？"风后微微一笑："大师们承天启世、沟通人神，还望今后多加指教。"轩辕本想把叔均的消息告诉巫真，因巫咸在场，一直没有机会开口。

追赶蚩尤的巫师们空手而回，又受到危一顿奚落。经过是这样的：巫师们突然降临，把蚩尤包围。蚩尤手无寸铁，但他已经知道背上的胎记可以变作宝剑，连拍几下试图启动，但却毫无动静——天弩还没有驯服，只会根据自己的判断决定行止，根本不听蚩尤使唤——

一惊之下，蚩尤忙用风姨教给的飞腾术跃入半空，然后踏着树梢向山顶冲去。巫师们紧追不舍。快到山顶时，蚩尤喷出一团浓雾，弥漫山头。巫师们失去目标，只好在大雾中包抄搜寻。此时，只听一声惨叫，一条黑影坠下万丈深渊。巫抵深入沟壑探查，发现水潭上漂着一段朽木。

蚩尤把朽木踢下悬崖，便迎风展翅向东南方向滑翔。一只晨风鸟发现了这个会飞的庞然大物，大感稀奇，总在他的身前身后游弋。蚩尤仔细观察晨风鸟的动作，发现鸟儿大多数情况下是利用风力飞行的。他很快掌握了滑翔诀窍，能够熟练地借助风向、风速在空中翱翔。

女娃逃婚

一日，蚩尤飞经一道黄土沟壑的出口，壑中的小溪从这里流入大河湿地。他见下面有十几只怪鸟，蛇头蛇尾，却有四只翅膀三条腿，不大的脑袋上，倒生出六只眼睛，口中发出"酸与、酸与"的叫声，正在捕捉什么东西。根据对鸟兽的习惯命名法则，这些鸟大概就叫作"酸与"了。蚩尤好奇心大发，直接向着它们捕食处落下。酸与们大惊，以为天敌偷袭，鼓着翅膀逃进苇草丛生的湿地。蚩尤正要跟过去看个仔细，忽听有人说话："恩人留步。"听声音像个小儿。他环顾四周，连个人影也没有。蚩尤正在纳闷，那声音又响起来："我在你的脚趾上。"

蚩尤弯腰捡起一物，托在手掌上，原来是一个小人，身高不过三寸，四肢匀称，眉目有神，还留着两撇小胡子。小人自我介绍说，他是鹤民国首领，叫鹤敌。他的部落居民都生活在这条沟里，一家一户在黄土壁上打洞居住，以草叶草根为食。族人衣食俭朴，别无他求，只是嗜好长途旅行，打探世间消息，人人善走，可日行千里。这条沟壁立千仞，只有一条路通向外界。湿地上有一群灰鹤经常到此猎食，切断了国人出游之路。鹤敌带领大家沿路掏洞，与鹤遭遇时，便钻进洞中暂避，倒也可以出入。近几天来了一群非鸟非兽的动物，自称酸与，赶走灰鹤，霸住路口。它们细长的蛇颈能伸入洞中，给行人造成极大威胁。今天鹤敌要出去请他的朋友獾来护路，被酸与追杀，几乎丧命。

　　说到这里，鹤敌邀请蚩尤访问他的家园。蚩尤说："结识酋长您我很高兴。只因要赶去寻找我的妹妹，今天就不再叨扰了。"鹤敌说："前几天我从太行山共工之丘经过，其首领句龙在寻找一位外来的姑娘，不知道是不是你的妹妹？"

　　关于女魃的下落，蚩尤一点儿头绪都没有，得到这个消息，心中升起一线希望。他告别鹤敌，向太行山奔去。

　　没有月亮，星星显得特别亮。蚩尤沿着漳河行走，寻寻觅觅。在林木隐蔽处，他发现一幢小木屋，地上铺着厚厚的鸟羽，散发出淡淡的香味。他感到有点儿乏，便趴在羽毛垫子上昏昏睡去。他梦见了女魃，正跪在光秃秃的山上晒太阳。他高兴地飞过去，女魃忽然不见了，那里却盘着一条蛇。

　　蚩尤惊醒了，发现木屋在移动。只听外面几个声音喊："来啦，来啦，把小房子抬来啦！"

　　"她在里面吗？"一个瓮声瓮气的声音问。

　　"在。"抬木屋的汉子答道，"我们一直等到天黑，待她进屋睡熟后才抬来。按大王的吩咐，一点儿也没有惊吓她，恐怕现在还没睡醒呢！"

　　蚩尤生性好奇，他想知道到底会发生什么事，便一动不动地趴着。小房子被抬到高坛上落地。只听一人高声说道："今天各族首领云集共工之丘,共祭天地祖先,祝贺大王成亲,愿神灵保佑我族子孙繁衍昌盛!刚才巫师卜过,现在便是成亲的好时辰。奏鼓乐!"

鼓声伴着号角,惊天动地。蚩尤趁机在墙壁上挖透一孔,向外观看。见一人背对他,穿着一身鲜丽的衣裳。鼓乐过后,人们跟着大王模样的人拜天地,拜祖先。那祖先不是别物,原来是用整块玉石雕刻的男根!只听主持人喊叫:"点起篝火,庆祝七天!"

此时蚩尤似乎已经明白,自己又被抓来强制婚配了。连动物都遵守自由恋爱原则,这些人怎能如此糟蹋天性呢?他勃然大怒,一脚踢开房门,一阵风逃向山林,还留下硬邦邦的一句话:"我不干!"

被称作大王的就是共工国统帅句龙。他轻信部下报告,以为妙计得逞,抢来了朝思暮想的小娘子,正要轻轻地打开房门,不料木门迎面飞来,被撞了个满脸花,竟连人影儿都没见到。句龙既惊且怒,吼道:"还不给我追!活要见人,死要见尸!"

抢亲是这里的风俗,也是各路诸侯最刺激的活动之一。他们为自己和帮别人抢过无数新娘,还没有遇到过如此刚烈矫捷的女子。人们只见眼前黑影一闪,新娘就消失在夜幕里。这时听到命令,便举起火把,一窝蜂地追过去。

蚩尤跑进森林里。这里巨木参天,几人合抱的大树比比皆是,庞大的树冠像座座小山矗立在半空。追兵呐喊着进来搜查,蚩尤正想跳上树去躲避,身旁的大树忽开一扉,一只手把他拽进树洞,只听"砰"的一声响,门洞又关了个严严实实。

树洞里漆黑一团。蚩尤光溜溜的后背靠在一位女子的酥胸上。她的身体散发出甜甜的香味,和木屋中的气味一模一样。女子的心"怦怦"地跳,鼓动着蚩尤的血液;柔和的气息吹在脖颈上,令他陶醉。

"好香啊,你是个女孩吧?……"蚩尤话没落音,就被一只柔软的嫩手捂住嘴巴。"嘘!……"一口浓重的香气喷来,笼罩着树洞。蚩尤昏昏然倒在她的怀里。

女孩带他走出树洞,在林间玩耍。她的面容乍看像女魃,细看又不像，蚩尤试探着叫她一声女魃，她只是嫣然一笑。女子身上那股气味令他体内涌起阵阵波涛，不能排遣。蚩尤暗想，自己大概像大黑熊一样发情了。他一把抓住女孩，紧紧拥在怀里，她并不挣扎，只是娇羞地用手捂着脸，任他摆弄。

他们在河边嬉戏，在金黄的沙滩上晒太阳。女孩跳到漳河里游泳，身姿优美，像条美人鱼。忽然，一条蟒蛇蹿出水面，张开血盆大口，向她扑去。蚩尤大叫："女魃小心！"惊出一身冷汗，蹬腿踢脚就要跳下去，发现眼前依然黑乎乎的，原来是南柯一梦。

"你在叫我吗？我不叫女魃，叫女娃。"自称女娃的女子不知何时爬到了上面，撒下他在这里做好梦，"外面的人都走了，你上来吧。"

蚩尤从树洞里钻到大树顶上，进入一个宽敞的鸟巢。女娃甜甜地笑着迎接他，说："女魃是谁呀？是你的情人吧！她比我漂亮吗？"

"不，她是我妹妹。你是我梦中相好的姑娘，我特喜欢你身上的味道，再叫我闻闻。"蚩尤说着，凑到女娃脸上深吸几口气，好像又回到了刚才的梦境。

女娃面颊飞满红霞，似嗔非嗔地说："你还是个不晓事的大孩子。"她顺手拿过一只葫芦，命令似的说："把它喝下去，你就长大了。"

水很苦，蚩尤还是一口气灌到肚子里。

蚩尤的确长大了，懂事了。他一脸歉意地对女娃说："刚才梦中的事，蚩尤有些唐突了，你能原谅我吗？"

女娃"扑哧"一声笑了，说："那是你做梦，我可没有做梦。"这个男孩一身的野气和纯真，令她感到十分亲切，犹如鬼使神差一般，她把一肚子话都倒给了他。

"我是姑瑶山精卫氏人，父亲叫俞罔，是个游方郎中，爷爷便是六世神农炎帝。"接下来，女娃讲述了她家近几年发生的故事。三年前，六世神农炎帝配制了一副除瘟剂，起名净疫莎，在尝试它的毒性时不幸身亡。炎帝各部族推选七世神农俞罔继任炎帝。但他不去就任，逃到枭阳的原始森林里躲差。这时，火正祝融氏朱明和水正共工氏句龙开始争夺摄政权。因为朱明把炎帝的孙女阿珠立为正妃，算是神农氏近亲，在竞争中略占上风，于是执掌了大权，动辄以炎帝名义发号施令。共工不服，与祝融以武力相争，被赶回大河以北的祖居地。共工氏凭大河之险、太行之势，称霸九土，割据一方，时刻准备着南下争夺帝位。句龙以除瘟疫为名，把俞罔请到羊头山神农故地，断其归路，举为名义上的炎帝；他也自封为摄政大臣，号令诸侯，与朱明抗衡。"这座山叫发鸠山，父亲经常到这里来采药。"女娲最后说到她的烦恼，"我住在大河以南，尊母命到这里来寻他。一个偶然的机会，句龙发现了我，他着了魔一般，非要娶我做他的王后不可，硬把两张鹿皮作为聘礼塞进父亲的木屋。我不同意这门亲事，就只好到处躲避。我的这个树巢，是家乡的精卫鸟给我搭建的秘密住宅。精卫鸟性情忠贞而坚韧，是我母族的图腾。我喜欢游泳，有时也会到那个木屋里住一晚，没想到他们会连木屋一起抬走。这不，还多亏你替我顶了这场灾呢！"说着，女娲起身向蚩尤介绍她的朋友精卫鸟们。

树巢坐落在树冠中心的枝丫上，打开旁门，可以沿着粗壮的分枝走向另一棵大树。鸟儿们在林间成双成对地飞来飞去，它们的形状像乌鸦，白喙赤足，头上有花纹，发出"精卫、精卫"的叫声，正在女娲闺房四周的林子里为自己建筑洞房，准备婚配育子，在此长期陪伴女娲。

"你为什么不去做句龙的王后呢？"此时，蚩尤想起自己被当作王后受人拥戴的盛大场景。

"不喜欢呗！"女娲说，"我喜欢与山林鸟鱼为伴，讨厌王宫生活。况且，句龙从他统治下的九土各氏族中，娶来八个妃子，都在本氏族支持下争宠，我才不去蹚那洼子浑水呢。"

"嗅到你身上的香味，哪个男人都会发疯，何况句龙？"蚩尤既是慨叹，又是担心地说。

"这气味令我深受其害，长这么大不敢接近男孩子。"女娃说，"说起这香味儿的来历，还有个故事呢。有一段时间，白民国的男人酷爱男风，不近女色，国民人口大减，面临灭种之灾。国王携带膏露玉屑，千里迢迢前来求医。父亲配置了十瓶香水，让他拿去九瓶，掺在水里供全国育龄女人饮用，后来她们个个成了散发着诱人香味的美女。我小的时候，翻出了剩下的一瓶样品，和姐姐把它当作饮料分喝了，就变成这个样子。后来神仙赤松子到我家做客，送给我一个偏方，刚才让你喝下的就是偏方制剂，叫作梨汁汤。我拿你做了一次临床实验，从你的表现看，疗效还不错。"女娃微微一笑，更是百媚俱生。

有了梦中的体验，蚩尤对女人有了新的感觉。就是没有那种诱人的香味，女娃那青春的气息也会令他心动。蚩尤拉住她的手，动情地说："我能和你像鸟儿那样双飞双宿吗？"

"能。你是第一个与我有过肌肤之亲的男孩，你的突然出现，使我躲过了一场灾难。我想，这大概是天缘吧！"女娃十分坦率。随即，她长长的睫毛垂下来，不无忧虑地说："不过，你要去寻找我的父亲，送给他俪皮[1]，就是两张鹿皮，如果他收下，我们就可以永远在一起了。"

"他老人家很喜欢收藏鹿皮吗？"蚩尤奇怪，不知为什么句龙求婚送鹿皮，自己还要送鹿皮。

"不，这是老辈子传下来的古制。大概是为了限制人类婚配的随意性，使夫妻关系相对固定，先贤伏羲女娲制订了一套办法，送俪皮作聘礼是内容之一。如今其他部族有很多没有实行婚嫁制度，但我们神农氏是严格遵守的。"女娃感到蚩尤十分天真可爱，便给他多解释几句。

"他老人家在什么地方？"蚩尤问。

"居无定所。最近听说中山国闹瘟疫，他肯定会去那里。"女

---

[1]〔宋〕罗泌《路史·后记一》："伏羲制嫁娶，以俪皮为礼。"

娃回答。蚩尤也不说话，转身走出鸟巢，纵身跳了下去。女娃"啊"的一声惊叫，扑到门口，只见一只人形大鸟飘飘悠悠地向下降落。

蚩尤落地后，收起鸟羽，拔步就跑，忽觉布衫被人拽住。他回头一看，原来女娃站在身后，犹如玉树临风，幽香四溢，水汪汪的大眼睛深情地望着他。蚩尤心慌意乱，手脚无措。女娃上前一步，抱住他在脸颊上深深亲了一口，扭头钻进树洞，"砰"的一声把门关上。

蚩尤怔怔地愣在那里。这时，树上传来鸟鸣般的话语："不要忘记拿来我父亲的信物。记着我，我等着你！"

蚩尤一路走，一路留心野兽踪迹，准备搞两张最漂亮的鹿皮作为聘礼。一日来到题首山，发现一只奇特的动物，它长着一前一后两个鹿头，高大雄壮，在警惕地张望。蚩尤心里想，这种兽皮世上少有，老人家准会高兴地收下。他怕伤了鹿皮，便跑上去抓活的。

双头鹿见来者不善，扬起前蹄，一头抵向蚩尤；蚩尤不慌不忙，略一闪身，伸手去抓鹿角。不料那兽前头变后头，后头变前头，无须转身便一跃脱离险境，向山坳逃去。蚩尤哪里肯放，放开大步紧追不舍。这时，斜刺里忽然冒出一个孩子，手中挥舞着一柄板斧，连人带斧向蚩尤撞来。蚩尤大惊，身形一晃躲在一棵枣树后面，只听"咔嚓"一声响，碗口粗的树干被拦腰砍断。

那孩子身高不过四尺出头，却生得膀大腰圆，硕大的脑袋压在两个肩头上。他手中的板斧有半个车轮那么大，宽背薄刃，舞起来像就地刮起一阵旋风，遇树树折，撞石石崩。蚩尤一看，这孩子不是等闲之辈，自己赤手空拳必定吃亏。伸手拔剑，那剑偏偏毫不理睬，他只好抄起半棵枣树招架。

蚩尤手中的枣树经不起板斧暴风骤雨般的袭击，一个时辰不到，就只剩下了三尺长的一段树干。为减缓对方的冲击速度，蚩尤边招架边退上山顶，伺机反击或脱身。

那孩子忙活半天，还没有打败一个拿根棍子和他周旋的人，不觉性起，纵身跳起三丈，双手紧握板斧向蚩尤压下。背后便是悬崖绝壁，蚩尤只好前扑倒地，躲过泰山压顶般的一击。当他随即一个鲤鱼打挺立起身时，发现那孩子一只脚已经踏空，在悬崖边上摇晃两下，便一头栽了下去。

也就在同时，山坡上传来一声惊呼："哎呀！我的儿呀！"

说时迟，那时快，蚩尤一个箭步蹿过去，伸手抓住他的胳膊，孩子趁机抱住蚩尤的大腿，两人一起坠下……

俞罔除瘟

山脚下是一块小盆地，庄稼地里，一个女人绝望地呼号着，发疯地奔跑。蚩尤二人离地面越来越近，眼看接近树梢，忽见他们展翅变成了一只大鸟，向上冲高几丈，朝她飞来。女人怔住了。一阵风过后，一个小伙子站在她面前，她的儿子闭着眼，死死地抱着小伙子的腿不放，手里还紧紧攥着板斧木柄。

女人扑上去，抱住他俩"哇哇"地大哭起来。那孩子睁开眼，开口说："妈，这个贼偷咱家的鹿，我可把他抓住啦！"

"好小子，有种！"蚩尤为他的无畏无惧所震撼，赞道。女人破涕为笑，把孩子搂在怀里使劲地亲。

女人叫嫘妍，家住常羊山邢氏家族。儿子叫刑天，五岁时走失，前年自己摸回家来。他只记得到过一座山，一位老人送给他一柄板斧和一顶斗笠，让他一天到晚抡着大斧子砍柴，困了把斗笠往地上一铺，就变成了席子。刑天像是做了一场梦，醒来时，发觉站在自家的后山上，手中还拎着梦中砍柴用的斧头，头上顶着斗笠。

从那时起,他就板斧从不离身,既用来砍柴,也用作兵器;而那顶斗笠,竟是一张十分坚硬的盾牌。当时人们把盾牌叫作"干",把斧头称作"戚",就凭这对干、戚,刑天打遍常羊山无敌手。因为刑天抡起板斧来有进无退,拼命向前,即使前面是座山也要把它赶跑,因此,人们也把他的大斧头叫作赶山斧。刑天喜欢驯养动物,他能把驯服的野牛用来拉车耕地,还抓来了几对稀有的双头兽饲养繁殖。

邢氏家族是神农炎帝的忠实臣民。他们反对祝融氏和共工氏当炎帝,坚决拥戴俞冈继位。听说俞冈在太行山,嬅妍便带领部分族人追来,在这里安家落户,聚落的名称就叫邢家庄,嬅妍就是聚落的首领。了解了蚩尤的来历后,嬅妍说:"你无族无家,就做我的弟弟吧!"不等蚩尤答应,就命刑天跪下认舅舅,并教诲说:"以后要听舅舅的话,向舅舅学做人。"

刑天十分顽劣好斗,但对母亲百依百顺。他跪在地上"砰砰"叩了两个响头,说:"舅舅,你想要的那只大雄鹿就送给你吧。可别剥它的皮,它跑得快,能当马骑,不信咱们去试试!"他刚才听蚩尤说要用鹿皮作礼物,便趁叩头的机会为他的宠物讲情。

蚩尤很高兴认了这个外甥,把他拉起来,笑着说:"舅舅宁可不娶媳妇也不伤你的爱兽,还是留着它陪你玩吧。"此时蚩尤想起了黑熊、灵夔和虎鹰等朋友,它们个个都有人所不及的忠诚和本领,他接着问刑天:"你怎么喜欢喂养两个头的野兽呢?"

"它们不怕掉脑袋。咬掉一个,还有一个能吃食、能打架。"刑天一本正经地回答,蚩尤和嬅妍都惊讶地打量着他,这个孩子似乎是为了打架才到世上来的。

邢家庄坐落在泽水流经的一块盆地上。聚落中心是个广场,广场四周呈环状分布着五组房屋。这些房屋大都是半地穴式的,有大有小,有方有圆。其中也有少数是地穴和直接在平地起造的房屋。这里家家建有窖穴,用以储粟;村落外围还分布着墓地和圈养牲畜的围栏。再往外，就是一条环绕聚落的壕沟，是用来防止大型野兽进来的。这是一个以种植为主、自给自足的小山村，祥和而宁静。但蚩尤到来时，邢家庄却遭遇到了前所未有的不安。山外的大陆泽畔，不知从何处跑来几只夷鼠，体大如牛，肉翅长尾，奔跑时扇动翅膀，速度惊人。它们食量很大，经常窜进山里祸害庄稼和牲畜。因为这种成了精的硕鼠十分凶猛、狡黠，村民们一直未能捕获。嬅妍请蚩尤帮忙除掉这个祸患。

一日深夜，彤云密布，伸手不见五指。只听已成熟的庄稼地里唰唰作响，两只夷鼠闯了进来。此时，鼓声大震，人们高举火把呐喊着从三面围攻过来，蚩尤手提木棒冲在前面，直取入侵者。夷鼠见众人来势凶猛，又做贼心虚，便向东面的山口飞奔，这时只有蚩尤一人追了上来。当它们双双蹿过山口、准备喘口气时，其中一只夷鼠突然感到身体轻飘飘的，有点儿不对劲，回头一瞧，发现自己的五脏六腑洒了满地，顿时吓得一头栽倒，再也爬不起来。另一只见此惨状，一溜烟逃走。从此，夷鼠们再也不敢西向猎食。

这是刑天干的。他按舅舅的吩咐，事先蹲在山口的浅坑中，当夷鼠蹿过头顶时，及时把锋利的赶山斧举起，让狡猾的敌人遭到开膛破肚之厄。

夷鼠肉千斤有余，举族分而食之，皆大欢喜。夷鼠皮绒厚毛密，人卧在上面感到暖烘烘的。嬅妍建议把它送给蚩尤，然后由蚩尤当作聘礼转送给炎帝俞罔；他常年在野外奔走，露宿山林，需要温暖。

刑天举手之劳，便使顽敌伏诛，只此一件事，就让他对这个舅舅佩服得五体投地，他坚持要跟蚩尤走。嬅妍也想再去见俞罔一面，继续劝他继任炎帝大位，号召四方，改变炎帝族目前这种分崩离析的局面。于是，刑天高高兴兴地把母亲扶上双头鹿，又赶上一头黄牛，驮带路上一应用品，告别族人，三人便一路迤逦北上。

山坡上有个小村庄，半地下的石头房散落在柘树林里。大树下，燃起熊熊篝火,几位奄奄一息的病人躺在地上,男女老少站在四周哭泣。一位长者身披缁衣,手持紫色竹节鞭,背靠大树瞑目端坐。四对少年男女腰围草裙,头戴鸟冠,身涂黑红两色花纹,围着病人手舞足蹈,口中唱着《驱瘟歌》:

> 去吧,去吧,回家去吧。
> 回东面的大荒去吧,
> 回南面的大荒去吧,
> 回西面的大荒去吧,
> 回北面的大荒去吧。
> 你不回去也罢,
> 我用天火,把你烧成灰渣渣。

唱罢,将一粒黑丸塞入病人口中,齐声喝道:"疫鬼出走,灵魂归位!"众人敛声息气,却不见病人有一点儿动静,于是都把目光转向那位打坐的神秘过客。

此公正是七世神农俞冈,舞蹈者是他来这里临时收的几个徒弟。少顷,只见他双目微睁,精光一扫,手中赭鞭忽地化作一条炭火似的红蛇,穿过病人,一头钻入石屋。众人正在惊讶,只见红光闪处,那条红蛇又回到了神农手中,依然是条赭鞭;而另一只手中,多了一只半尺长的老鼠,还在"吱吱"乱叫。

俞冈站起来,举起老鼠向人们说:"这东西是瘟神放出来的疫鬼,是它们啃噬了病人的魂魄,大家要一起动手,消灭疫鬼,就会铲除瘟疫。"他命徒弟发给每人一个小葫芦,接着说:"葫芦里有仙药,给病人吃下一丸,就能使他起死回生。去吧,去吧。"

人们半信半疑,谁也没有行动。俞冈拿起随身带来的大葫芦喝茶,一不小心,左手被老鼠咬了一口,立刻变成紫黑色。大家清楚地看到,一股黑血正沿着他那透明的胳臂向上蔓延。人群中有人惊叫。俞冈不慌不忙，把老鼠扔进篝火，用右手掐住左臂。这时，只听有人喊叫："好啦，好啦，这几个病人活过来啦！"人们这才相信俞罔的话，喊叫着："快去杀疫鬼呀！"跑向自家石屋。

俞罔在左臂上连捋几下，挤出污血，恢复如初。此时，忽觉大地颤动，一只水牛般大的鼹鼠精轰然冒出地面。只见它庞大的身躯一抖，一撮毫毛飘落，就地变作无数小耗子，遍地流窜。

俞罔大惊，没想到瘟神主动向他挑战了。他急忙掷出赭鞭，化作数条火蛇，向鼹鼠展开攻击。鼹鼠浑身密毛倒竖，变作只只利箭，雨点般射向火蛇。火蛇舞作一团火球，逼退箭雨，直向鼹鼠滚来。鼹鼠大怒，掉转身躯，摆动又粗又长的尾巴扫向火球。火蛇们猝不及防，四散开去，躲过一击。借此机会，鼹鼠反身一跃，扑向俞罔。

徒弟们大惊失色，急忙排起人墙，以死护师。就在这时，忽见一个又矮又壮的孩子从岩石上跳将下来，手举大斧拦住鼹鼠去路。此人正是刑天，他与嫘妍、蚩尤已站在那里观看多时。那鼹鼠不待他站稳脚跟，张牙舞爪冲来。刑天性起，就地一滚，举起赶山斧剁向鼠爪。鼹鼠怒火冲天。它腾身而起，蹿上半空，抖落全身毫毛，箭矢铺天盖地飞下，眼看刑天和地上所有的人都难逃灭顶之灾。

蚩尤站在高处，看得分明，他和嫘妍同时惊叫一声："小心！"顺手把那张作为聘礼的夷鼠皮掷向俞罔。他想，刑天或可自救，而俞罔和他的弟子急需外援。奇迹出现了。只见满天飞矢如蜜蜂回巢一般，纷纷投向夷鼠皮，化作毫毛附在上面。一场腥风血雨霎时无影无踪，一张厚重的特大号鼠皮飘落在镇静自若的俞罔脚下。他蹲下身去，用已经回到手的赭鞭查验它的毒性。

那可怜的鼹鼠浑身筛糠似的颤抖，企图把毫毛召回。连它自己也不知道，它的那些毫毛认毛不认皮，见到光溜溜的它，还以为是个另类的怪物，岂敢附焉？而夷鼠本来就是鼹鼠的近亲，皮毛丰厚；那张皮一出现，立刻就成了毫毛们争相投奔的栖息地。

刑天举着斧头要去砍杀鼹鼠，俞罔叫住他："刑天，不认识爷爷啦？"刑天只得先来见他，说："爷爷，给我准备啥好吃的啦？"俞罔开心地笑了，掏出一粒像红枣一样的药丸放进他嘴里，说："好啦，以后我们的刑天就成了百毒不侵、瘟神无奈的死不了啦！还不谢谢爷爷。"刑天扑通跪地，说："谢谢爷爷，这东西真好吃，以后多做些让我吃个饱，刑天给您老叩多多的响头。"

这时大家都围了过来，听了刑天的话，笑得前仰后合。刑天回头一瞄，发现鼹鼠逃跑，抓起板斧就要去追，被俞罔伸手捏住耳朵，说："放过它吧，它身上没有毒，不是瘟神。是瘟神雇用了从它身上掉下来的那些小耗子。"

"它打架下绝手，我差点儿中了它的箭。"刑天说。

"是我判断失误，先发制人，才惹得它发怒。我们不能得势不讲理，是不是？你这个愣小子。"俞罔扯着刑天的耳朵教训他。

嫦妍向俞罔介绍："这是我新认的弟弟，叫蚩尤。"

俞罔上下打量面前的年轻人，说："你这个弟弟山骨海风、器宇博宏，可不是个等闲之辈。小伙子，你这个宝贝兽皮能借我用一下吗？"

"您要是有用，就送给您好了，我替他做主啦！"嫦妍抢先回答，并向蚩尤狡黠地一笑。

不料俞罔捋发正襟，一揖到地，说："那我就太感谢你们了。"

蚩尤和嫦妍一怔，慌忙跪倒在地说："您有话好说，这样就折煞我们姐弟了！"

"病人易治，瘟疫难除。那些携带瘟疫的耗子千千万万，单靠人抓是抓不完的，且危险极大。我想把所有的耗子都召集到这张神奇的鼠皮上，集中施药除瘟，若不奏效，只好连这张罕有的鼠皮一同烧掉。蚩尤若能割爱相赠，实乃一方百姓之大幸也。"

这时刑天正在旁边拽着黄牛的尾巴手舞足蹈，忽然插话说："爷爷，想烧你就烧吧！它是舅舅和我合伙猎取的，本来就是让舅舅送给你作聘礼的。"

"聘礼？什么聘礼？"俞罔不解地问。

蚩尤说："女娃让我送给您两张鹿皮，说这是老人家伏羲规定的。我姐姐让我用这张鼠皮代替鹿皮，不知您老是否喜欢。"蚩尤在俞罔面前显得有点儿局促不安，嫘妍只是掩着口笑。

俞罔听明白了。他沉吟良久，像是自言自语，又像是说给他俩听："这丫头好眼力。不过共工氏句龙也堪称当代一位英雄，虽然有些毛病。神农氏称帝以来，平民敢来攀亲者极少，在名门大族中，父母代为子女择偶也习以为常，但都要尽量使他们满意。如今女娃总是逃避句龙，也实在不好勉强她。"他转向蚩尤，说："我可以成全你俩，但必须把句龙的聘礼退回去，你这一份聘礼才能生效。谁去呢？"

刑天甩掉牛尾，说："爷爷，我去！"

"你去只会打架，这外交的事怕办不成。"俞罔笑着说。

"我去吧。"蚩尤说。

"看来你自己的事只有你去办了。句龙如果同意收回聘礼，他今后就再也没有资格抢亲和纠缠女娃了。要是退不掉，这鼠皮我尽量给你保存完好，你可以收回聘礼，退出这场竞争。"俞罔想了想又接着说，"炎帝在位时，有意禅让祝融氏，但氏族百姓不服，于是在他老人家驾崩后，引发帝位之争，给人民带来战乱之苦。你们劝我即位，焉知我既无心思从政，又怕办事能力不足，勉为其难，定会酿成大祸。天生我才，是用来对付疾病和瘟疫的，这是不亚于战乱和饥饿的人类大敌。若能使民众免受病痛，亦不愧为神农氏后人。至于天下时局，自有天授英雄出面收拾。"

就在俞罔说这番话时，刑天出奇地安静。此时，他忽然跳起来嚷道："爷爷，你还是出来当炎帝，你尽管去给人家看病，这天下大局么，就交给舅舅和我帮你去收拾！"

众人睁大眼睛，不由得对刑天刮目相看。嫘妍抱着他的头说："我儿子长大了。"

"就凭刑天这句话,我也使用一次炎帝的权力,不过这也是最后一次。"俞罔举起赭鞭说,"封蚩尤为工正,可持神农赭鞭代炎帝行事;封刑天为护驾将军,必要时帮俞罔驱妖除怪。"说罢,将赭鞭授予蚩尤。赭鞭可变为三种形态:骨笛、赭鞭和火蛇,俞罔把使用秘诀一一传授给蚩尤,并嘱咐说,它也是蚩尤向女娃求婚的信物。俞罔送给刑天的,却是一张五弦琴。

"爷爷,这劳什子也不能当兵器用,我要它干吗?也送给我一件鞭呀棍的东西吧!"刑天不乐意地说。

"你已经有了神斧和盾牌,还要别的兵器干什么?"俞罔开导他说,"音乐是人生不可或缺的伴侣。你有音乐天赋,好好练习弹琴吧,下一次见面,我要欣赏你唱演丰年之咏、扶犁之舞。"[1]

"爷爷想让音乐磨一磨你的杀气,使你成为能文能武的将帅之才,还不赶快道谢!"嫦妍劝他说。

"谢谢爷爷!"刑天说罢,竟无师自通地弹唱起来,连黄牛也摇头晃脑地踏步起舞。

行修、术器与寒流

蚩尤背着用丝帛包裹停当的两张小鹿皮,跋山涉水向共工国进发。一日,他来到盂山下,但见青石嶙峋,翠竹摇曳,一条羊肠小道摇摇摆摆地爬上山梁。山坡上,有一群罕见的白狼,浑身似雪,四蹄乌黑,两眼闪着绿光,正在不即不离地尾随着一人一骑。

那人手提五尺木杖,风尘仆仆,不时掉过头来轰赶狼群。但白狼采取你赶我退、你跑我追的游击战术,缠住不放。他的坐骑是

---

[1]〔宋〕罗泌《路史·后记三》:"(神农)炎帝命刑天做扶犁之乐,制丰年之咏。"

驴子般大小的绵羊,头上盘着两只粗壮的角,后面拖着又宽又肥的大尾巴。由于尾巴的拖累,绵羊走起路来像鸭子一样晃来晃去,无法摆脱白狼的威胁。当白狼又逼上来时,只见那汉子挥起木杖向后敲去,但这次他敲的不是领头狼的头,而是绵羊那沉甸甸的大尾巴。羊尾应声落地,群狼一哄而上,围来争食。

被敲掉尾巴的绵羊立刻精神大振,四蹄生风,在崎岖的山路上飞奔,把狼群远远地抛在后面。但好景不长,不知怎的,在它的屁股上又冒出一只尾巴来,见风就长,这迫使一心想快跑的绵羊只好无奈地一摇三晃地走路。但令人烦心的是,那群讨厌的白狼又赶上来了。

蚩尤一路好奇地追随着他们,暗中欣赏狼群攉孤羊的奇观。但贡献出七八个尾巴后,肥壮的绵羊渐渐消瘦,步履蹒跚,而白狼们却步步紧逼,使它连吃草的机会也没有。那位骑士只好跳下地来充当羊的保镖,左冲右突,用手中木杖击打群狼,但越来越吃力。

这场有趣的动物游戏眼看着变成了弱肉强食的残杀;那群本来很可爱的白狼,这时个个凶残贪婪,面目可憎。蚩尤怒火中烧,把笛子一横,一曲清脆的笛声响彻云霄。只听一阵呼啦啦声响,两只巨蟒滑出灌木丛,左右夹攻,对狼群形成包抄之势。领头狼见来者不善,一声号叫,抢先突出包围,群狼争先恐后逃窜。蟒蛇不依不饶,紧追不舍。

"笛声招蟒,莫非是当今炎帝前来搭救我?"骑羊的汉子向周围张望着喊。

蚩尤看见大蟒,忽然忆起幼时抚育自己的那条蟒蛇,神情恍惚,如入梦境;此时听人呼唤,才清醒过来,从树后走出,说:"这只骨笛的确是神农氏炎帝送给我的。这位大哥,您受惊了吧?"

他是共工国人氏,叫行修[1],是句龙的族兄。行修自幼喜欢远游

---

[1] 〔汉〕应劭《风俗通义》卷八:"共工之子曰修,好远游,舟车所至,足迹所达,靡不穷览,故祀以为祖神。"

探险，常年孤身一人行走在路途上。他到过东方的大荒，曾在羲和国做客，参观九个太阳栖息的扶桑树；他曾在冰冻千里的北方极地漫步，聆听烛龙的吼声；他穿过西方无边无际的滚滚流沙，去寻找太阳宿夜的濛谷；他也曾深入毒蛇群集的南方边荒地带，同额上刻着花纹的黑齿人交友。这只绵羊是寒荒国国王赠送的。它可以充当坐骑，绒毛可制成衣被御寒；最奇的是它的尾巴，可随时取来当作美味佳肴。这只羊，给行修旅途中的衣食住行提供了全方位服务，是他的至亲至友。

　　行修想回家看看，并把本次出游遇到的奇人怪物的形象刻在岩洞里，作为纪念。当他路经盂山时，遭遇白狼。蚩尤的及时出现，他认为是炎帝对他的护佑，也是和蚩尤之间的缘分。一对天涯沦落人，相互间很快产生惺惺相惜之意，越说越投机，引为知己。行修支持女娃的选择，认为他这位族弟独占配偶过多，有失公平，应加以限制。蚩尤拜行修为大哥，对他的见多识广崇拜有加，要不是有女魃和女娃这两档子事牵挂着，他就跟着这位大哥浪迹天涯了。

　　他们边走边说，不一日，来到共工之丘，这里是共工国首府所在地。行修说："你亲自去退聘礼怕不妥。如果句龙拒绝接受，他的婚约仍然有效。不如由我带去硬塞给他，只要他不能再送到你手里，婚约就算失效。"蚩尤佩服大哥高见，将鹿皮交给他，自己在山口等候消息。

　　不远处传来"哼唷哼唷"的号子声，蚩尤信步走去，发现一处采石场。人们正把采下的石头用肩扛、用驴驮，送往里许外的谷口。其中一人，立在那里像个粗粗的圆木墩子，身形酷似刑天，只是他的大脑袋方方正正，像个刻画着五官的八仙桌。这时，只见十余人抬起一个垒满石块的木排，压在那人头上，巍巍然像座小山，在坡道上移动。

　　蚩尤想认识认识这位奇人，便跟上去。这时，只见行修骑着绵羊慌慌张张地跑来，气喘吁吁地说："句龙追来了，快走！"说话间，只见山口那边尘土飞扬,一彪人马奔驰过来。

"大哥回来啦,啥事这么急,刚回来又要走?"问话的是头顶山石的方脑袋。

行修灵机一动,说:"是术器[1]兄弟吗?句龙要夺我的神羊,赶来打架,你快帮我一下!"

"大哥放心,我来对付他!"那位被叫作术器的说着,晃晃悠悠向山口走去。

行修示意蚩尤快走,边走边告诉他退聘礼经过:句龙见到鹿皮,先是一惊,随后便镇静下来,心平气和地询问来人的情况。行修以为可以商量,便一一如实回答,并劝句龙道:"蚩尤和女娃相爱,又经炎帝默许,你就成全他们算啦!你已经娶了好几房媳妇,何必……"句龙边听边随手在桌面上勾勒出手持赫鞭的蚩尤画像,听到这里,忽然站起来,说:"大哥,你好糊涂!"并马上向手下人发布命令:"飞马传檄九土各族首领,立即带人封锁各处路口,盘查行人。务必准备下两张鹿皮,若遇面貌如图者,即把鹿皮抛给他,便是大功一件。"说罢立即吩咐备骑,还要亲自追来把鹿皮退回。行修见大事不好,抢先逃出来报信。

蚩尤询问术器的情况,行修说:"他也是我的一个族弟,力大无穷,连句龙也怕他三分。术器主管筑堤修坝,整治水土,事事算计精到,处处身体力行,只是不擅辞令,拙于事故变通。"

到了岔路口,行修说:"由此东去便是黄泽,那里有个九淖国,与共工国为敌,你先去避一避,等风头过后再来找女娃相会。我还要到秘密岩洞去绘制这次出行的见闻,就不能和你同行了。"想了想又说:"九淖和少昊国相邻,少昊国酋帅少昊鸷是我的朋友,你有事可找他帮忙。"

在他们告别时,句龙正在和术器纠缠不清。句龙见术器头顶小山似的石料,两手叉腰,把山口塞住,诧异地问:"兄弟,你挡在

---

[1]《山海经·海内经》:"共工生术器,术器首方颠,是复土穰,以处江水。"

这里干什么？"

"你为啥要抢他的神羊？"

"不是我要抢他的新娘，是他要抢我的新娘。"术器是个大舌头，吐字不清，句龙错把"神羊"听作"新娘"，连忙解释。

"明明是他的神羊，什么时候成了你的神羊？"

"谁都知道是我的新娘，你昏啦，怎么说是他的新娘？"

只听"哗啦"一声响，术器把石块倒在地上，自己坐到上面恼怒地说："大哥的神羊是他从外地骑来的，谁人不知，哪个不晓？你倚仗权势，占为己有，实在是无情无义，让弟兄们心寒。今儿个不说清楚，咱俩没完！"没想到木讷少语的术器，一激动起来，竟然口齿伶俐，振振有词，简直是个雄辩家了。句龙大为惊奇，平时真是小觑这个弟弟了。同时他也听出了个中原委，不觉"扑哧"笑出声来。

"笑什么，笑什么！"术器摸不着头脑，怒气未消地发问。

句龙说："咱俩说两岔去了。不是我要抢大哥的坐骑绵羊，而是跟他来的那位年轻人，要抢走你的新嫂子女娃。要是请不来女娃做共工氏王后，以后炎帝族中谁还听咱们号令啊！"

"原来是这么回事。"术器发现问题严重，后悔地说，"那你说该怎么办哪？"

"是你把事儿耽误了，只有你去挽回了。"句龙说。

"让我去？我怎么办？"

"事情也不难。你把这个塞给他，他就不来抢你的嫂子了。"句龙说着，把鹿皮扔给术器。术器跳下来，四肢着地用头一拱，把石块推开，疏通道路，向山下走去。

蚩尤告别行修后，并没有立即东进，而是偷偷摸摸地去找女娃。但见山里山外，处处有人设卡盘查。这倒不怕，他可以施展轻身术，避开众人在无路处行走。令蚩尤十分头痛的是那个术器，他简直像鬼魅一般如影随形。蚩尤怕暴露了女娲的栖息地，几次采取大迂回的路线把术器甩掉，但他总是在关键时刻出现，手举鹿皮迎面走来，蚩尤只好狼狈逃窜。

一日，蚩尤摆脱术器的追踪，在共工国与祝融国交界的羊水一带徘徊，心中不快。这时空中传来悠扬的笛声，听起来演奏者很是悠闲自在。他下意识地摸出骨笛，正琢磨吹个什么曲子排遣排遣闷气，不料骨笛忽然脱手飞出，不知去向。蚩尤四下观望，发现山丘后面转过黑压压一大群猪，领头的是一位长着三个猪头的怪物——稍近些才看清楚，原来是双头猪背上横坐着一位骑士。此公怪模怪样，长头小耳朵，人脸猪嘴麒麟身，两条腿是胼生在一起的，还有一双猪蹄子。此时他正拿着骨笛审视。他的右手上有一杆长鞭，想必就是用来卷走骨笛的作案工具。

"老弟，你可要瞧仔细，错拿别人家的东西会被人认为是偷的。"蚩尤不软不硬地发话。

猪嘴骑士把骨笛掷过来说："我看它像是我家的物件，不知为何落在你手里，我倒要请教请教。"

"阁下是炎帝什么人？"蚩尤问。

"我叫寒流，我的外公伯陵是当今炎帝俞罔的胞弟。"

"哦？这么说，骨笛同你还真有些沾亲带故，它的确是神农炎帝送给我的稀世之宝赭鞭。"蚩尤说着将骨笛迎风一晃，变成赭鞭。

"赭鞭是神农氏的传世之宝，怎么会送给你呢？"寒流歪着头发出一连串的疑问，"你是什么人？和神农炎帝什么关系？"

"我叫蚩尤，生于泰山，长在海岛，和神农氏本无关系。"蚩尤说，"只是新近征得炎帝俞罔的恩准，要去和女娲完婚，赭鞭是炎帝拿给我的信物。"

"女娲？她和我母亲阿珠是叔伯姐妹，我应该叫她小姨。"寒流觉得更奇了，"这么说，你是我的准姨父啦？要知道，在宗亲家族中，人大一辈就是爷，会有不少便宜可沾呢！这下寒流可吃大亏了。"

"我和女娃还没有正式成婚,咱俩年龄差不多,就以兄弟相称吧。"蚩尤谦逊地说。

"那可不行,"寒流倒认真起来,说道,"一接受聘礼就算是订婚了,亲属之间的辈分关系也就确定了;寒流要是和你称兄道弟,会受到家族的指责和别人笑话的。没办法,寒流只好叫你小姨父了。"

"那可就委屈你了。"蚩尤说。

"听说我小姨在西山漳水一带活动,你跑到这里干吗来了?"寒流说,"再往前就是九淖和祝融国了,咱们脚下是鸡鸣三国的地方。"

"句龙也送去了定亲鹿皮,炎帝让我退还了他。"蚩尤说,"现在句龙正在调兵遣将追赶我,行修大哥劝我到九淖躲一躲。"

"我小姨是皇家公主,怎能去给句龙当九姨太?"寒流愤愤地说,"我寒流可不能管句龙那小子叫姨父。"

正当他们越说越近乎的时候,术器突然出现在山丘上,手中依然举着那份鹿皮。蚩尤大惊,撒腿就往猪群里钻。因为已临边界,术器怕失去最后的机会,于是居高临下把鹿皮抛向蚩尤。他对自己的力道和瞄准精度颇为自信,料定一击必中,正准备宣告退礼成功时,只听"啪"的一声鞭响,鹿皮在半路上拐了弯,落到寒流手中。

九黎之长

突然的变故令术器目瞪口呆。他办事历来十拿九稳,不想今日栽在寒流手中。术器与寒流自幼相识,两人形象特殊,各有异能,很早就成了炎帝族的知名人士。当年祝融氏和共工氏争夺炎帝摄政,引起两国交兵,随成仇国。但二人当时尚幼,没有直接参与其事,因此并未结下更深的个人恩怨,但也不愿主动当面寒暄。如今事已至此，术器再也无法回避了。

"那不是寒流兄弟吗？"术器套近乎说，"多年不见，还保留着儿时那副尊容，难得，难得。还记得当年咱俩摔跤给炎帝取乐吗？"

"那还能忘？咱俩可是出名的两大丑星，联袂演出，曾经誉满大江南北。"寒流干脆把话挑明，说道，"自从祝融氏和公共氏交恶后，就再也没有见到你了。不过，我已经脱离祝融国独立创业了，咱俩没有过节，还是好兄弟。"

"你是堂堂皇亲国戚，怎么放起猪来了？"术器一边盯着猪群观察蚩尤的动静，一边说。

"这是靠天生的这副尊容成就的事业。"看来寒流并不为自己的长相感到自卑，继续说，"你看，我坐在这只双头猪上，俨然是一位三头猪神，不管是家猪、野猪，还是猪精、猪怪，都跟在屁股后面跑，撵都撵不走。你知道在桑林一带活动的那头叫作封稀的大野猪吗？"

"知道，那可是一霸，谁也惹不起。"术器答道。

"连它也听我的调遣，你信不？"寒流自夸说。

"我信。你这三头猪王的确世上罕有，谁见了也得当神拜。"术器老想着要回鹿皮，讨好他说，"请问老弟在哪里建国啊，以后好去登门拜访啊！"

"我通常在祝融、九淖和东夷诸国间游牧，算是一个跨国经济实体吧。"寒流说，"现在猪肉是人们的奢侈品，猪代替羊成了这一带各国的硬通货，甚至连猪头骨都成了陪葬品，和玉一样，拥有越多越表明主人的身份高贵。别小看我这个猪业大亨，拿个国王还不给换呢！听说兄弟是共工国水利工程总管，技术权威，今天怎么成了跑腿儿的啦？"

"唉，一言难尽！"术器说，"今天还得请你帮个忙呢……"

"我知道你有难言之隐，"寒流不等术器说出口，就抢先说道，"句龙接二连三地讨老婆，叫你满世界替他下聘礼，也忒辛苦了。

我这里美女多多，你顺便带几位送给句龙，你也可以从此交差，去干正经事了。"说罢，长鞭连连挥动，震天价响，并大声叫道："七妹、八妹、九妹，你仨春情正盛，想是该嫁人了。跟着我这兄弟投亲去吧，好好伺候你们的夫君句龙大人！"

术器搭眼一看，只见猪群里站出三位一模一样的美女来，体态丰盈，大耳垂肩，乌黑的辫子耷拉到脚跟，笑嘻嘻地向他跑来。术器知道她们是猪精，扭头就跑，但最终还是被姐仨跟到了句龙官邸。对找上门的佳丽，句龙认为却之不恭，不如从人所愿，纳入后宫了事。美中不足的是，术器没有完成既定任务，使句龙失去了对女娃实施抢亲的合法性。为此事术器受到好一顿数落，他也从此和寒流结下了过节。

蚩尤从猪群里爬出来，感谢寒流帮忙。寒流说："你是炎帝工正大臣，我有责任保护你。只是眼下句龙布防严密，我无法帮你约会小姨。幸好我用三位猪姑娘去应了聘礼，小姨一时无虞。你还是听行修的话，去东夷避避风吧！"

蚩尤走在一望无际的平原上，但见河湖干涸，禾苗枯萎，浊风吹来，黄沙漫漫。在星罗棋布的船形茅屋旁，老人们蓬头垢面，呆呆地望着大地出神。蚩尤似乎感觉不到人间的生命气息。

前面人声鼎沸。蚩尤快步赶去，只见成百上千的人围着一个土坛，正在观看抵牛比赛，呼叫声一阵接一阵。参赛者不是牛，而是两个人。他们一丝不挂，浑身涂满黄土泥巴，头戴牛头面具，臂搭着臂，头顶着头，像牛一样在抵架，你来我往，相持不下。蚩尤好奇，便向一位巫师模样的人打听原委。这位巫师就是巫咸国十巫之一巫彭。因天下将乱，十巫分头云游四方，寻求应龙和天弩的踪迹，察访人间真主，巫彭只身来到这里。

"这一带叫九黎国，说是国，实际上自古以来没有国王。方圆百里的平川，分割成大大小小的'井'形方块，栽上树木作为田界，称作井田。每个氏族都在自己的井田上集体劳作，以种植谷物为生。

几十年间，人民辛劳勤勉，老天风调雨顺，倒也衣食无虞，氏族之间相安无事。只是到了近些年，人心不古，物欲膨胀；先是田界树木遭到砍伐，接着出现强者越界争耕。因此争讼迭起，械斗不断。豪强贪得无厌，惹得天怒人怨，灾害频生。到如今，已连续三年没有下过透雨，好不容易浇水点种的禾苗，又屡遭蝗灾，颗粒无收。井田风光已成过去，代之而来的是漫漫荒漠。"

巫师望望坛上，见两人依然斗得难分难解，又接着说下去："两年前我路过此地，经占卜得知，必须选一位公正勇武之士出来主持国事，方能消灾驱祸，重整九黎田园。此议一出，得到各氏族的响应。谁料九黎厄运未满，祸害又起，从厘山跑来一头魔牛，叫犀渠，先后把两位当选者咬死，致使国王难产。现在坛台上正在进行第三次竞选决赛，两位选手都是外出学成归来的九黎青年，有志重整江山，不知运气如何……"

巫彭话音未落，掌声雷动，其中一位被拱下台来。胜利者在人们的欢呼声中披上大红斗篷，高高地举起权杖——一种被称作钺的兵器。巫彭告诉蚩尤，刚产生的国王名叫黎奔，孔武有力，能一气摔倒九头公牛，绰号"扳倒牛"。

正在此时，忽然传来小儿啼哭声，由远及近，场上顿时炸了锅。人们边逃边喊："魔牛又来啦，快逃命啊！"

人们躲在一箭开外的地方观看动静，只剩蚩尤和巫彭依然立在大树下。这是一棵大枫树，干粗十围，冠盖遮天，被人们当作树神来供奉。蚩尤见黎奔在高台上岿然屹立，一手持杖，一手叉腰，斗篷临风，若一片鲜艳的红霞，格外醒目，真格是威风凛凛，果然一派王者气概！

一个庞然大物出现在不远处的沙丘上。它形似水牛，毛色苍苍，两只又粗又长的犄角当中，还装备了一只坚利的朝天角，一看就知道是个好战分子，是牛家族中的异类。只见它朝着太阳高声叫唤，像婴儿啼哭，此时听来，却令人毛骨悚然。这位犀渠是犀牛近亲，眼神不大好，但对鲜艳的色彩十分敏感。犀渠环顾四周，发现一个红色的怪物迎风飘摇，像是在向它进行挑衅，立时气冲牛斗，猛虎下山一般冲过去。

扳倒牛黎奔见魔牛比水牛还要大一倍，气势汹汹而来，不敢大意。他跳开一步，躲过犀渠的迎面一撞，抡起长铖向牛脖子砸来。只听"咔嚓"一声响，碗口粗的枣木杆断为两节。那犀渠还没有被谁欺负过，见此人竟敢打自己的闷棍，勃然大怒，脖子一扭，长角扫来。黎奔扔掉半截木棒，趁势抓住犀渠两角，想施展拿手绝技把它扳倒。不想此牛并非他牛，当他欲贴近牛头发力之时，才发现中了埋伏——魔牛的第三只角正对着自己的胸膛。黎奔大惊，已来不及躲闪，只见他双脚上举，来了个蝎子大卷尾，整个身体倒立在牛头上空。

犀渠岂肯错过克敌制胜的好机会，趁对手身体悬空无着之时，把头摇得像个拨浪鼓，黎奔支撑不住，被凌空抛出。犀渠盯住那块红斗篷，随即追赶过来。

黎奔昏沉沉地被甩向老枫树，蚩尤一把把他推到巫彭怀里，顺手扯下他的斗篷挂在树干上。那魔牛追来，朝红斗篷一头撞去，那只朝天角没入树干，拔也拔不出。蚩尤不慌不忙，左手摁住牛头，右手拽根青藤，把牛鼻子穿起来，翻身骑上牛背。

当犀渠终于把角从树干中拔出来时，发现自己已经失去自由。难道一根藤子就让它俯首帖耳，从此受制于人吗？它不服气，忍着疼痛拼命挣扎呼叫，夺路狂奔。蚩尤握紧藤条，稳坐牛背，任它发泄最后的疯狂。

人们眼看着魔牛消失在地平线上，纷纷回到老枫树下看望黎奔。见他安然无恙，又开始担心被魔牛劫持走的那位外地人，不知是福是祸。只有巫彭独具慧眼，他告诉大家，魔牛肯定会被降服，九黎之长很快就会降临，他劝人们回去收拾田地，等待好消息。

老天好像故意和九黎人作对，好消息没有等来，却等来了铺天盖地的蝗虫。好不容易挑水栽种的禾苗，又面临灭顶之灾。人们仰天长叹,连巫彭也拿着卜骨发愣:这卜骨上明明预示着好兆头,怎么灾难还是接二连三地发生呢?

悠扬悦耳的笛声随风飘来,像一道清泉流经人们干涸的心田。天空忽然飞来密密麻麻的鸭嘴鸟,几起几落便把飞蝗一扫而光;从地下又钻出千百只大肚子蟾蜍,把蝗虫幼虫捕食殆尽。人们正在惊异,只见魔牛一摇三晃地走来,牛背上卧着那位外地青年,兀自悠闲地吹着一只神奇的骨笛。巫彭眼睛一亮,他知道,只有神农炎帝的神笛才能招来百虫百禽,于是高声喊道:"神农使者驾到,请大家跪地迎接!"他拉着犁奔率先跪倒在地。

九黎国虽属东夷范围,但邻近炎帝治下,农耕文化源自神农,国人对神农炎帝十分敬仰。见巫师跪下,便乌压压跪倒一地。蚩尤赶忙跳下牛背,扶起巫彭和犁奔,说:"诸位请起。巫师眼明,我的确是炎帝工正大臣,名叫蚩尤,驯服魔牛和灭蝗,全靠了神农赐给我的宝器。"他把笛子晃一晃,立刻变作赭鞭,犀渠一见,吓得浑身筛糠,俯伏在地,全没了前时的威风,引起一片笑声。

这时黎奔大声说道:"我提议,请蚩尤当我们的九黎之长,大家同意不?""同意!""同意!"人们热烈响应,立刻拥上来一群青年男女,七手八脚给他披上红斗篷,戴上牛角帽,抬起来四处游走,向全国宣布第一任国王的诞生。

久旱无雨,是九黎国之大患。国王上任后的第一件大事便是祈雨。蚩尤已在祭坛上站了三天三夜,天空依然万里无云,火辣辣的太阳耐心地考验着人们的虔诚。祭坛下,不断有人昏厥倒地。蚩尤连吐了几次雾,但时间不长,就被烈日烤干,无法拯救干渴的大地和生灵。蚩尤仰天长叹,他后悔当年学艺不成,半途而废,以至如今眼见生民涂炭而无所作为。他忽然大放悲声,连声呼唤:"玄冥师傅,你在哪里?"台下也一片号啕,怨气冲天。

此时巫彭正在观察天气变化,他已算定今日有雨,但不知雨从何来。听蚩尤呼唤玄冥,心中诧异:"他怎么认识雨师玄冥?"不由得放眼向东方瞭望。但见天边出现一个黑点，霎时变作一座云山滚滚而来。哭叫声变作欢呼声。狂风卷起黄沙，遮天蔽日，把白昼变成了黑夜。只听"咔嚓"一声，一个霹雳在头顶炸响，倾盆大雨从天而降。

大雨疏一阵，密一阵，整整下了两天两夜，人们在雨中也狂欢了两天两夜。雨过天晴，天空升起一道彩虹，风伯、雨师在彩虹上双双现身，向人们招手。蚩尤大叫一声："师傅！"随即腾空而起。彩虹忽然远去，越来越小，一个红点消失在天际。与此同时，一阵清风送来一男一女歌吟般的话语："蚩尤听着，为师远在天边，呼唤即至，再见！"

人人听得明白，蚩尤原来是位神仙弟子！九黎国人庆幸自己选了一位好君长。

蚩尤在巫彭和黎奔的协助下，重新划定井田，栽种枫树，用牵牛鼻子的方法驯服野牛，推广牛耕，并制订法度，和谐族里。九黎又现风调雨顺、美丽如画的井田风光。

然而，正当他打算去找女娃时，发现神农赠送的赭鞭不见了。那赭鞭是神农同意蚩尤同女娃成婚的信物，没有它如何去见女娃？巫彭经过占卜，指示蚩尤向东北方向去打听下落，那里正是少昊国。于是他把国事交代给黎奔，告别倾国相送的九黎乡亲，跨上犀渠走上寻宝之路。

淖子择夫

话分两头。却说轩辕采纳风后的策略，着力加强对后方的治理，筑城阪泉之野，号称轩辕之丘，作为北狄部落联盟的中心。派力牧统领大军主动出击，把荤粥驱赶到大漠以北。然后派骆明沿滹沱河谷南下牧马，经略汾河平原。从西陵国调来昌意，命他率领族中子弟，游牧于太行山以东地带，兼事农桑。轩辕与风后或坐镇阪泉、号令四方，或相携出游、访贤求才，一时名声大震。

单说昌意跟红崖先生学艺十年，文武兼备，世事练达，大有其父风范。他告别依依不舍的外祖父母，穿越十万大山，来到一望无际的大平原，顿觉天高地阔，思绪飞扬。这里景物新鲜，风俗有趣，昌意经常一人一骑到邻近各族探访。好在诸国间只有大致的势力范围，并无划界设卡，游人通行无阻。

昌意涉过若水，徒步在九淖国行走。所到之处，河渠纵横，芦苇丛生，大大小小的水泊泥沼星罗棋布，随处可见的土山丘上竹木参天，常有大象和其他野兽出没其间。人们住在摇摇晃晃的吊脚楼上，下面系着小舟，吊脚楼和小舟多用剖开的巨竹制成。一日，昌意路经一处叫作阳丘的地方，忽听牛角声划破长空，男女老少闻声而出，身上穿戴着用山花野草编织的衣饰，载歌载舞，像是欢迎重要人物。

果不其然，一支队伍缓缓行来。前面有鼓乐开道，后面有十几只大象，首尾相接，每只大象身上驮着围有栏杆的座台，上面站着一位漂亮姑娘。两队武士分列左右，个个身背长弓，头戴面具，威风凛凛。当大象队伍经过人群时，象背上的姑娘们在方寸之地的游动舞台上轻歌曼舞，人们纷纷把手中的鲜花向她们抛去。昌意注意到，领头大象身上那位姑娘气质优雅，笑容迷人，身姿绰约如仙子临风，她身边的鲜花很快堆成了小山。

昌意拉住一位长者询问情由。长者见他是外地人，身形伟岸，气度从容，非寻常人物，便一五一十从头说起。

九淖国南邻农耕为业的祝融、九黎，北近骑马牧羊的北狄，东与九夷诸族犬牙相接，西受共工氏水患威胁。因此，这里农牧渔猎皆有，各种风俗杂糅，既是各方国冲突的要地，又是诸氏族交流融合的场所。为保九淖国长治久安，长老会确定了依靠人才治国的国策。其中规定，九淖国每三年举办一届国际选美大会，各地窈窕淑女，不分国籍种族，都可报名参选。长老会从中遴选出十名候选人，然后跨象游行，进行全民公决。收到花朵最多的姑娘被举为后，乃一国之主，称为淖子。淖子在闺房幽处，接纳天下英雄造访。一年后，由淖子和长老会从前来造访者中各推荐二人，进行比武大赛。经过半决赛和决赛，最后的胜利者，便是当然的九淖国军事领导人。

昌意打听排头大象上那位姑娘的来历，长者说："她来自靠近少昊国的浊山氏，乳名阿女。"他狡黠地一笑，接着说："那姑娘不错吧，年轻人，不想去撞撞桃花运吗？这可是机会难得呀！"

淖子的闺房坐落在林木掩映的土山坡上，面朝黄泽，竹影临窗，环境宜人。昌意不懂如何叩门，便隐身在树后观看动静。时间不长，只听树梢风动，一人驾着两只鹰落在水畔。他身材高大，臂长过膝，背后长弓斜挂，一派赳赳雄风。昌意暗叹："大弓东夷，不愧人中之龙！"只见这个夷人大汉手弹弓弦唱道：

凤兮失凰，终日惶惶，鹰垂翅兮，长弓不张。
凤兮求凰，离我家乡，快开门兮，伴汝飞翔。

窗户打开，飞出甜美凄婉的歌声：

凰兮离凤，合夜忡忡，月惨淡兮，花朵失容。
弓弦吟兮，心扉自开，良宵苦短，莫再徘徊。

昌意心想，看来他们是一对正在热恋的情人。歌声停止，大汉踏上阁楼，推门进入淖子闺房。他的鹰栖息在房后的大树上，不时发出一两声啸叫，令人毛骨悚然，好像是在提醒造访者：我的主人正在幽会，请勿打扰！

月亮圆了又缺，缺了又圆，那位老兄天天夜归晨离，没有一点儿谦让的意思。淖子的风姿，令初涉情场的昌意迷恋不已，他整宿整宿地靠在大树上，任凭风吹雨打，期待着淖子给他一次表现的机会。他也侦察到一些情况：这位情敌是少昊国酋帅少昊鸷[1]，天生神力；他的那张大弓射遍天下，闻者丧胆。这些天，已有不少想碰碰运气的冒险者听到他的鹰叫就知难而退，改道屈就排序靠后的姑娘。昌意也了解到，按照游戏规则的要求，淖子必须接待三人以上，不然就会自动失去淖子资格，由第二名取而代之。这种后果大概是两个恋人都不愿看到的。他相信，自己迟早有机会打入决赛，与少昊鸷一争高下。

昌意去找那位长者请教。他不是别人，正是九淖国长老会召集人，名叫伯夷父。他笑道："做九淖国的酋帅，不仅要孔武有力，而且要足智多谋、坚韧不拔，年轻人，这也是个锻炼的机会呀！"他讲了不少前几任淖子择婿的趣闻逸事，令昌意深受启发，他满怀信心地走向淖子闺房。

此时月黑风高，昌意正要依树修神，忽听小楼上传来淖子的喝斥声："你不是人，是妖怪！出去，快出去！""不，不，我是人，腿有点儿毛病，不碍事，不碍事。"是一个男子的恳求声，听起来像猪叫。"妖怪！妖怪！"淖子惊恐地呼喊，并伴随着打斗声。

昌意像一只猎豹扑向小楼，嘴里喊着："不要怕，我来了！"抓起压在淖子身上的那个东西扔出窗外——他还没有来得及判断是人是怪，淖子已经扑到他的怀里，颤抖着赤裸的身子，呜呜地哭起来。

这时楼下传来叫骂声，那声音确实近似于猪嚎："昌意小儿，你以为我不知你是谁！你这个龟儿子，自己也是个缩头乌龟！少昊鸷是我用调虎离山计引开的，你不敢惹他，却来抢我的买卖，一个欺软怕硬的家伙！你以为我是谁，我才是正宗的龙生凤种……"叫

---

[1]《左传·昭公十七年》："少昊鸷之立也，凤鸟适至，故记于鸟，为鸟师而鸟名……少昊鸷即百鸟之王。"

骂声渐渐消失在夜空里。其实，昌意根本没有听那个怪物在嚷什么，他收拾起全部精神，来安慰淖子那颗受惊的心。

原来，少昊鸷收到急报：国之南邻泗夷方国遭到一只大猪的蹂躏，请他速去增援。那只大猪人称封豕，本在桑林一带觅食，与巴蛇、窫窳并称三害。近日封豕忽然流窜到泗水，危害人畜，猎户群起而攻之，它全然不睬，照样横冲直撞，我行我素。少昊鸷大弓扯圆，一箭射出，弦声不绝于耳，飞矢如雨点般射向封豕七窍，疾若流星，源源不绝。原来那大弓是少昊国镇国之宝，叫作夷弩。它只配有一只羽箭，被一根无形的檄系着箭尾，射中目标后自动退回，再重新射出。如此反复，似穿梭一般撞击目标，封豕如何经受得了？它只好保命要紧，溜回桑林，从此再也不敢外出冒险。

少昊鸷解除了邻国的祸害，自己的感情生活却发生了危机。他发现，乘虚而入的小伙子很会讨淖子的欢心，他自愧不如。看到他的阿女满脸的幸福，这位重义气的刚烈汉子只好含泪退避三舍。而当少昊鸷下次再来探访阿女时，见她已经身怀六甲，杜门谢客了。

淖子临产时，红光满室，百凤起舞。那婴儿更是与众不同，他头上戴着一顶金光灿灿的帽子，形似干戈，一落地便睁大眼睛四处扫视，继而又咧开嘴嘻嘻地笑个不停，好像是说："好，好，这里挺好玩。"

据巫师从神界得来的消息说，这个孩子乃星宿下凡，将来定能平定天下，成为一代雄才大略的帝王。国民们奔走相告，长老们更是喜出望外，给孩子起名叫颛顼，由德高望重、学识渊博的伯夷父做他的老师。为准备把这个未来的大人物载入青史，光耀宗族，长老会立即着手资料搜集工作，其要务之一，是请淖子回忆受孕前后的天象和见闻。

据淖子说，一天晚上，她临窗独处，忽见一道长虹似的华光贯穿圆月，顿觉心中如有所动，从此便有孕在身。那一晚，正是少昊鸷和昌意交替的间隙，除他们二人外，她没有接触其他人。关于碰到妖怪的事，淖子有意回避未提，她怕亵渎了自己的儿子。

巫师的说法有了上天垂象作证，长老们自是高兴，当即把淖子月夜所见纳入颛顼档案。接下来却出了问题：本届淖子只提供出两个酋帅竞选人，按照规定应该取消作为王后的资格，由第二名取代；但因为她生了个未来的帝王，母以子贵，国人已公认她为王后，若再改变，必然会发生分裂，引起祸乱。长老们讨论了三天三夜，依然莫衷一是。

九淖国来了一个人，自称是曾经与淖子有过肌肤之亲的第三者。长老们一看，都乐了，原来他是大家都很熟悉的一位邻国人士。此人名叫寒流，就是当年彤鱼氏阿珠生的那个儿子寒流，如今出落成一副可爱的滑稽相：长脑袋，小耳朵，猪嘴巴，外加一双猪蹄子。寒流对自己这副尊容从来没有埋怨过，但令他十分在意的是那两条腿。他的两腿被一根筋连在一起，只能蹦，不能迈步走，虽然动作敏捷，但跳来跳去毕竟不雅。寒流总想把这根筋割断，特别是近几个月来，他悬赏百头猪作为重奖，招来各行各业的奇人异士各显神通，但也无奈它何。

寒流有一坐骑，是一头双头猪，叫并封。他加盟以后，并封就成了三个脑袋，在猪界引起震动；无论是家猪还是野猪，猪精猪怪，都把它当成猪神来崇拜，连雄踞桑林的封豕也敬它三分。寒流利用这个优势干起了牧猪业，猪群越来越大，在祝融、共工、九淖和东夷诸国交界一带跨国放牧、经营，成了富甲一方的牧猪业大亨。猪是这一带重要的家庭财产和集市交换通用品，人死后用猪头骨陪葬，并以其数量表示死者的地位和业绩。因此，寒流虽然长相可笑，地位却不亚于国王。围着寒流团团转的姑娘成群结队，但他不屑一顾，却偏偏迷上了淖子。

长老们不相信淖子会让他进闺房，寒流只好请昌意作证。昌意说："那天晚上确实有一个怪……不，有一个人进入淖子闺房，模样没看清楚，说话的声音与此公无异。"到了这种地步，淖子虽不情愿，也只好默认。长老们当然乐见其成,只要淖子不挑剔长相,寒流的综合条件还是相当有优势的。何况,他又是炎帝的后代,有正统的社会背景,如果做了酋帅,说不定还是九淖人民的福音呢。于是,当即推举寒流、昌意为竞选人。

按照规定,少昊鸷与寒流要进行半决赛,其胜者与昌意争夺冠军。经拈阄,由少昊鸷选择决斗方式,他选了互射。二人拉开百步之遥,相向而立,寒流优先开弓。只听弓弦响过,两只箭一前一后扑面而来,此时,少昊鸷一口气呼出,两只箭便轻飘飘落下尘埃。正当他需要吸气那一瞬间,不迟不早,第三支箭已到面门。比武规则要求,受射者只允许鼻、眼、口可动,身体其他部位若有少许移动,便是违规。少昊鸷只好随机应变,张口咬住飞矢。

裁判判定寒流最后一箭有效。轮到少昊鸷回射,他必须有两矢中的,才能进入决赛。只见大弓扯开,圆如满月,眼见这一箭飞出,寒流难逃灭顶之灾,人人都把心提到了嗓子眼上,连淖子也为这个倒霉鬼捏着一把汗。别说,还真是多亏了他来掺和,不然这官司还撕扯不清呢!

弓声响过,寒流像被人推了一把,几乎站立不住,不得不抬起一条腿来维持平衡。这时他才发现,把两条腿拴在一起的那条讨厌的筋断了。他惊喜地跳起来,在空中来了个大劈叉。人群中爆发出一阵掌声。这时,少昊鸷背起大弓,一声不吭地转身离开。

"拦住他,不要让他走!"寒流飞快地跑过来,平生第一次享受到两条腿走路的痛快。长老们拉住他说:"你还想干吗?他这一箭射得义气,神仙莫及,你已经输了,还是做你的猪王去吧!"寒流不理会长老的调侃,蹦着高大声喊:"少昊兄弟,你听着,快去我猪群里挑一百头猪!"

少昊醉酒

决赛在昌意和少昊鸷两人间进行，时间定在颛顼诞生周年之日。对这个裁判结果，寒流心服口服。但他郑重提出，颛顼这个儿子有他的份，如果长老会承认，他要送给九淖每户人家一头能下崽的母猪。这个要求提得稀奇。历来淖子择婿期间生的孩子，都是九淖之子，从来没有、也无法确定其父是谁。但近来男人认领亲子之风盛行，也总得对人家有个说法。好在这次当事人不多，又都不是等闲之辈，于是，长老会首次敲定：少昊鸷、昌意和寒流三人，都是颛顼的疑似生父，但都无权领养。

却说昌意取得决赛权后，感到自己战胜少昊鸷的把握不大，特别是少昊鸷的射艺，更是当今一绝。但昌意对淖子的眷恋之情难割难舍，几乎到了"除却巫山不是云"的地步。经过几个不眠之夜的思考，他决定北上面见父母请求支援。

听了昌意的叙述，轩辕心里嘀咕："这孩子在男女情事上比他老爸还超前，而且过于认真。如今在南路还落脚未稳，就陷入儿女情长不能自拔，太没出息了。这可不是我的风格。"不过这话在嫘姑面前他不能说出口，只好答应请风后出个主意。

不料风后击节叫好。轩辕请问其故，风后说："昌意捡到了一把叩开中原大门的钥匙，此举若能成功，可一举三得。九淖乃东西南北交汇贯通之所，占此地利，可融通万国，势临天下；借助淖子的声望，可取得九淖诸族乃至其邻国人民的信任；特别值得重视的是，人们在颛顼身上寄托着很大的希望，得其为子者，将众望所归。此乃天赐良机，无论成败都应尽力而为。"轩辕大喜，立即派力牧随昌意前往，见机而行，并随后增拨人畜南下，以为后援。临行时，轩辕一再叮咛：只可智取，不可力敌；三年之内，避免和任何一方发生武装冲突。

昌意和力牧走到不距山，忽闻一阵酒香飘来，便迎风寻到一个村庄。村口有一株古桑树，旁边有一户人家，酒香就是从这里飘出的。主人十分好客，搬出一坛好酒招待他们，并介绍说，这里叫空桑峪，人们称他为空桑酒伯。力牧把酒尝过，不断啧啧称妙，评价说，此酒味道浓重醇厚，很够刺激，不像是一般盛行的果酒。酒伯告诉他，这是用五谷酿造的。有一年五谷丰登，家里的地窖装不下，便把多余的粮食堆在古桑空洞里。后来再也没有去管它，任凭雷轰雨打，雪覆霜冻，不知何故树洞里就淌出甘美的酒来。经过几年的摸索，现在已经不需要用桑树洞酿造了，只是产量很低。力牧从背后摘下大弓，就着鹿肉开怀畅饮，看看一坛将尽，不觉醉倒。昌意不胜酒量，勉强陪他几碗，也昏昏睡去。

昌意醒来，发现力牧的大弓不见了。这时主人跑来说，他的邻居巧垂前来沽酒，见到大弓甚感稀奇，特借去观赏。他告诉昌意，巧垂本是一个部落司天官的儿子，他的父亲用观天仪垂直线上的重垂为他命名，希望他继承祖业。但巧垂自幼喜欢制作各种机巧，为逃避接班，他离家出走，四处学艺，去年来到这里落户。

昌意想见见巧垂，便随主人来到邻家。厅堂里摆满各种农具、家具和兵器，制作精巧，琳琅满目，令昌意惊叹不已。这时一位青年正在粉墙上画什么，见他们进来，有些歉意地说："我估计你们至少要睡上两个时辰，没想这么快你就醒了。"昌意说："还有时间供你欣赏，我那位老兄还在梦乡呢。"两位互通姓名后，巧垂便带昌意参观他的得意之作。

当走过一排兵器时，昌意发现一张弓很是眼熟，便停下来细看。巧垂说："这是天下第一弓的复制品，它的正品据说是伏羲制作的，供奉在宛丘太昊神庙里。这张弓有一射千发的神奇机巧，人们把它叫作夷弩。十年前，夷弩不弹自鸣，适逢巫咸路过太昊国，说天下战乱将起，夷弩不甘寂寞，想要出世了。长老们便召集太昊、少昊两个伏羲嫡系族落的子弟进行比赛，看谁射得最远，就把夷弩赠给他。夷弩可大可小，随使用者的身高臂长而自动调整。当时少昊鸷还是位少年郎，就以绝对优势夺冠。"

"你是在哪里见到夷弩的？"昌意问。

"少昊鸷的本族兄弟少昊般[1]是我的师兄，特别擅长制作弓箭。他复制了一张夷弩，单从外观看，连少昊鸷也难辨真伪。我曾向师兄学习制作弓箭，复制出这张夷弩。我敢说，除了不能一射多发外，我的作品与夷弩别无二致。"巧垂话题一转，接着说："你伙伴这张弓也不是凡品，我想复制一张收藏，怕来不及了。"

昌意灵机一动，说："我的同伴叫力牧，以后咱们就是朋友了。我可以做主把他的弓留下来，你能不能把这张夷弩借给他暂用？"巧垂喜出望外，连声说好。

昌意换了一张弓回来，把他的计谋给刚刚醒来的力牧如此这般说了一遍。力牧疑惑地说："这样做合适吗？"昌意说："决赛时包括射箭在内要进行三个项目，其中一个可让朋友代替。我的射艺不精，这一项只好劳驾老兄你上阵。你的水平应该和少昊鸷不相上下，但他有夷弩在手，到时你必输无疑，这对于你来说是不公平的，还会耽误咱们的南进大业。如果想办法从少昊鸷手里换掉夷弩，让他持巧垂这张弓和你较量，无论输赢大家都会心服口服。"力牧听着似乎有理，便答应依计行事。

他们绕道少昊国，一路走，一路射猎观光，并有意路经集市，用兽皮交换物品。力牧背后那张弓特别引人注目，东夷人以为又有一张夷弩问世，消息很快传到少昊鸷耳朵里。一日，他俩来到峄山脚下，但见峰峦陡峭，松柏苍郁，几十只苍鹰在天空翱翔，并不时变换队形。根据打听到的消息，昌意知道少昊鸷就住在山涧岩洞里，

[1]《山海经·海内经》："少昊生般，般是始为弓矢。"

那些苍鹰就是他豢养的凶禽。

他们在一片平坦的地方停下来,燃起篝火,烧烤野味,准备野餐。力牧把空桑酒伯赠送的两坛陈酒从坐骑诸怀背上卸下,打开坛盖,顿时清香四溢。

只见少昊鸷从山口跑出来,转眼便到跟前,说:"昌意兄弟,前几天就听说你们入境了,何故姗姗来迟!我已在洞中备下果酒鹿脯,快收拾东西跟我走,有客远来,怎能流落荒郊野外?"

昌意迎上去,介绍少昊鸷与力牧相见。两人一抱拳,不约而同伸手去摸对方的弓,又心照不宣地摘下自己的弓送给对方。两张弓同时拉圆,只听力牧赞道:"好弓!好力量!"他的后一句是在赞赏少昊鸷,因为少昊鸷毫不费力便把手里的弓拉到极致,他也由此产生惺惺相惜之意。

此时的少昊鸷却一脸疑惑,暗想:"原来夷弩还有一张雌的,难道是女娲遗留下来的不成?"他拿过去与夷弩仔细比较,竟然难以区分。这张弓肯定不是少昊般的复制品,因为他知道那张弓上面的暗号。昌意打趣说:"二位不愧是弓痴。今有硬弓和美酒,二者不可兼得,将如何取舍呢?"一句话勾起了两人的馋虫,因为酒香已无声无息地沁入肺腑。他们立即放下弓,每人捧起一坛酒品了一口,少昊鸷大叫:"好酒!我那果酒只能当泉水喝了,惭愧!"

三人席地而坐,昌意声明不胜酒力,但乐意服务。二人也不客气,每人抱起一坛细细品尝,赞不绝口;继而你陪我劝,大饱口福。当耳红眼热之时,两人称兄道弟,旁若无人,举坛豪饮,俨然酒中醉仙了。

酒坛再也倒不出几滴残酒,两人摇摇晃晃站起身来。昌意从地上捡起弓,每人塞给他们一张,说:"鸷兄,今天我们告辞,改日再多搬几坛好酒来,让你们两位好汉饮个尽兴。"说罢,搀起力牧就要上诸怀。少昊鸷拉住力牧的手,磕磕巴巴地说:"力……力大哥,你好……好酒量,不过我比你喝得多。"

力牧的舌头也已发皱，不服气地说："少……老弟，你算错了，咱俩一……一般多。""不对，我喝……喝得多。"

昌意怕他纠缠起来脱不了身，插话说："对，对，这回你喝得多，下次让力大哥多喝点儿。"

力牧一听，不干了："我没……没少喝！那坛……坛子可是一模一样的。"

"一模一样也……也有大小。这两张弓也是一模一样，可有……雌有雄，我这张是雄的，你的就是雌的。"少昊鸷举着手中的弓说。

力牧像是想起了什么，也举起弓争辩说："不，不对！你……你手上那张是雌的，我拿的才是雄的。"

昌意一听，赶忙说："老兄，你喝多了，你这弓是雌的，咱们走吧！"

少昊鸷说："对，昌意兄弟没喝酒，不糊涂。力大哥，你喝醉了。你……你那张是女娲的，当然是雌的。"力牧急了，说："我没……没醉，是你醉了。老弟，你还糊涂着，我手里这张弓不是女娲的，是雄的。"

少昊鸷把弓弦拉得"嘣嘣"响，说话也不磕巴了："大哥，我这弓可是太昊伏羲氏的遗物，少昊氏镇国之宝，你硬说它是雌的，可要伤兄弟感情。今天咱就比试比试，一决雌雄。你要是输了，下次可要罚酒一坛。"力牧也不答话，举弓向百步之外走去。昌意暗暗叫苦，但两个醉汉正在较劲，他如何阻止得住？只好听天由命。

力牧走近一片毛竹林，用短剑很快削出一堆粗细不等的竹箭。"少老弟，看箭！"力牧想试试这张真正的神弓，没有瞄准便射出一箭。少昊鸷不慌不忙，胸有成竹，他从腰间抽出一支箭，又细又长，弹性极好，称作雨矢。平时雨矢连同那根无形的檝都缠在腰间，所以从不担心丢失。这时他想：我一发发射出去，每发千矢一的，他那堆竹棍都会被劈成一缕缕的竹丝，可送给阿女淖子织竹帛。心里想着，箭已离弦，只听破竹声响，飞来的竹箭只被破成两半，雨矢便返回报到。接着射出几矢，结果都是如此。

171

少昊鸷一惊之后，心里嘀咕：难道夷弩也有惧内的毛病不成？怎么与雌弓对阵就不敢连发了呢？真是咄咄怪事。夷弩的另一个神奇之处是，射者的拉力越大，它越硬；而此时少昊鸷却感到手里这张弓渐渐发软，临战状态大失水准。力牧射出的箭势道越来越重，步步紧逼，眼见雨矢节节败退。少昊鸷心中着忙，尽力一扯，只听"嘣"的一声响，弓弦崩断。

少昊鸷惊出一身冷汗，酒也醒了大半，他似乎明白过来：他和力牧定是拿错了弓，力牧那张才是自己的，是雄的！

"错啦，错啦！力大哥，我把弓拿错啦！"少昊鸷随手把断了弦的弓抛给力牧，边跑边喊，"给你这张雌弓，快把那张雄的给我。"力牧趁着酒兴射得正起劲，此时停下来，伸手接过自己的弓，说："我刚才就说过，是你醉了，拿错了弓还不承认……"

昌意一听，这位老兄酒意尚浓，怕他坏了大计，伸手抢过夷弩，说："快走！"跳上马就跑，嘴里还说着："鸷老兄！这夷弩我先借用，等咱的儿子过完生日一准还给你！"

这一下少昊鸷真的明白了，昌意是为了决赛故意让他拿错弓的！于是他立即做出决定："昌意兄弟，我答应你不用夷弩参赛，现在就还给我，国中不可一日无它！"昌意哪里肯听，打马如飞。听说夷弩被人抢走，人们呼啦啦围上来，群情激奋，四下里一片喊叫："快截住他！把国宝抢回来！"但两人两骑如猛虎扑入羊群，谁人敢当！

正当万般无奈之时，忽听半空里有人说话："攫人国宝，难道就这样走了不成？"

碧霞仙子

蚩尤登上峄山顶峰,但见五石并立,形若芙蓉。他俯视山下,眼前景物一览无余。少昊鸷和力牧、昌意三人之间发生的故事,都被他看了个清清楚楚。此时他将两根羽毛迎风一抖,变作一对鸟翼,从山顶飞下,直扑昌意。

昌意抬头一看,见是一个人身鸟翼的怪物,大吃一惊,连忙开弓放箭,直取鸟怪——他要是不放箭,蚩尤还没想好如何出手夺弓;他这一放箭,恼了蚩尤背后的天弩,只见一道寒光射出,迅雷不及掩耳,夷弩已到蚩尤手中。那天弩是规和矩的化身,而规和矩本是伏羲和女娲用来拘拿太阳车的工具,随从蚩尤流落人间以后,面对各种神兵魔杖,天弩一直遵循后发制人的处世哲学。今见夷弩是伏羲旧物,本来是老相识,见面不仅不打招呼,反而大逞淫威,便一怒擒来。

昌意见有奇人从天而降,自知大势已去,便大声喊道:"鸷大哥,我已把夷弩还给你了,到时你可要遵守诺言,不能用它参赛!"说罢,与力牧打马而去。

蚩尤落在满脸惊异的少昊鸷面前,把夷弩递过去,说:"我叫蚩尤,是共工氏行修让我来找你的。"他见少昊鸷还盯着自己不说话,又补充一句:"对,猪王寒流还让我捎信说……"

蚩尤的话还没说完,只见少昊鸷把弓往肩上一挎,弯腰抱起蚩尤,边蹦边喊:"他是我朋友的朋友,也就是我的朋友!我的朋友把夷弩给抢回来了!"人们从四面八方围拢过来,奔走相告:"国宝抢回来啦!""有神人从天上落下来啦!""夷弩没有丢!"

少昊鸷拉着蚩尤站到一方岩石上,向大家说:"我少昊鸷错交朋友,贪酒误事,险些丢掉国宝夷弩,幸亏这位朋友蚩尤及时赶来,才避免了一次大祸。我宣布,我要把夷弩交给蚩尤兄弟使用,并请他代替我做少昊国大帅,恳请父老兄弟们支持他!"说着,双手托起夷弩送到蚩尤面前。

蚩尤没想到少昊鸷会有如此举动,连忙推过夷弩,说:"鸷大哥诚心待友,义气重若泰山,令人起敬。虽偶尔遭人算计,定会吸取教训,更加胜任职守,岂可轻易辞谢国人寄托?大哥虽然意美情深,小弟却实在不能领命。"

他两人在台上推推让让,台下众人却不好表态。因为东夷人讲义气,爱交友,更喜欢以酒会友,在一般情况下,因贪杯和交友出点儿毛病是可以原谅的。少昊鸷丢的是国宝,性质严重,理应引咎辞职,交回夷弩,但把夷弩让给一个初来乍到的陌生人,大家还不放心。

正在少昊鸷和蚩尤争执不下时,只听有人喊:"国王来啦!"只见一簇人马飞奔而来。为首一人身骑黑色高头大马,手持表明国王身份的硬木长殳,方面大耳,鼻直口阔,一脸的福相。他就是少昊国国王、善于制作弓矢的少昊般。国王管理政务,酋帅执掌武备,二人互不统属,但国宝得失牵动一国人心,少昊般正在离此不远处视察民情,听说夷弩丢失,便带人匆匆赶来。

少昊般滚鞍下马,人们给他让出一条路。少昊鸷拉着蚩尤迎上去,说:"大哥,这位兄弟是行修的朋友蚩尤。我酒后大意,被昌意骗走夷弩,是他抢回来交给我的。我决意把夷弩和大帅位一并让给他,你看怎样?"

蚩尤怕这位国王一表态便成了定局,忙说:"不妥!我是炎帝俞罔新封的工正,还要帮他处理炎帝族内部争端;前不久路经九黎,又被推为九黎之长,因所佩神农赭鞭失盗,才找到这里请鸷大哥帮忙。我已百务缠身,又分身无术,岂能再任少昊国将帅?望国王明察。"

少昊般手拈五缕短髯，沉吟良久，说："鸷兄弟做得对。按事先约定，失去夷弩，即为失职，必须引咎辞职。你若不接受夷弩，就要召开九夷比武大会，重新确定夷弩的主人，那时就不知它会落入谁国。你是行修的朋友，就是我们的朋友，若能接受夷弩，领导武事，实为少昊国之大幸。至于公务繁忙，国内诸事自有鸷和各位兄弟代为奔走，不必多虑。"

"我接受鸷大哥的禅让后，就可以发号施令吗？"蚩尤问。"当然！"国王回答。"好！我蚩尤愿意接受夷弩和少昊国大帅职务。"

少昊鸷大喜。他把蚩尤推上方石，自己单膝跪下，双手托起夷弩，恭恭敬敬献给蚩尤。蚩尤接过夷弩，搀起他，说："你可以退下了。"这时少昊鸷两手空空，忽然感到有点儿失落，他回头看看夷弩，脚步跄跄地走到众人面前，两位年轻人走上来把他扶住。

只听蚩尤高声宣布："少昊国父老乡亲，你们好！新任大帅蚩尤颁布第一道命令。"众人睁大眼睛等待新首领说话，只听他点名道："少昊鸷！"

"有！"少昊鸷应声作答，疑惑地看着一脸严肃的蚩尤，不知他要干什么。

"我命你替我掌管夷弩，代行少昊国武备职事，外御强敌，内锄顽凶，保国安民，不得有误！"蚩尤说完，举起夷弩等少昊鸷前来领命，却发现下面一片寂静，无数只眼睛惊讶地望着他。

少昊般最先转过弯来，他捅一下满脸迷茫的少昊鸷，说："还不快去领命。"此时，少昊鸷才如梦方醒。他大步上前，单膝点地，双手接过夷弩，说："谢大帅，只要有大帅的命令，我当赴汤蹈火，在所不辞！"

蚩尤抱住他的肩膀，深情地说："鸷大哥，我与你愿做生死兄弟，同甘苦、共患难。"

"别忘了还有我一个！"说话的是少昊般，他走上来，兄弟三人抱作一团。人们围上来，有节奏地呼喊："大帅，蚩尤！蚩尤，大帅！……"

少昊般说："泰山是少昊国圣山，你初次来，不可不拜。"于是蚩尤呼来犀渠，三人一路东行。少昊鸷惯于步行，但总有两只鹰在上空盘旋，听候召唤。少昊般和少昊鸷分别向蚩尤介绍了一些个人经历和国中情况后，问蚩尤："前时你说神农赭鞭失盗，是怎么回事？跟哥哥说说。"

短时间的相处，蚩尤便感到与二位少昊意气相投，像遇到亲兄弟一般。他突然觉得自己不再是一个孤独的流浪汉，这里的人，这片热土，依稀就是自己梦中的家。他把自己从记事起到现在的经历说给少昊听。他的神奇经历，令二人啧啧不已。最后蚩尤不无遗憾地说："在去海岛之前，我好像还在哪里玩耍过，一点儿也想不起来了。再就是从小就背着的这把剑，每到危急时刻，它都自动跳出来帮忙，但从来不听使唤，到如今，我对它仍然一无所知。我也不知道西王母把我空投到大陆上来干什么，但眼下我想做的事，就是找回作为信物的神农赭鞭，尽快同女娃相聚。"

少昊般说："兄弟你天授神器，又经诸位神仙栽培，定有大任在身。不过眼下只能跟着感觉走，随心所欲，广交朋友，多行道义，少昊国做你的后盾，这里就是你的家。"

"你的事就是我的事，哥哥帮你去找那条鞭子。不过我得办完两件事才能给你帮忙。"少昊鸷接着说。

蚩尤问："哪两件事？"

"颛顼生日那天，我要赴九淖国与昌意进行决赛。"

"这是大事。我能帮你做什么吗？"

"比赛规定除我和昌意外，双方再各选一人，一对一地进行对抗赛。本打算请般大哥出场，这次见到昌意和力牧，感到心中没底。"

"说说看。"少昊般插话。

"力牧力大且善射，只好由我来对付。那个鬼灵精昌意，满腹心计，武艺深藏不露，而般大哥过于诚实，我担心斗他不过。"少昊鸷忧心忡忡地说。

"这样吧，咱兄弟仨都去，到时见机行事，总得想办法把嫂子争回来才是。"蚩尤说完，见两人点头赞同，又接着问道："你的第二件事呢？"

"第二件？第二件什么事？"少昊鸷愣了愣，忽然神秘地说，"这才是件真正的大事。"

"到底是什么事？"蚩尤和少昊般焦急地问。

"喝酒啊！兄弟相聚，岂有不痛饮之理？我已派人到空桑酒伯那里去取美酒，直接送到泰山顶上，到时咱们好好痛饮一场。这可是昌意给带来的一份大礼，就凭这一点，我也要好好感谢他。"少昊般与蚩尤相视而笑。

空中落着霏霏细雨。一阵风过后，乌云飘散，天空忽然晴朗，面前一座高山突兀而立，使人立时感到自身的渺小。少昊般说："泰山到了，它是东夷的圣山。"蚩尤望去，此山果不寻常。后人杜甫有诗赞曰：

> 岱宗夫如何？齐鲁青未了。
> 造化钟神秀，阴阳割昏晓。
> 荡胸生层云，决眦入归鸟。
> 会当凌绝顶，一览众山小。

话分两头。不知何年何月，一位石氏姑娘从徂徕山来到泰山，寻一处松幽竹翠、临溪朝阳的山洞定居下来。她拣来晶莹剔透的泰山玉石和兽骨，磨成一根根缝衣针。一日夜间，姑娘梦见青龙绕涧，不觉心动，因而无夫而孕，生下一个儿子，乳名石头。她从此由姑娘变成了妇人，称作石母。石母磨针成癖，整日价玉石不离手，无暇管教儿子，任凭他在大山里疯玩野跑，钻洞探幽，成了名副其实的大山的儿子,人呼泰山小子。

泰山是个神游仙居、藏龙卧虎之地,那泰山小子野游十几年,也不知遇到过何方异人,学就了一身的神技,且为人仗义,敢作敢当。石母为他取名石敢当,送到采石场当了一名石匠。

石母磨制的缝衣针令女人们爱不释手,她那磨石成针的耐心和辛劳,也感动了天帝少女玉女。玉女仙子偷偷下凡,扮作海岛姑娘,自称名叫碧霞,向石母拜师学艺,并热心地照顾母子二人的生活。碧霞姑娘深得石母欢心,僻静的野山沟里充满了温馨与欢乐。

这天,虎踞西天的白虎星君,奉命到泰山寻找走失的天帝少女。他在山坡上发现一位小姑娘,皮履草裙,鬓插山花,披一件用红叶缝就的披肩,正在哼着小曲采蘑菇。星君看得真切,此女头上金光隐隐,正是往日那位浑身霞光灿烂的玉女仙子。

当时是一个天地融通、人神交往频繁的年代,人们渴望到天上去旅游观光,而天神们却乐意到下界体验生活或寻找发展机会。白虎星君已在人间植下凡身,不是别人,正是淖子的新生儿颛顼。不过,他还没有向天帝报告。白虎星君这种通过投胎在人间设置替身的方式,可进可退,也不会很快被天帝发觉,为大多数天神所采用;而那些寂寞难耐的仙女们则是迫不及待,不计后果,往往不经投胎便形神俱往,直奔所好。

"根据以往的经验,"白虎星君暗自思忖,"靠劝解让玉女仙子回到天宫是很困难的,只有劫持一法较为便捷。但对这位小公主还得先礼后兵。"他冉冉飞来,飘落在树林中,摇身变作一只大蘑菇。

"好大的蘑菇,这一只就能填饱石头哥的肚皮了。"碧霞惊喜地抚摸着大蘑菇自言自语。

蘑菇忽然又快速生长起来,渐渐露出四肢、五官,变成一位虎头虎脑的老人,白发、白眉、白胡须,碧霞大吃一惊,连连后退。

"你、你、你是谁?"碧霞惊惧地问。

"玉女公主,你不认识我了?老臣是西天白虎星君,奉天帝之命,特来接你回天庭。"白虎星君说。

"您说的是什么呀?"碧霞心知不妙,故意装糊涂说,"我不是公主,我也不跟您上什么天庭。"

"公主,您虽然一身村姑打扮,怎能瞒过老臣的眼睛?"白虎星君半是关心半是埋怨地说,"你们这些女孩子呀,情窦初开,求偶心切,不知利害,动不动就迫不及待地跑下来,形神俱往,怎能不被发现呢!"

"既然逃不过您老的慧眼,我也不给您打哑谜了。"碧霞坦白地说,"我的确是玉女,厌烦了天庭的枯燥生活,向往人间的天伦之乐,您说该怎么办吧!"

"要听老臣的话,就先跟我回去,然后再到人间托胎投生,变成肉体凡身。那时再想弄你上天也就很难办到了。"白虎星君老到地说。

"那也是一条从天庭到人间的路,有人走过吗?"碧霞问。

"不瞒姑娘说,老夫就已经在下界置了个凡身,眼看就满周岁了,天上众神还蒙在鼓里呢。"白虎星君不无得意地说。

"我的石头哥哥都长成大小伙子了,如果重新投胎,什么时候才能和他成婚呢?……不行,我不能回去!"碧霞坚决地说。

"经验说明,下凡的仙子没有被动员回去的先例。"白虎星君说,"对不起,老臣王命在身,只好实施绑架了。"

白虎星君大袖一摆,一只大网向碧霞仙子罩来。碧霞仙子就地一滚,化道金光射出,消失在灌木丛里。白虎星君跳上半空观看,发现一只金鹿沿着山溪狂奔。他将脸一抹,化作一只横行人间的白虎凶神,人面虎身,背生双翅,血口獠牙。只见它长啸一声,一路追赶。

金鹿不时回头张望,不小心磕碰到石棱上,前腿挂彩,血洒溪畔,跑起来一瘸一拐。白虎精神大振,接连几个跳跃,逼近金鹿,居高临下奋力扑来。就在此时，岩石后面突然跳出一条大汉，口中喊道："泰山立地，立地生根！"叉腿掐腰，挡住去路。白虎猝不及防，一头撞在大汉身上。

这位不速之客就是泰山小子石敢当。这天，石母叫儿子采一块最好的玉石，她要磨制一根最精致的针，给儿子缝制一套娶媳妇穿的衣衫。石敢当路经这里，看见一个凶神恶煞正要捕食一只受伤的小鹿，心中大是不平，便挺身而出，运起"泰山立地"之法，当头站定。猛虎下山，何等威力！况且是白虎星君化身，谁能阻挡？石敢当感到像是一方从山顶乘势而下的滚石，狠狠地砸在自己肚皮上。他的肚子隐隐作痛，而身子却一动不动。好个"泰山立地"，果然稳如泰山！

白虎星君碰了个满脸花，登时倒在溪水中。他想，这小子不是善茬，必须除掉这个障碍，才能抓到碧霞仙子。只见白虎就地肢解，化作七颗星宿的法身，分别是奎木狼、娄金狗、胃土雉、昴日鸡、毕月乌、觜火猴、参水猿。四只猛兽狼、狗、猴、猿，分别从东、南、西、北攻来；三只凶禽雉、鸡、乌在头顶盘旋，伺机发动空袭。石敢当见遇上了劲敌，不敢大意，急忙挥动双掌将身旁巨石劈作四大块，同时口中作歌："四面八方，兵来石当！"四块石方应声飞出，分别落在狼、狗、猴、猿的对面，你长我长，你绕我截，不进不退，硬生生堵住四大神兽去路，半步前进不得。

泰山石敢当

白虎星君见陆军受阻,只好发挥空中优势。雉、鸡、乌忽然法身大长,展翅蔽日,爪如尖钩,喙似利刃,鸣声若雷,轮番凌空扑下。石敢当还没有修炼空中防御系统,他把石块抛上去,个个都是孬种,很快就败下阵来,怎挡得住神禽一阵紧似一阵的俯冲?石敢当舞动两掌朝上搏击,已是手忙脚乱。钢爪抓在他的头上、臂上,浑如抓在岩石上一般,冒点点火花。白虎星君暗自思忖,这小子是一块货真价实的石疙瘩,只好取他的双目了。

胃土雉和昴日鸡同时从两侧发起进攻,死死缠住石敢当的左手和右手;毕月乌伸出长长的尖喙,去啄石敢当的眸子。石敢当大惊:"我目休矣!"千钧一发之际,忽然霞光耀眼,无数金针雨线般射向毕月乌。

只听白虎星君呵呵笑道:"碧霞姑娘,你终于亮相了,你那金针只能绣花,如何伤得毕宿八星?"说话间,只见毕月乌收回长喙,化作八角天网,向上翻卷,把悬在半空的碧霞仙子收在网中。

白虎星君收回其他六星,说:"碧霞姑娘,我白虎奉命行事,只好委屈你回去探家了。"他低头看看石敢当又说:"这小子是个怪物,我不相信就制伏不了他!"碧霞仙子急了,恳求说:"星君,我跟你回去,你就饶了他吧!"白虎星君哪里肯听,他伸出剑指横空一划,远处一个山头被齐刷刷切断;然后把手一招,山头像乌云一般飞来,在碧霞仙子的惊叫声中,直向泰山小子压下。

蚩尤一行三人在山间行走,但见峰岩雄奇,林木葱茏,溪水汩汩。此时,蚩尤的胎记发痒,频频闪光,发出带有肃杀之气的"嗡嗡"

声。他心中一动——蚩尤发现，每当此时，搏击目标也就快要出现了。果然，一场惊天动地的战斗就在前面。少昊般说："那不是泰山小子吗，怎么和一群禽兽打起架来了？"他的话音未落，一片金光洒落下来，飞禽走兽忽然都不见了，一座小山却破空而至，砸向还在发呆的石敢当。

"勿伤我弟！"少昊鸷一边惊叫一边扯动夷弩，而他的雨矢却像耗子见了猫一般，死活不敢离弦。此时，一道寒光直射那个移动的山头，硬生生把它逼回原处。白虎星君正在惊异，又一道寒光不期而至，穿网而过，碧霞仙子趁机飘落到树丛里逃走了。

白虎星君凝神定睛观看，心中豁然明了：原来是青龙出世，天弩现身！他看得真切，寒光发射处站着三个人，他们分别是东方青龙星君的分体角、亢、尾的凡身，而那个石疙瘩，分明是氐星下凡。怪自己大意，刚才竟没有认出来。那道逼退小山头的寒光，大概就是天弩了。天界早就盛传，人间有利器出世，定名天弩，告诫天神们注意回避。如今，白虎星君目睹天弩横空出世，心知天下兵戈将起，天庭已无力摆布人间矣！他与青龙同为天庭封疆大吏，如今仙凡相隔，不便透露玄机，于是作歌曰：

> 朱雀渐隐兮，南方暗淡。
> 玄武下界兮，北狄灿烂。
> 青龙出世兮，东夷振起。
> 天弩吟啸兮，兵戈人间。
> 白虎逍遥兮，坐收江山……

蚩尤三人抬头观看，见一团白云托着一位虎头虎脑的白衣仙人，唱着莫名其妙的歌渐去渐远。少昊鸷问："他唱的是什么？"

少昊般说："我不明白。"

"他提到'天弩'，似乎指的是我这把剑，我好像还听到一位天神也把它叫作'天弩',咱以后也这么称呼它吧!"蚩尤说。

"大哥二哥,你们怎么才来呀!它们仗着人多欺负我。"石敢当浑身被鸟爪抓伤,跑来诉苦。他大概还没有吃过这么大的苦头,孩子似的感到委屈。

"定是你先找人家的事,要不谁敢招惹你?"少昊般说着,就地拽一把草叶攥出汁水,涂在他的伤处。少昊鸷一把抓住他的胳臂说:"石头,我先叫你认识这位小哥哥蚩尤,以后你要听他的。"

"听他的?"石敢当瞟了一眼比自己低半头的蚩尤,撇撇嘴说,"听他的,他是老几?我就听二位少昊哥哥的。"

少昊鸷大怒,说:"放肆!他是我们的大帅,刚才是他的天弩救了你的命,连我都要听他的,你敢不听?反了你啦!"

"哎,哎,哥哥你说什么?不是夷弩赶跑了那个山头吗?怎么是他?"石敢当疑惑地问。

"你还以为你在和飞禽野兽打架吗?那都是天神变的,我的夷弩吓破了胆,光喊不出头。还不快给大帅道歉!"少昊鸷说着,用手按他的头。

石敢当半信半疑,嘟嘟囔囔地说:"不管他是老几,哥哥叫我听他的,我就听他的,哥哥叫我道歉,我就道歉,行不?"

石敢当走到蚩尤面前,双手抱拳说:"大帅小哥,泰山小子石敢当,遵命向你道歉!"蚩尤摆摆手没有作声,转身向山涧深处走去。原来此时天弩发出低沉的长鸣声,一幅场景在他的脑际浮现:山涧,洞穴,蟒蛇……不错,这里就是他幼童时玩耍的地方!

二昊见蚩尤神情有异,以为他怪罪石头出言不恭,于是拉着泰山小子小心翼翼地紧跟在后面,随时准备替他说情。峡谷越来越窄,前面忽然被一块巨石挡住去路。攀上巨石,一潭碧水呈现在眼前,那块巨石原来是水潭的天然大坝。蚩尤四处张望,一脸的茫然。

他回头见泰山小子被二昊推着跟上来,笑笑说:"道歉就不必了。我有个问题倒要向你请教。"

石敢当说:"鸷大哥叫我听你的,我就听你的,有问题你尽管说就是了。"少昊般憋不住笑出声来,就听蚩尤问道:"这个水潭原来就有吗?"

"打我记事起,就在水潭里洗澡摸鱼,"石敢当边回忆边回答,"不过,听我娘说,当年她从老家徂徕山刚来时,这里还是条峡谷,和下面相通,有一条蟒蛇住在岩壁上的洞穴里。就在我出生那天夜里,忽然雷电交加,山崩地裂,从此峡谷变成了深潭,蟒蛇也不知去向了。"

蚩尤拍拍他的肩膀说:"咱俩是老乡。我也在这里出生,你确实应该叫我哥哥。"说完,一声不响地围着水潭漫步,似有满腹心事。少昊般示意大家不要作声,三人默默地跟着走。绕潭三圈,蚩尤背后那把剑忽然发出低沉的悲鸣。他想,天弩大概也在思念孕育它千年的蟒蛇。他招呼大家快步走向高处,然后伸手拔出一柄寒光闪闪的长剑,转身掷向那块作为拦水坝的巨石。

巨石崩裂,水坝决口,潭水奔突而下,蚩尤目不转睛地盯着迅速下降的水面。但直到积水泻尽,深潭见底,也没有发现他希望看到的那条蟒蛇,只是露出层层叠叠、大大小小的乱石,堆满山谷。

蚩尤掩盖不住一脸的失望。而石敢当却两眼发亮。他飞奔到乱石滩上,抡起掌来,"啪啪"削向一块大石,只见石屑横飞,转眼间大石碎裂。他抱起一块石头往回跑,一边喊道:"你们看,这是上等石料,用来打制兵器、工具,保证一件顶九件!"

蚩尤惊异地盯着他的手掌看,石敢当还以为他在欣赏这块无与伦比的石头,诚恳地说:"蚩尤哥哥,你那件宝贝真神,一下子就开出一片石料场。你做石器营生缺不缺人?我拉几个弟兄来帮忙好吗?"说完,殷切地望着蚩尤的脸。

"这个石料场就送给你吧。"

"你说什么?送给我?"石敢当不相信自己的耳朵,扭头看看二位少昊,他们正在抿着嘴笑。少昊般说:"这是大帅送给你的见面礼,还不快谢谢!""谢谢大帅,谢谢蚩尤哥哥!"石敢当连连抱拳,又飞快地跑下去,踩着乱石边跑边喊:"我有采石场了,我有个顶好的采石场了!"

第二天一大早,一行四人向山顶爬去。石敢当头前开路,挥动两掌,在陡峭的岩壁上,硬是削出条条石梯来。他们攀岩绕壑,峰回路转,一气登上了泰山极顶,此时东方刚刚有些白意。

蚩尤在海岛上看惯了日出日落,但从来没有像今天这样为日出而激动过。宇宙苍苍茫茫,人似乎踩着大地的头顶,与天穹接吻,天上星辰伸手可摘。浩浩荡荡的云海里,漂浮着几个孤立无援的小山头。云海在落潮,霞光在升起。太阳羞红着脸探出头来张望,终于发现一双双殷切的眼睛,于是奋力跳出地平线,大大方方地坐在镶满金边的云彩上。此时,人和太阳一起欢笑、膨胀。

"拿酒来!"少昊鸷突然喊道。这时几个壮汉每人抱来一坛酒放在当地。少昊鸷打开一坛,抓一把祭天,再抓一把祭地,然后倒满四大陶樽,四人举樽对着太阳宣誓:"有酒同饮,患难一心!"连呼三遍,一饮而尽。

石敢当抱起一坛,自顾自地痛饮。少昊鸷逐一打开酒封,挨个品尝,到最后,他忽然抓起一坛向岩石砸去,陶片和酒水喷洒了满地,他愤怒地喊道:"仪狄!这酒是从哪儿弄来的?"

一位女子来到面前,她是少昊国专营酿酒业的仪狄氏首领。她捋一把遮住脸面的长发,不卑不亢地说:"酋帅,是按您的指示从空桑酒伯那儿取来的。""怎么这酒全无香气?""酒伯说,这是新酿。""为什么不取陈年老酒?""我们到空桑时,北狄人刚用一群黄牛把陈酒全部换走。"

"昌意小儿,准是他干的!"少昊鸷怒气冲天,把口哨吹得震天响,两只鹰俯冲而下。

少昊鸷一把拉住他,问:"你到哪里去?"

"我去追回陈酒。空桑就在我们眼皮底下,他北狄人凭什么把东西给拿走？"

"我们从来没有规定过不许外地人来交换物产，甚至不知道空桑能酿粟米酒，你这一去不是要打架吗？"少昊般硬把他拽住。

此时蚩尤还没有放下那只黑色的陶樽，他正在专心致志地欣赏镌刻在陶樽上的一个符号，那形象和眼前的景观极为相似：上面的圆圈是太阳，中间的图形像是一片云彩，而下面的锯齿状刻画，则酷似眼前一个个钻出云海的小山头。蚩尤想，那位制陶师该不是来这里看过日出吧，他把眼前的朝霞丽日图刻在了陶器上；或者，它表示陶樽的出产地，在那里可以瞭望云海日出……

蚩尤的遐想被两人的争执打断，他劝道："鸷大哥，此时他们已经走远，你一个人驾鹰前去，咱们的人无法接应，寡不敌众，徒受其辱，不如徐徐图之。"

少昊鸷一口恶气出不来，抓起陶樽向酒坛砸去；石敢当手疾眼快，把酒坛捞在怀里，用空坛子垫上。只听"啪"的一声响，一块碎片飞来，被蚩尤伸手抓住。陶片上完整地保留着刻画符号，他若有所思地把它收起来。大家没有心情喝酒，只有石敢当一气又灌下一坛，咂吧咂吧嘴咕哝道："这酒不错嘛，你们不喝我喝。"说着又伸手去抓另一坛，被少昊鸷一脚踢飞。

少昊般要到新建国都去主持宫殿奠基仪式，邀蚩尤和少昊鸷同往。听说事后要去九淖参加比武招亲大会，石敢当死活要跟去，少昊般只好答应。快出山口时，山涧对面忽然传来一声呼唤："石头哥哥！石头哥哥你别走！"

大家循声望去，发现一位少女立在百花丛中，头插山花，腰围草裙，真个是闭月羞花！少昊鸷说："哎，石头，可真有你的，大哥我还没把老婆讨到手，你小子倒石屋藏娇了！"石敢当急忙恳求说："鸷大哥可不敢乱说。她是我娘的徒弟，叫碧霞。"又摆摆手应道："阿妹，我要出山去，有事吗？"碧霞说："师傅等着玉石磨针缝衣衫呢，叫我问你找到没有？"

石头这才想起自己还有任务在身，向三位拱手道："小弟不能奉陪了，等把俺娘交办的事完成了，我就赶去接嫂子。"说完，连跑带颠过涧去，惹得三人哈哈大笑。这时，对面又传来小声对话：

"你的胳臂怎么了？"

"让树枝挂破点儿皮，不碍事的。"

"走山路可要小心。"

女娲授艺

新国都选址在依山近海的平原上，这里物产丰富，人烟稠密，岛夷和南方诸夷常来这里交换物品，往来船只络绎不绝。少昊般到来时，四周已挖沟蓄水，夯土成墙，城内正在兴建宫室和百工作坊。宫室奠基仪式举行完后，三人议论起迁都事宜。少昊鸷说："大哥，咱们还是不要急着把国都迁到这里来，我怕西部地区离新国都太远，易失去控制，被别人蚕食。"

蚩尤询问过老城寿丘的情况，也发表意见说："现在是多事之秋，各族落都在伺机扩张势力。寿丘背靠泰山，西临中原，进可与诸族交往、争战，退可守少昊半壁江山，待天下形势明朗之后，再议迁都为好。"少昊般点头称是。他们在新国都盘桓几天，便起程向九淖进发。

大道上，蚩尤骑着魔牛犀渠，少昊般骑马，少昊鸷步行，两只鹰在上空盘旋。前面一座大山拦住去路。眼前云蒸雾绕，乌蒙蒙的，看不清山的真面目。他们正要绕山而过，忽见一条巨蟒盘在面前。它高高扬起头来，嘴巴轻轻开合，像是在呼唤自己的孩子。犀渠和黑马已是屁滚尿流，瘫坐在地；少昊鸷急忙张弓欲射，却见蚩尤就地弹起，箭一般扑向蟒蛇。那蟒蛇长身如虹，擦着树梢朝大山飞去。

二昊见蚩尤没能制伏蟒蛇，反被它裹挟而去，急忙追去，却见蟒蛇载着蚩尤，一头扎进山洞。此时，惊天动地一声响，山体崩塌，把洞口深深掩埋。

少昊般和少昊鸷怔在当地，半天没有缓过神来。本地百姓闻声赶来，告诉他们说，这座山叫八卦山，山洞叫伏羲洞，传说伏羲曾住在洞里演习八卦。在风雨交加的夜晚，洞中经常传出人喊马嘶声、兵器碰撞声和洪水猛兽的怒吼声，但从来没人进去过。少昊兄弟穿林涉涧，探幽攀岩，山上山下找了七天七夜，几乎摸过了八卦山上每一块石头，也没有发现伏羲洞的后门旁窦。直到颛顼周年临近，才不得已留下犀渠，赶赴九淖比武招亲去了。不过，他们相信，这是天意安排，蚩尤肯定会活着走出山来。

洞中漆黑一团。稍稍适应之后，蚩尤发现左右地面上有两点微弱的荧光，一红一绿。他用脚蹴一蹴绿光，眼前电光一闪，豁然明朗。这是一个经过整修的天然大厅，周围有八面石壁。和石壁相对应的地面上，依次刻有乾、巽、坎、艮、坤、震、离、兑八卦符号。他的脚下是一对阴阳鱼，缓缓旋转，消长互易，那两点荧光便是它们的眼睛。

蟒蛇已不知去向，大厅里空荡荡，只有蚩尤一人站在中央。此时，天弩发出欢快的啸鸣，石壁屏幕和八卦相对应，相继显现天、地、山、泽、风、雷、水、火等活动画面。顿时，大厅里奏响天地之音，时而高山流水、猿啼虎啸，时而风雷滚滚、霹雳交加，动人心魄。

序幕过后，屏幕上开始连续演示伏羲女娲斗恶魔、擒水怪的战争故事。女娲不仅有撒豆成兵、七十变的神通，而且行军布阵、进攻退守皆有法度，令蚩尤敬佩不已。不过，画面总是一闪而过，没留下什么印象。蚩尤最感兴趣的是兵器的使用。当女娲手持长矛与敌人打斗时，天弩也随即变作长矛，让蚩尤随女娲习练长矛战法。女娲出场九次，使用了九种长短兵器，长兵有矛、戈、戟、殳四种，短兵有剑、刀、斧、锤、盾五种；天弩也因此变换了九种兵刃形态，都随蚩尤的意念随手拈来。蚩尤天资聪慧，一点便通，在如此高人的示范下，每种兵器都练得得心应手、技道合一。

"蚩尤听着！"蚩尤见女娲面对自己说话，连忙停止舞剑。只听她说道："包括弓矢在内，你已经掌握了天弩的十种常规战法，用以对敌，将战无不胜。天弩乃宇域神兵，另有无穷威力，上可射日摘月，下可搅海翻江，故神仙闻风避之，鬼魅见而俯伏。但是，天弩的这种特殊功能不由人意操动，而是随机自动发轫，属于你的机会也仅限一次，那时，你可用它摧毁眼前的一切。今天，你必须向我承诺，决不利用这唯一的一次天弩使用权，危害天下无辜生灵。"女娲说完，用期待的目光注视着蚩尤。

"谨遵圣母教诲，蚩尤决不动用天弩伤害无辜生灵。"蚩尤毫不犹豫地向女娲宣誓。

"蚩尤看好，我教你如何发动天弩的特殊功能。"女娲说罢，击掌三下，手中多了一副金弓银矢，左手如托泰山，右手如抱婴儿，金鸡独立，上身后仰，如陀螺般回旋，尔后撤步扭身，来了个犀牛望月，弓声响处，飞矢如梭，连连射向画面中的太阳。洞中像突然降下天幕一般，回到黑暗之中。蚩尤击掌三声，手中的剑鞘变作金弓，短剑变作银矢，他学着女娲的动作一箭射出，只听"轰"一声响，山体洞穿，顿时天光大亮。蚩尤脚下阴阳鱼忽然弹起，他就势腾空，穿洞而出。

蚩尤蹿出洞来，冲上半空，便展开羽翼向山下滑落，直扑被山体炸裂声惊呆的犀渠。那犀渠见主人从天而降，撒着欢儿迎上前来。此时，树上忽然飘落一片红霞，恰恰地落在犀渠背上，一条赭鞭压住它的屁股。犀渠大惊失色，只好按照新主子的指示，掉头狂奔。

蚩尤扑了个空，落在尘埃。他举目观看，发现犀渠载着一位女子，大红斗篷迎风飘扬,手中赭鞭高高举起,向西飞奔,还不时回头张望。蚩尤看到他朝思暮想的订婚信物就在眼前,哪敢怠慢?立即启动轻身功夫,紧追不舍。

进入九淖地界后,犀渠放慢了速度,与蚩尤渐渐拉近距离。蚩尤瞅准机会一跃而起,扑向牛背。只见红光一闪,女子已跃上树梢,同时传下话来:"快去救你的朋友,我还要暂时借赫鞭到江南去消灾一用,失礼啦!"说完忽然不知去向。

蚩尤思忖,这女子大概就是一闪霞奇相。他还想追踪她,忽听前面传来阵阵厮杀声,便催动犀渠赶去。

九淖国山丘连绵起伏,竹木成荫,大地展现出美女胴体般优美的曲线。一片片淖子水,明镜似的点缀其间。山坡上散落着茅屋竹楼,低凹处稻谷飘香。平缓的丘顶上是一片疏落的树林,其间有一个圆形祭坛。淖子怀抱颛顼,高踞象王背上凝望着东方。昌意、力牧以及手持长殳的武士和官员、群众围在四周。

"离比赛还有半个时辰。"伯夷父目不转睛地盯着日晷,焦急地说,"午时一到,少昊鸷再不到场,即视为弃权,那时昌意可不战而胜,取得九淖酋帅之职。"

昌意拍拍力牧的肩膀,面露喜色。淖子面无表情,依然一动不动地注视着东方天际。

"来啦,来啦!"人群中有人喊叫。天际出现一个黑点,而且黑点越来越大。淖子长吁一口气,面露欣慰之色。少昊鸷着陆,少顷,少昊般也飞马而来。

昌意抢先迎上去,笑嘻嘻地说:"老兄何故姗姗来迟?昌意已经恭候多时了。"

"你没资格和我称兄道弟,站开些!"少昊鸷鄙夷地斜了他一眼,喝道。

力牧捧着一坛已经揭封的酒,走到少昊鸷面前说:"鸷老弟,我带来几坛好酒，过一会儿比赛射艺，不管谁输谁赢，是死是活，咱哥俩先饮个痛快再说。"

少昊鸷不客气地捧起酒坛大灌一口说："力大哥还够朋友。"

两人开怀畅饮，旁若无人。力牧说："叫我当酋帅，就得让我掌酒。弟兄们战场厮杀，就是为了喝这碗庆功酒。为此，大家也叫我酒帅。"

"酒帅？"少昊鸷赞道，"好，好，这个称呼好！以后我也改称呼叫酒帅。"

"我和老弟赛场上生死相搏，是奉命行事，职责所系；场下相对豪饮，是兄弟情谊，性情使然。"力牧说，"我心里明白，咱俩是当今天下顶尖射手，技艺相当，难分伯仲。就是有输赢，也是由弓矢好赖决定的。"

少昊鸷说："力大哥放心，和你对射，我决不使用雨矢。"

昌意一直在关注着二人的对话，此时插话道："鸷大哥的话不是酒后戏言吧？"

"大丈夫一言既出，驷马难追，岂能如反复小儿一般！"少昊鸷说，"你不放心，可把它拿去！"少昊鸷从腰间抽出雨矢，掷在昌意脚下，捧起酒坛，一气喝干，"啪"的一声，摔了个粉碎。

"午时已到，比赛开始！"伯夷父拉长声音宣布。

他的话音未落，忽听人群里有人惊叫："不好了！共工国人马杀过来了！"远处风雷滚滚，人喊牛叫，尘土飞扬，隐约可见黑旗上的"共"形标识。围观的人们乱作一团，四散奔逃。

象王把地踩得"咚咚"作响，似在招呼远处的同类。淖子镇静自若，一言不发。

"点燃烽烟！"伯夷父喊道，"陛下，阳丘没有武备，召唤各氏族来护驾怕也来不及了，你还是先乘着象王躲一下吧！"

"不要怕！夷弩大显身手的时候到了。"少昊鸷说。他从身后摘下长弓，准备迎敌，发觉雨矢不见了，"昌意，昌意，还我雨矢！"

少昊鸷四处张望，昌意和力牧已不知去向。少昊鸷只好拔出玉刀，振臂高呼："勇士们，跟我上！"

蚩尤爬上一道山梁，放眼望去，一场大战已经开始，战场形势一览无余。

他见一位盛装女子高踞大象背上，怀里抱着婴儿，断定她就是鸶大哥魂牵梦绕的淖子无疑。山丘的西面，一队人马浩浩荡荡开来。敌兵个个手持盾牌，驱赶着犀牛，喊声震天，已逼近山下。共工氏句龙肩担霹雳方便铲，威风八面，大步流星走在前面。少昊鸶带领九淖战士居高临下，严阵以待。

山丘的北面，方头方脑的术器手举两方巨大的夯土石碨，一步踩出一个坑，直拱上山来；他的部下排成两列纵队，号子声声，一路砸夯，大地为之颤动，势不可当！少昊鸶拍马迎战术器，只一个照面，手中长钺便被震飞。他马头一转，回身掷出流星锤；术器只听得耳边"啪啪"山响，眼前火花乱迸，不知何物骚扰，依然照走不误。

蚩尤见少昊鸶已是无奈，正打算从斜刺里向术器发起攻击，忽听一声断喝，像晴天打了个霹雳："大哥让开，石头来也！"话音刚落，一块飞石呼啸着砸向术器。术器见来物势重，不敢大意，把石碨一并，向飞石迎去。

碰撞声震耳欲聋。飞石碎作几块落在地上，一方石碨也崩掉一大块。术器感到这次的确遇上了劲敌，他放下石碨，观看来者究竟是何等人物。

"好小子，真有你的！"叫声是从飞速移动的小山似的大石背后发出的，看不见人，只看到两条奔跑的腿。霎时，大石便"砰"的一声撂在术器面前，同时也传来掷地有声的五个字："泰山石敢当！"术器估计，这一夯下去，地面肯定瓷实了，再不用夯第二遍了。

术器用石碨磕一磕，那泰山石纹丝不动。他索性抛掉石碨，后退几步，在战士们的"加油"声中，朝拦路石一头撞去！术器天生神力，大石没有生根，怎禁得起他全力冲撞！一侧歪，差点儿躺倒，幸亏石敢当动作麻利，急忙用头顶住。

二人躬着腰在拱那块泰山石，势均力敌，不分胜负。

蚩尤断定北方战线暂时无虞，于是又把注意力转向西线。当句龙领兵冲到山下时，少昊鸷命令放箭。他连放三支雕翎箭，都被句龙打落。其他战士射出的石矢，也被牛皮盾牌挡住，无法伤敌。共工氏的犀牛更是训练有素，肉粗皮厚，石矢落在身上，就像鸟儿啄一样舒服，根本不影响冲敌解阵。犀牛阵开始向山上进逼，兵卒们齐声呼叫："抢回淖子，人人有赏！"少昊鸷豪气冲天，拔出腰刀，大吼一声冲向句龙。句龙的霹雳方便铲是重兵器，又粗又长，少昊鸷的玉刀不敢与它碰撞，战不多时，已呈忙乱之相。他的战士虽然个个英勇，以一当十，但终归寡不敌众，一步步退向山坡。

"鸷大哥！让我来斗他，你去保护嫂子！"蚩尤声到人到，天弩寒光一闪，变作一支长柄月牙戟，"当啷"一声撞在句龙的方便铲上。句龙猝不及防，被震了个趔趄，双手发麻。好句龙！他略一定神，运起神力，舞动方便铲，和蚩尤战在一处。二虎相争，棋逢对手，两人直杀得天昏地暗、日色无光。众人看不见人影，只见一团旋风在阵前滚来滚去，兵器碰撞声不绝于耳。

方便铲是共工氏用于劈山平土、开渠筑坝的祖传宝器。那句龙也非等闲之辈，出世以来，打遍大河南北无敌手，今遇蚩尤，方得一显身手，愈战愈兴奋。蚩尤初试洞中所学戟法，尚不熟练，一时难占上风。此时，句龙的犀牛阵摆开散兵线向前推进。在另一条战线上，术器仍然被石敢当死死顶住，但他的队伍已开始蝎子倒卷尾，分两路向山顶包抄。少昊鸷和少昊般兵稀将寡，顾此失彼，疲于奔命，战况十分危急。

女枢论政

蚩尤眼观六路，耳听八方，只见他忽然剑指苍天，连呼三声："降！降！降！"顿时大雾弥漫，五步以外一片混沌。蚩尤边战边退，句龙盯住目标步步紧逼。又恶战多时，浓雾渐开，此时蚩尤手忙脚乱，倒拖长戟，撒腿就跑。句龙哪里肯放，迈开大步紧追不舍。

颛顼刚满周岁，与淖子坐在大象背上，居高临下看热闹，一会儿指手画脚，一会儿咯咯嬉笑，好不高兴。这时，他忽地站起身来，手指西方，口中叫道："追！追！"人们十分惊奇，透过薄雾望去，见两个人影向西方逃去，还以为是蚩尤战败了句龙，于是齐声呼叫："句龙败了，句龙逃跑了！追呀！"

向山顶冲击的共工战士听见喊声，急忙回顾左右，发现主帅确已向来路逃去，正在犹豫，就听得远处号角声声，赶来救驾的九淖人群和象群从四面八方呼叫着奔来。指挥攻山的将官见大势已去，忙令兵士骑上犀牛边战边退。虽是退却，却也井然有序，可见其军队训练有素。

就在蚩尤和句龙交战时，寒流赶着猪群来到对面山丘上观望，对战况了然于胸。这时，他甩开鞭子把猪撵过来，还放开嗓子尖叫："不要抢我的猪！可不能抢走我的猪哇！"他这一喊叫，提醒了共工国的战士们：出来打仗，不就是为了抢女人、抢东西吗？放着眼前这么又大又肥的猪不要，还想要什么！于是纷纷跳下牛来捉猪，有的干脆扔掉盾牌骑到猪身上。寒流吹起口哨，似在向猪发出指示；群猪在哨音的督促下，载着骑士没命地向西奔跑。只有术器的部队不为肥猪诱惑，依然踏着整齐的步伐顺原路退去。石敢当没有追，还向断后的术器招招手说:"兄弟好厉害,以后咱俩最好不要再往一块碰。"

蚩尤突然站住,手中换成一只长矛,架住句龙的方便铲说:"句龙兄,我就是炎帝新任命的工正蚩尤。今日第一次见面,是先谈公务,还是先把女娃的婚事说清楚啊?"句龙一听是蚩尤,正是仇人相见,分外眼红,也不答话,抡铲挑来。蚩尤不慌不忙,用长矛压住方便铲,笑嘻嘻地说:"你临阵脱逃,你的队伍已经跟着你溃退了,还想再战吗?"句龙回头一望,只见他的手下骑着猪,赶着牛,潮水般地退下来,明明与淖子所在的山丘背道而驰。他恍然大悟,自己上当了。蚩尤借大雾掩护,绕了个大弯,把自己引到回家的路上来了!

句龙又恼又怒,与蚩尤拼作一团,忙乱中大腿上被扎了一矛。句龙大吼一声,变成一条人首蛇身、赤发碧眼的怪物,擦着地面飞去。

少昊兄弟领着众人追杀过来,蚩尤怕句龙另有所谋,让大家不要穷追;但追兵都是临时招来的乌合之众,无组织、无纪律,哪里禁止得了?只好与少昊兄弟三人赶回淖子身边。

少昊鸷向淖子和长老们一一引见蚩尤与石敢当,并介绍说:"蚩尤兄弟是九黎之长、少昊大帅,有勇有谋,守信重义,这次全靠他及时赶到,智退敌兵。"众人大喜。经长老们同淖子商议,因昌意临阵逃逸,已证明不具备九淖国军事首领的基本品质;少昊鸷临危受命,不惧强敌,是位责任感很强的男子汉,况有众兄弟襄助,可保九淖不受外侮。于是当即聘任少昊鸷为九淖军事首长,与淖子成婚。并随即发布号令:杀猪宰牛,举国欢庆。

蚩尤拉石敢当上前拜见嫂子。石敢当却一把抓过颛顼,让这小侄儿骑在脖子上满山乱跑,口中不住地喊着:"鸷大哥有儿子喽!"少昊般不放心,在后面追着喊:"跑慢点儿,不要撞到树上!"颛顼一手抓住石敢当的耳朵,一手指着前面说:"撞,撞,撞上啦!"

书中暗表,几十年后,颛顼大帝与句龙的儿子康回,即共工氏康回,有过一次大战。康回战败,怒触不周之山,致使天柱折,地维绝,颛顼当时就重复了这句话。今天,他的话音未落,就听一声尖厉的叫声传来:"发大水啦,大水冲过来啦!"

众人循声望去,只见寒流骑着双头猪如飞而来,边跑边报告:"句龙一头撞开拦水大坝,追兵和我的猪都遭水淹,水头马上就来到了,快做准备吧,我去下游报信!"此时,沉闷的"隆隆"声贴着地面滚滚而来。

轩辕从风后提出的战略意图出发,曾给昌意下过一道严格的命令:三年之内,不许与南边诸族发生武装冲突,要公平交易,友好往来,树立北方大国形象。于是,当句龙兵马袭来时,为避免卷入战争,与共工国结仇,昌意趁乱拉着力牧逃出是非之地。昌意是轩辕之子,受命主管南方事物;而力牧是被派来协助和保护他的,不便坚持主见,只好处处依他行事。但作为一员出生入死的领兵大将,临阵脱逃是件可耻的事,力牧感到非常不快。他对昌意说:"我们虽然避免了与共工国的冲突,却得罪了九淖和少昊。你把少昊鸷的雨矢拿了来,还可能被误会有意加害他。这两个国家在东夷诸国颇有影响,以后我们再与这些族落打交道怕有困难了。"昌意想了想,告诉部下说:"马上召集一批猎手,再赶来一群羊。"

当昌意和力牧带领队伍赶到九淖时,洪峰已过,水势正在回落。即将收获的稻谷被淹没,低处的竹楼被冲走,人们正在紧张地抢救还在水中挣扎的人、猪和大象。九淖国损失惨重。淖子依然端坐象背,少昊鸷抱着颛顼紧偎其旁,三人如雕像般矗立着,凝望滚滚洪流、长河落日;周围的喊叫声,河流对岸出现的北国人马,都没能干扰他们的平静。

昌意让人马列队山坡,与淖子隔水相望,朗声喊道:"淖子姑娘,不,淖子女王,昌意搬兵来迟,让您受惊了!"他停顿一下,见淖子毫无反应,甚至连转过脸来扫一眼的动作都没有,感到不是滋味,又接下去说:"淖子姑娘,昌意不会忘记咱俩相处的那些日子,你永远是我心目中的女王。我已命人马牛羊向九淖靠拢，一旦有事，会随时赶来护驾……"

两次喝酒都让少昊鸷上了当，力牧感到对不住这个义气汉子，因此急于想表白一下自己的真情。他不等昌意说完，就高声大叫："鸷老弟，你是个真正的好汉，大哥对不住你！我力牧也不是个不讲义气的人，只因王命在身，进退不由自主，以至临危弃友，让天下好汉耻笑……"

昌意见力牧越说越出格，赶紧插话："鸷大哥！小弟乱中出错，忘把雨矢交给你，我在这里道歉了。请你接好雨矢，并把这群羊赶回九淖，以资赈灾。今后，淖子母子就拜托大哥照顾了。"说完，将雨矢射过河去，带转马头，并向力牧的坐骑诸怀身上猛抽一鞭，二人奔下山丘，身后留下一群肥羊。

自生下颛顼之后，淖子就成了九淖国实际的女王和国母。她的话成了金科玉律，连长老们也对她崇敬有加。淖子感到背上了巨大的责任，尽情享受青春和爱情的少女生活结束了。她已经不再属于她，她的一言一行完全受制于国人的意愿和利益。她不习惯也不喜欢这样的生活，担心自己不能胜任，想摆脱和逃避对国人的责任。但是，呵护儿子的成长责无旁贷，为了儿子，她甘愿牺牲个人的一切，包括爱情；儿子的前程，成了她做事的准则和无穷无尽的动力源泉。

淖子变了，变得沉默寡言，行为不可思议。她把国中一切事物都委托伯夷父处理，近一年来，几乎一言不发。她经常不辞而别，带着颛顼，骑上大象外出游荡，人们在山林、河滩，甚至邻国的集市上都见过她的身影。长老们惴惴不安，但也无可奈何，只好把希望寄托在这个屡显异兆的孩子身上，盼着他快快长大。

事物的变化往往出人意料。淖子在丘顶祭坛上待了三天三夜，不吃不喝，一动不动。少昊鸷也陪她站了三天三夜，不吃不喝，一动不动。对于淖子的失常行为，人们已经习惯，九淖国也不再指望她做什么；没想到好不容易选了个兵马大元帅，也跟着效尤，着实令长老们头疼，连少昊般也心下不安。到第四天太阳升起时，淖子忽然开口说话，询问伯夷父在干什么。

伯夷父急忙召集众人赶到祭坛，向女王汇报："被发现的死者已经掩埋，正在高阜处搭建竹楼，安置流离失所的乡民。猪王寒流先前送来的猪被洪水冲走过半，他又赶来一群，说是要补足原来承诺的头数。猪和昌意送来的羊已分送各氏族。少昊般答应救济一批稻谷，如何运送尚无办法。"他想，女王懒问国事，向她简明交代一下就算了，主意还得自己拿。

淖子说："来自邻国的救援还要争取，更重要的是搞好自救。我国山林广阔，水淖星罗棋布，除打猎捕捞外，还可推广鸟夷氏的养鸡和凫夷氏的养鸭。宿沙国有很多用来运盐的船，是用东海沧浪洲出产的不沉木制造的，其木方一寸，可载盐一竹箩。我与宿沙之子小宿沙有一面之交，可遣使致意，向他借船运送稻谷。"淖子的语气温和而平静，娓娓道来，有条不紊，令长老和氏族头人们大吃一惊，一个个愕然在地，张着嘴洗耳恭听。

淖子顿一顿又说："我们已同共工氏结下冤仇，与虎狼为邻，今后九淖将国无宁日。众位父老考虑过没有，我们将如何防御来自共工氏的强兵悍将、洪水猛兽呢？"

长老们面面相觑。伯夷父沉吟良久，回答说："自古以来，每隔几年九淖就会闹上一次水灾，国人总认为是地处上游的共工氏所为。为平息纠纷，历届炎帝都曾邀请九淖、祝融等国前去考察，结果说明，水患确乎是山洪暴发所致。因此，九淖与共工虽然屡有龃龉，但从未发生过械斗。句龙主持共工国政事以来，不甘心蜗居九丘之地，南与祝融争权失利，又转向东邻扩张。此次驱兵前来，意在控制九淖，并公然开创了水攻先例。这一仗表明，共工国已对九淖各族的生存构成威胁。事情来得突然，如何应对，容老夫深思。"

伯夷父尚无对策，九淖国在场的其他人就更难有成熟意见了。淖子见蚩尤低头沉思，便问道："蚩尤叔叔有何高见？"

"兵来将挡,水来土掩。先说水,他若有意放水,我们就防不胜防,躲不胜躲。莫如事先疏浚洪水通道,迁移低洼处的住户,堤防人烟稠密地带,以减少水患损失。至于兵,要效法共工、祝融和轩辕的做法,把国中能战之士编成师旅,忙时务农渔猎,闲时习武练兵,战时招之即来。这支部队要想战胜句龙,还须将智士勇、令行禁止、赏罚有度、兵戈坚利诸多因素,非数言可奏明也。"蚩尤从伏羲洞中见到和悟到了一些用兵之道,略加思索便侃侃而谈。

淖子听罢,翻身跳下大象,击节称妙,说:"叔叔一席话,令我眼前阴霾顿开,九淖有救了。人占了水路,才会遭淹,我们让开就是了。"她原来那双眸子,像淖子水一般清澈,如今变得像大海一样深沉。她语气坚定地说:"九淖必须强盛起来,才能占据一席谋生之地。伯夷父,您的儿子西岳[1]外出学艺已有八年了,要马上把他召回来主持组织九淖国军旅。鸳大哥,你只能作为九淖国名誉统帅,你的主要任务是负责少昊国军事,并按我的旨意联络九夷诸国,组织东夷部落联盟;在九淖期间,保护我们母子安全。蚩尤叔叔既为九黎之长,又被少昊尊为大帅,如今智胜句龙,使九淖转危为安,其大智大勇,有目共睹。我提议九淖国也尊蚩尤叔叔为大帅,并向各部族发出倡议,拥戴他为东夷部落联盟首领。"

淖子一年不语,处心积虑,而今初涉政坛,便高瞻远瞩,东夷部落联盟也因她的初议而形成、壮大。她是东夷集团发展初期的中枢人物,因此,人们也称她为女枢。

---

[1]《山海经·海内经》:"伯夷父生西岳,西岳生先龙,先龙是始生氐羌,氐羌乞姓。"
（郭璞注：伯夷父颛顼师,今氐羌其苗裔也。）

昆吾铸鼎

河水里冒出一只螺形小舟，驾驶者头戴鸟形鱼皮帽，身披鹤翎蓑，手持两柄木楫，径自驶向岸来。小舟上阔下尖，着地部位陀螺一样旋转，水陆两栖。那汉子一路叫道："淖子大姐，你在哪里？宿沙前来看望你！"淖子走出竹楼一看，原来是宿沙氏之子小宿沙。宿沙氏有名无姓，且父子连名，几代人都沿用一个名字。他的小舟叫沧波舟，可潜入水下，也可登陆行驶，极为方便快捷。

"宿沙兄弟，我的使者刚出发不久，你怎么就到了，何其速也！"淖子边说边把宿沙介绍给蚩尤等人。宿沙说："昨天一闪霞奇相突然来到宿沙，说九淖遭受洪水，炎帝工正大臣蚩尤召宿沙国前去救援，并亮出神农赭鞭为证。我担心淖子大姐的安危，连夜赶来打探，随后还运来几船海盐——我那里别无长物，你们就拿它换些东西吧。"

"我派人去正是向你借船的，这下正好，连船带盐我可都要征用了。"淖子话题一转，"我提议成立东夷部落联盟，推举九黎之长、炎帝工正蚩尤为统帅，宿沙国是否加入？"

"大姐倡议的事，我不支持谁支持？我的祖上为追随炎帝神农氏，不惜背叛自己的国君，从西方迁来，[1]我宿沙当然接受炎帝工正的驱使！"宿沙快人快语，众人大喜。

黎奔赶着一群牛和装满稻谷的大车来到高阳丘，说前几天九黎来了一位姑娘，手持赭鞭，站在大枫树上宣称，她是九黎之长蚩尤的使者，命黎奔立即到九淖去赈灾，说完就不见了。

黎奔的到来，令蚩尤很是高兴。这件事第一次向蚩尤的朋友们

---

[1]《淮南子·道应训》："昔宿沙之民，皆自攻其君而归神农。"

展示了他作为九黎之长的权威。他感谢一闪霞奇相，却又为拿不到赭鞭而气恼，他是多么想念女娲姑娘啊！此时，蚩尤把当初寻找女魃的心情，已转移到女娲身上，但女魃的影子还经常出现在他的梦中。少昊般搭乘宿沙的运粮船回国了，他要替少昊鸷去组织军队；黎奔也带着新的使命赶回九黎。蚩尤估计句龙一时不会再来骚扰九淖，便打算去江南寻找奇相，讨回赭鞭，赴太行与女娲成亲。但是，一个意外的发现，推迟了他的行程。

因洪水冲刷，昆吾山发生大面积滑坡，崩塌的山体下露出一种赤色的岩石。蚩尤勘察后如获至宝，告诉大家，这种东西叫赤金，他曾帮师傅把一块赤金置于坩埚，吊入火山口烧熔，铸成一把短剑，可削石断玉。如今发现了赤金矿，制造坚兵利器已有可能，只是怕找不到可用之火。伯夷父说："九淖以北有个土丘叫陶山，那里有位制陶老人，自称陶山翁，曾与炎帝陶正宁封丈人同师学艺。宁封制作的红陶，风行大江南北；陶山翁烧出的黑陶，深得东夷人民青睐。陶山翁有一支长箫，由燧木化石打磨而成，叫燧韵，用以炊火，金石可铄。若请得他来，冶金有望。"

蚩尤大喜，命石敢当招兵买马，负责保卫和开采赤金矿，他自己马上就要动身去请陶山翁。伯夷父又道："陶山翁陶艺精到，誉满天下，得益于陶丘泥巴。神农炎帝曾盛情邀其南下，被他婉言谢绝，大帅若去，应有所准备。"

伯夷父派弟子丘下陪蚩尤前往，二人乘船沿卫水顺流而下，不日来到陶山。但见车船往来，客满馆舍，用粟粒、牲畜及百工器具来换取陶器者络绎不绝，使这里成为荟萃南北物产的大集市。他们无暇游览闹市，在路人指点下，来到一处林院。院落的大门和花墙全用陶器砌成，有黑陶、白陶、紫陶、彩陶，五颜六色，看来是从各地交换来的。陶器种类繁多，碗、盆、杯、罐、鼎、瓮、钵、釜，一应生活器具应有尽有，深浅厚薄，高矮胖瘦，风格各异，简直就是一座陶器工艺品的露天展览馆、博物馆。人们在墙下流连、欣赏。

这些样品造型精美，油光锃亮，光可鉴人。有的绘有花纹，有的薄如蛋壳，让人叹为观止。

院内置有三座炉窑，上冒青烟；窑群中心有一树墩，大可十围，上坐一翁，须发飘雪，正在垂目吹箫，旁若无人。炉窑上的烟火，随箫声高低而跳动。蚩尤不敢惊动，敛息屏气立在一旁。

从日落到日出，蚩尤欣赏了一整夜的长箫独奏，直听得如痴如醉，一丝倦意也没有。当对面传来问话声时，他才如梦方醒，从箫声旋律中走出来。

"二人似是远道而来，不是专门来听我吹箫的吧？"陶山翁声音低沉，却震得地面颤动。

"若知老伯有如此妙音，蚩尤早就前来拜访了；不过，此次唐突，的确有要事相求。"蚩尤直截了当切入正题。

丘下道："这位蚩尤先生是神农氏俞冈新封的工正，主管百工，欲请先生出山相佐，不知意下如何？"

"本人与炎帝早有约定，不受封，不听调，只管年年进贡黑陶精品一件，此事世人皆知；足下虽挟工正之威而来，鄙人却难以从命。"

丘下本想借蚩尤的炎帝大臣身份，增强一些邀请力度，不想弄巧成拙，被处世清高的陶艺大师一口回绝。丘下张口结舌，不知如何是好。

蚩尤见状，忙说："本人虽有炎帝工正之名，实未到职，近年来一直在各地游历。日前发现一处赤金矿，人言陶翁可冶，特慕名而来，企望赤金得以利用，造福人民。若……"

"何处发现赤金？"不等蚩尤说完，陶山翁一跃跳下树墩，边发问边大步走到二人面前，一把抓住蚩尤的手。

"昆吾。"丘下回答。

"二位是怎么来的？"

"乘船。"

陶山翁一声口哨，唤来一驾马车，驭者是位粗壮的黑汉。陶山翁指着丘下对黑汉说："陶轮，你带这位先生到景山脚下取黑石，用船直接运到昆吾。"又拉着蚩尤上马车，"委屈你搭我的车回九淖。"

陶山翁这匹马与众不同，它无头无尾，不吃不喝。说是无尾，只是没有长尾，在它的后屁股上翘起一只像山羊尾似的短尾。这辆大车也有别于轩辕大车，它由两根直木组成车辕，可用单畜驾驶；用轮辐结构的车轮代替了整块圆木，牢靠而轻便。陶山翁坐在前部，一只手抓住马的短尾，便可控制疾徐进退，左弯右转。

蚩尤感到稀奇。陶山翁告诉他，这匹马是一位极善机巧的朋友赠送的木马。他的这位朋友先后带过两位徒弟，一位是少昊般，擅长制作弓矢兵器；一位叫垂，善做百巧，人称巧垂，这辆车的轮辐就是巧垂配上的。这位工程大师隐姓埋名，居无定所，早些年给炎帝神农氏制作了一条可载人的飞龙后，就不知去向了。后来，炎帝把飞龙赐给了火正朱明。

到昆吾后，蚩尤一直陪着陶山翁制坩埚、烧木炭，冶炼赤金的一应准备全部就绪。陶轮和丘下的货船一到，陶山翁便把黑石加在炭火上。他将燧韵变作一只长长的风管，对着炉灶轻轻吹动，黑石便被点燃，散发出炽热的光焰。

第一炉赤金浇注成一只鼎，用以煮食，远比陶罐方便，且不怕磕碰摔打。敲击几下，声音清脆嘹亮，胜过陶钟百倍。陶山翁心花怒放，多年来，他处心积虑地想寻找一种新材料代替陶，如今终于实现了。他郑重宣布，陶山翁要改名为昆吾伯，一个赤金时代就要开始了。

少昊鸷派人找来了少昊般。少昊般把由天弩变化来的十种长短兵器绘制成图，交给昆吾伯按图制作。昆吾伯对蚩尤说："从古到今，人类以木石为器，取水火之利，驱猛兽，避天灾，立足天地之间，渐领众生之尊。然终日辛苦劳作，依然衣食不继，难免冻馁，概无利器为助也。今赤金问世，乃天怜民生，赐福下方，应广置民用器具，令黎民早日摆脱饥寒，此乃吾平生所愿也。昆吾赤金坚利非常，若用来打造兵器，人人习之，动辄挥舞相向，人类从此将屡蹈血光之灾，老夫不忍首倡其凶也。"

蚩尤说："老伯乃前辈圣贤，时刻心存黎庶忧患，令蚩尤不胜钦敬。然如今人心不古，以邻为壑，族群间弱肉强食之风渐起，为保生存之地不被侵蚀，各地无不拥兵自卫。目下九淖及东夷诸国，尚无组织军备，如一盘散沙，若战事突起，定为强者刀俎之鱼肉矣！还望老伯熟思。"

淖子默默听二人陈述己见，这时开口说："老伯之言自是有理。民以食为天，利用赤金之利为民谋取衣食，救民于饥寒交迫之中，乃旺族强国之本。蚩尤叔叔所虑也不得不防。我看这样吧，多多开发民用器具，广为推行；可制作少量兵器，分发给各氏族领兵头人，从蚩尤叔叔演练技击之法，回去教习族中子弟。应多铸赤金矢镞，平时用于渔猎，战时抵御入侵之敌。大家以为如何？"众人称善，昆吾伯和蚩尤也点头赞许。

在发现赤金以前，人们就学会了用陶盂、陶鼎等陶制器皿煮制熟食，但只能把粟米或稻米熬成粥，却焖不了干饭，因为很容易烧糊，致使器皿炸裂。赤金鼎的发明给人类带来了福音，吃到了香喷喷的干米饭，人类体质大增。因此，各氏族的大家庭都渴望得到一只金鼎。小颛顼对金鼎更是情有独钟，他不仅爱吃焖干饭，还经常让人带他去看铸鼎。昆吾伯对这个聪明伶俐的小家伙极是宠爱，还亲手给他制作了一只精致的玩具鼎，令他爱不释手。

一天，小颛顼忽然拒绝进食。他虽然聪明，却很少说话，最多也只能说两个字。淖子问他要什么，他只是举起手中的玩具鼎，说："大。"把他抱到家中烧饭的金鼎跟前，他还是摇头，说："大。"人们奇怪，前呼后拥地带颛顼来到铸鼎基地，那里有一只最大的鼎，是给铸金工人做饭用的。他张开双臂，绕金鼎一周，依然摇摇头。众人面面相觑。

伯夷父说:"此儿上应天象,常有怪异之举,我们凡人难断其意,不若请教神巫。"蚩尤推荐巫彭。于是由少昊鹜驾鹰飞往九黎,把巫彭请来。巫彭知道颛顼是白虎星君下凡,他在天上曾向众神许愿,下界后要把整头大猪煮熟了作牺牲,祭祀上天,请他们享用,以求得到支持。但巫彭不敢泄露天机,只是对大家说:"颛顼命系于天,须用一整只煮熟的猪祭祀上天,乞求天神赐福,方可令他进食。"颛顼一听,立刻拍掌叫好,并迫不及待地去抓饭盂。看他那猴急的样子,大家都笑了。

昆吾伯默不作声地离开了,谁也没有去打扰他。夜深人静时,九淖祭坛所在的山丘上,忽然烟火通明,人声鼎沸。原来昆吾伯已把他的冶铸人马搬上了山丘,布下八卦炉群阵。每座冶金炉都与流金沟槽相连,通向炉群中央的铸模。整个炉阵宛然一张巨型八角蜘蛛网。

东方欲白,繁星渐隐。昆吾伯跪坐祭坛,吹起长箫燧韵。摄人魂魄的箫音,在毕毕剥剥火苗声的伴奏下,直上云天,随风飘荡。一曲过后,只见一只火球从天际飞来,流星般划破夜空,一头撞入八卦炉群阵。人们定睛观看,原来是一只硕大的火蜘蛛。火蜘蛛浑身似炭,口喷神火,踏着箫声节奏,在炉群阵中舞蹈;它经过哪里,哪里的炼炉便将液体赤金倾入流金槽,导入铸型。

火蜘蛛从八卦乾位入阵,绕行一周,流金均匀地将型腔注满。此时,箫声忽然激昂高亢,声韵悲壮,火蜘蛛一跃而起,落在刚浇铸的金鼎上,晶莹剔透的躯体渐渐融化,最后,一缕青烟随着悠远的箫声直上云端。

昆吾伯大汗淋漓,瘫在当地。人们拥上去把他搀起,他恭恭敬敬地倒身向金鼎叩了一个响头,自言自语地说:"天下第一鼎,空前绝后。"

一闪霞奇相[1]

话说当年伏羲和女娲兄妹成婚,繁衍人类,他们的兵器规和矩也合成石卵,孕育蟒腹,产生蚩尤和天弩。兄妹二人无法再去寻找羲和与常羲并回收太阳车,于是便定居人间,生儿育女,自称太昊氏。太昊氏以采集、渔猎为生,自西向东一路迁徙,发明弓矢、网罟,演八卦,制河图,修洛书,留下处处胜迹和千古之谜后,便相继分头归隐山林。太昊氏的后裔代代为王,他们是大庭氏、柏皇氏、中央氏、栗陆氏、骊连氏、赫胥氏、尊卢氏……共历一十五代。当时,各部族归附在伏羲氏旗帜下,形成以龙为图腾的部落联盟,并在宛丘建立起强大的太昊国。后来,农耕逐渐代替渔猎、采集成为人们的主要衣食来源,太昊氏的共主地位也被炎帝所取代,然而,作为先圣伏羲女娲的嫡系族落,太昊氏依然受到人民的尊敬。

太昊国王子名叫句芒[2]。因老王酷爱推演祖传八卦,长期隐居,不问国事,句芒成了实际上的国王。他有个胞妹叫句容,曾随神仙学艺。由于她出身高贵,才貌双全,处处高人一等,佳婿难求,尚待字闺中。江南有个吴国,国王便是那个与神农之子伯陵争夺美女缘妇的吴权。吴权要给干儿子阿殳娶媳,但当地姑娘依然不肯走出母系大家庭,特别是名门望族,更是如此。阿殳不同意用抢婚方式建立父系氏族,吴权只好走出国门,慕名到太昊国为阿殳求婚。

---

[1]《蜀·杌》:"古史云,震蒙氏之女窃黄帝玄珠,沉江而死,化为奇相,即今江渎神也。"(录自袁珂《中国神话传说词典》)

[2]《山海经·海外东经》:"东方句芒,鸟身人面,乘两龙。"《吕氏春秋·孟春》:"其帝太昊,其神句芒。"

句芒打听到，阿殳原来是炎帝神农氏的嫡孙，与自家门当户对，且吴地乃鱼米之乡，国富民殷，便与妹子商议，同意阿殳前来试婚。吴权大为高兴，亲自把阿殳送到宛丘。句容与阿殳一见钟情，双双堕入情网，试婚期还没有结束，句容就答应随阿殳赴吴完婚。

句芒带领亲信武士护送妹妹南下吴国。他乘坐一对雌雄飞龙，在送亲队伍上空飞行。这对龙是驯兽师豢龙氏飘叔安赠送的，虽无呼风唤雨之能，倒也可驾雾腾云，遨游云汉，还可射出雨箭御敌。飘叔安是蓄龙世家，他的一个后裔养龙有功，被舜帝赐姓为董，人谓董父，因此豢龙氏也称董氏。这是后话。

不止一日，句芒一行来到吴国都城外的震泽水畔。此时，吴权带领迎亲队伍赶来，彩旗飘飘，鼓乐喧天，人们竞相围观，一睹这个敢于外嫁他乡的太昊女子风采。吴权很是自豪，指着仙女一样的句容对姑娘们说："这就是当代新女性，是尔等楷模。姑娘们，快走出家门，建立属于自己的小家庭吧！"看来，他煞费苦心，不只是为娶一个儿媳妇，还为国人树了个样板。

正当人们喜气洋洋迎新娘时，忽然从水中钻出一个怪物，人头龙身，鸟喙蛇尾，高声断喝："闲人散开，请国王吴权说话！"

"水怪来了，快跑哇！"众人呼啦啦跑开，只剩下句芒一行和吴权及其武士，手执兵器，严阵以待。只听那水怪说："我是震泽雷神，欲娶句容公主做镇宅夫人。若好事办成，咱们都是亲戚，我保你两国年年风调雨顺，五谷丰登；如若……"

不等它说完，吴权便哈哈大笑，迎上几步说："你是何处恶兽，敢讹诈你吴爷。癞蛤蟆想吃天鹅肉，也该先问一问我的吴刀！"那怪自恃神通广大，自称雷神，其实尚未列入仙班，被众神呼作雷兽。对此，它一直耿耿于怀。今天吴权触到它的痛处，不觉勃然大怒，将身一纵，伸出利爪抓向吴权的天灵盖。吴权错开一步，挥刀直削龙尾，只听"当"的一声响，两位都吃了一惊，感觉到对方的坚甲利器都是非寻常之物，于是放下轻敌之心，战在一起。

吴权虽然英勇，怎敌雷兽神力？一个时辰下来，已是气喘吁吁，汗流浃背。阿殳和句芒见吴权渐处下风，一拥而上，围住雷兽厮杀。阿殳用的也是一把吴刀，亮光闪闪，雷兽忌惮它的锋利，小心避其锋锐。句芒手拈一杆酋矛，此乃祖传神兵，点到之处，玉石碎裂。雷兽鳞甲虽坚，怎禁得起它雨点般的击刺？雷兽边战边撤，退到水边；三人不依不饶，步步进逼。雷兽忽然发出一声尖利的口哨，只见水面突起一排恶浪，以迅雷不及掩耳之势向岸上压来，将四人淹没。

吴权父子和句芒还在浪涛中挣扎，雷兽早已借水势潜到句容近前，说："公主，本神无礼了，随我去吧！"将龙爪去抓句容。不想那公主也是会武功的，两柄柳叶刀齐刷刷地削来。雷兽不闪不避，任凭鳞甲上噼噼啪啪地冒着火花，抓住句容的臂膊就要腾空。

一条火龙从句容身后突然飞出，直撞过来。雷兽大吃一惊，抛下句容，急忙招架。此时，浪头退回，吴权三人踉踉跄跄爬起，赶来助战。

雷兽见势不妙，当即起在空中，火龙随后赶去；句芒也跳上飞龙，腾空而起。此时，雷兽向西南方向招招手，立即吹来一股强风，它张开大口，将风吸入，其腹立时鼓胀十围，像个大气球。人们正不知它要干什么，只见那怪回过头来，弓身收腹，一连串的霹雳便从他的口中喷出，只震得天摇地动，鬼哭狼嚎。当霹雳声停止后，大地万籁无声，犹如窒息了一般。送亲和迎亲的人马全都匍匐在地，不知是死是活。那条张牙舞爪的火龙已不知去向。句芒和他的飞龙，像断了线的风筝一样飘飘坠地。雷兽落下云头，抱起句容扬长而去，消失在烟云浩渺的波涛中。

一曲清凌凌的笛声像山泉一样流进他的心里，吴权第一个醒来了。他睁开眼，发现身旁的卧虎石上坐着一位妙龄女郎，身披大红斗篷，正在专心致志地演奏笛子。她就是一闪霞奇相。

奇相的父母都是震蒙氏人，因同姓婚恋，触犯族规，受到严惩。她的父亲被罚进山猎虎，待用虎胆、虎皮祭过祖先，才能赎去罪孽。但他很是不幸，不仅没有猎到虎，反而被虎吃掉了。她和母亲被逐出族门，母女俩艰难度日，相依为命。奇相七岁时，母亲在采集食物时误食毒果，身染疯病，精神失常。小奇相呼天天不应，叫地地不灵，只好自己学神农尝百草，寻找药物，为母医病。但她不得其法，吃尽苦头，也没有找到特效药，医好母病。她听说，族人从外地带来一枚琅玕果，放在祭坛上祭祀天地祖先，吃了它就能治愈疯病。奇相救母心切，也是年幼不知厉害，趁夜深人静时摸入祭坛，把琅玕拿回家。但不幸的是，母亲见她半夜出走，便跟了出来，掉下悬崖摔死了。

奇相埋葬了母亲，欲哭无泪。她以为是由于自己偷窃祭品，冲撞了神灵，反而使母亲受到报应，心中十分不安，于是决心为母亲赎罪。奇相把琅玕送回祭坛，正要跪下来祈祷，被族人抓获了。偷食祭果，是应该受到棒杀的不赦之罪。族长和乡亲们可怜她尚在年幼，事母至孝，不忍施以极刑，于是网开一面，把她放在一只漏水的小舟上推入河中，是死是活，听由上天裁决。

人身龙首的光山神计蒙，驾驭着飙风暴雨出游，发现了即将沉没的小舟，把奇相带回漳渊，教以水遁之法，说："以后若再被流放江河，可不忧溺水矣，水族世界，也可做你的安身之所。"风伯与计蒙素相友善，一日巡游漳渊，见到奇相，说："这姑娘侠肝义胆，是个天生的侠盗，我成全你吧！"她把奇相带到风山，这里是她的修炼场所。风山上有一风穴，穴中有一对苍鹅，它们的翅膀一鼓动，飓风就从穴中冲出，滚石拔木，迅猛激烈。风伯把奇相悬在风口里，授以御气之术，名曰风遁法。十个寒暑过去，奇相已出神入化，可随意乘风飞行，迅疾无比，来去无踪。风伯常来指点，见奇相修炼有成，大为高兴，给她起艺名一闪霞，说："你可以去盗任何有意义的东西，拿了就走，人们再也抓不到你，只是不要去做让为师汗颜的事。"又嘱咐说："今后，你注定要以四海为家，行踪飘忽，切记莫要为情所困，但也不要辜负了自己的青春年华。"这大概是风伯结婚后，对自身感情生活的反思心得。

奇相长大了，胸襟更加开阔，她并不因为父母和个人的遭遇怨恨族人，始终记得自己是震蒙氏女，她要报答当初没有被立即处死的活命之恩。为娘亲寻药医病的那段日子，让奇相刻骨铭心，她想回家乡做个郎中，解除乡亲们的病痛之苦。此时，正直震蒙氏部落瘟疫流行，奇相决定借神农的赭鞭一用。当奇相发现俞冈将赭鞭送给蚩尤后，便一路追踪到九黎，盗得赭鞭。

奇相连夜用赭鞭搅动河水、塘水，消毒驱疫，瘟病很快得到控制。但族人把这项成果完全归功于日夜歌舞祈神、辛苦有加的巫师，反而说奇相妖言惑众，人人避之唯恐不及。奇相初出茅庐就遭遇尴尬，一腔热血凉了一半。她向风伯诉苦，风伯说："扶危济困，言出必行，重义轻利，不图回报，才是义侠的风范。这不是一时冲动就能做到的，你去慢慢磨炼吧。"风伯忽然想起了什么，又说："我从江南来，路见菀窳（wǎn yǔ）妇人的桑林闹虫灾，赭鞭正好在你手中，你就代我走一趟吧，那里可是我的出生地呀。"

菀窳妇人不是别人，她便是西陵国携金蚕出走的公主、嫘姑的姑姑。她当年顺江东下嫁到长风氏，开创了她的植桑养蚕事业，自称菀窳妇人。奇相没有去拜访她，径直来到桑林，将赭鞭变作笛子，用笛声招来一群啄木鸟，便悄悄离开。当她经过震泽时，发现雷兽逞威，于是掷出赭鞭，化作火龙逼退雷兽。但火龙不敌雷兽的惊天一吼，急忙逃回；奇相也抓起赭鞭应声远遁，避开了伤害。

众人只是被强大的声浪震昏了，并没有死。笛声伴着淅淅沥沥的小雨把人们唤醒，他们陆续来到奇相身边。大家把她认作是搭救性命的仙姑，没有人打听她的来历。吴权向奇相叙述了事情的经过后，恭敬地等待她的吩咐。奇相说："雷兽神通广大，我手中的神农赭鞭无法制服它，只有另请高人。"

"我家祖传兵器夷弩在少昊鸷手中，我把他请来，或许有望降伏水怪。"句芒说。

"少昊鸷有一位好友叫蚩尤，持有神器天弩，威力强似夷弩千万倍。若请得蚩尤来,降服雷兽就不在话下了。"奇相想了想又对句芒说,"你只要告诉蚩尤在震泽发现了赭鞭,他会放下一切急务赶来的。在句芒兄回来之前,大家不要惊动雷兽,我要到泽中探听句容公主的下落。"

句芒降落在九淖时,蚩尤正在练兵。少昊鸷、黎奔、西岳、石敢当和沙舟等几位部落首领,各带八九位青年,跟蚩尤学习赤金兵刃的技击之法。他们是各氏族推选出来的勇士,回去后便是氏族的带兵酋帅。蚩尤还把君子剑法用于天弩,可驱动矛、戟、刀、剑、钺五种兵刃轮番攻敌,命名为"兵轮"技法,威力无穷。句芒说明来意后,蚩尤、少昊鸷立即辞别淖子和众弟兄,赶赴震泽。少昊鸷已训练好第一批战鹰,共一十八只,一路护驾,以壮行色。蚩尤把犀渠交代给黎奔,学着少昊鸷的样子,在列队翱翔的鹰背上跳来跳去,乘风飞行,不消一日一夜,已到震泽。

震泽一望无边,风平浪静。句芒带蚩尤一行在水面上空巡视一周,然后降落在吴权驻地。吴权告诉他们,这两天,仙姑和句容俱无消息,雷兽也没有出水。正说着,忽然风波骤起,浪涛拍岸,雷兽挟风带雨冲出来,居高临下大声喊叫:"大舅子句芒听着:赶快随我去见句容公主,如若迟缓,又要惹俺大发雷霆之怒,那时人人遭殃,还要累俺老雷背你下水。"说罢,张牙舞爪,不可一世。

句芒大怒,将飞龙一拍迎上前去,也不答话,流星锤直奔雷兽,你来我往,战在一处。二十个回合下来,飞龙被雷兽击中一爪,受惊非小,掉头便逃。蚩尤正要上前接应,忽听夷弩弦声阵阵,千矢一的,直贯雷兽,一片鳞甲早已飘飘落水。雷兽大惊,不知是何神箭,竟能凿透自己身上岩石般坚硬的盔甲。好雷兽,只见它向羿地一招手,顿时又腹大十围,张口向少昊鸷喷出一连串霹雳。

人马横七竖八躺倒一地。雷兽从容落地,伸手去抓已不省人事的句芒,不意旁边忽然刺出一只长矛,顶住它的手腕,一个声音说:"且慢!这里的人还没有死完呢!"

雷兽大吃一惊，急忙跳在空中。蚩尤一个鲤鱼打挺，就势腾空追上。一人一兽，适逢对手，只杀得天昏地暗，日色无光。蚩尤知道自己不能在空中悬得太久，必须速战速决。眼见雷兽越战越勇，自己反而脚下无力，于是急忙祭起"兵轮"技法。雷兽正在得意，忽见矛、戟、刀、剑、钺轮番袭来，如阵阵飞蝗，防不胜防。雷兽无奈，被迫孤注一掷，使出最后一招防身绝技：龙尾一摆，甩出片片鳞甲，俨然是个个游动的盾牌，兵来盾挡，一时颇为奏效。然而，鳞甲经不住五兵的反复冲击，一个接一个地变成碎片，飞散开去，再也不能收上身来。雷兽大惊失色：如此打下去，自己将体无完肤！于是头上尾下，一头扎进水里，溜之大吉。

这时，蚩尤的轻身功夫已经耗尽，而脚下一片汪洋，无立锥之地。他忽然发现一只巨蚌，张开双壳平躺在水面上晒太阳。蚩尤抱着一线希望瞄准巨蚌，想借力弹回空中。不料当他的双脚点到蚌体时，蚌壳忽地合拢，将蚩尤连头带脚包了个严严实实，打着旋向深处游去。

身体一动也不能动，眼前漆黑一团，怀里抱着柔嫩的体肤……蚩尤神情恍惚，仿佛被拉入幽暗的大树洞里。当初与女娃邂逅的那一刻，将永远是令他陶醉的、刻骨铭心的记忆。他好像又被一位女孩拉着走出树洞，但外面依旧暗无天日，对面不见人影。蚩尤握住一双绵软的、十指纤纤的小手，似乎从对方的气息中感受到了一种香味。是她！是女娃！"你让我想得好苦哇！"他把她紧紧拥在怀里。

义封雷神 [1]

当初，光山神计蒙曾传授奇相一套密语，可用来与水族沟通。

---

[1]《山海经·海内东经》："雷泽中有雷神，龙身而人头，鼓其腹。在吴西。"

黄帝战胜蚩尤后，统一天下，奇相遁迹大江，竞出江神，全赖这套密语之功。这是后话。如今，奇相在茫茫水域四处游走，遍询鱼虾蚌蟹、蛇鳖水兽，打听雷兽的居所。这些震泽的老居民都说，雷兽居住在一座巨大的花石岩岩洞里，只是不知其所在。一日，奇相正在水底踯躅，忽然发现有一只巨龟，背上驮着一架小山，巍巍然从头顶驶过。奇相急忙攀上小山，但见奇石危崖间有一洞穴，用一整块花石堵着洞口，石门的孔隙间微微透出亮光。

奇相透过孔隙张望，发现洞穴十分宽敞，两颗夜明珠射出柔和的光。一颗暗红色的避水珠吊在顶上，使洞内滴水无存。句容姑娘面壁而坐，背对雷兽。只听雷兽说道："句容公主，我已经恳求你三天三夜了，你不同意，我也不会强行无礼，因为我已修成了神，不会再实施兽行。不管怎样，你也该说句话吧？"

句容轻声说道："我没想到你有这样的耐心。按你对我的态度，比有些人还多了一些人性。只是我已经做了别人的新娘，你抢亲晚了一步。再说……再说你是人面兽身，一个吓人的妖怪形象，不要说我，谁家的姑娘也不情愿嫁给你。"

听了这句话，只见雷兽面色发青，浑身颤抖，好大一阵子才说出话来："句容公主，既然说到这里，我就实话告诉你，我强行抢你为妻的真正目的，就是为了讨个人身。像我这样的神，苦修几千个寒暑，有了几成德行和道行，自我感觉虽然比不上名列仙班的诸神，倒也比世间俗人高尚几分。只是这人不人、兽不兽的怪模样令人烦恼。光山神人身龙首，柜山神龙身鸟首，还有为数众多的神是人面牛身、人面马身、人面猪身，等等，不一而足。像我这样修成龙身人首已经是很不容易了，再进一步变成人身，那不是个人努力所能达到的，而是要看运气了。赤松子本是个松鼠精，服食冰玉成仙，修成人身鼠面。只因炎帝女儿拜他为师，进而被炎帝封为雨师，便忽然变出个人形来。还有玄冥，早年是长石山共谷中的一条蛇精，人面蛇身，偶食天降仙药，便化为人身，名列仙班。你看看那些衣冠楚楚的仙家，哪一个不是交了好运的？当年他们称我老雷为大哥，模样一变，就学着天神的腔调叫我雷兽。世人求风祈雨时，把我们尊称为神，又是贡白玉，又是献牺牲，谁知背地里也把我们看作妖怪。我咽不下这口气，就想找个法子变成人身。太昊氏虽然没落，毕竟是古天子嫡系子孙，于是我想到与太昊氏联姻，借你的光改变一下命运和形象，所以才出此下策，实在有点儿亵渎公主，请你多多原谅。"

句容沉吟良久，叹口气说："没想到你们这些呼风唤雨、自由自在的神仙们，也有这么多烦恼。我同情你的处境，但还是不能嫁给你。这样吧，你对外可以谎称我已经成了你的新娘，待过了七七四十九天以后，如果你能够变成人身，就是你的造化；如果变不成，就说明太昊氏已经不能宣示天意了。无论结果如何，我都要离开这里了。"

雷兽大喜，说："公主如此仁慈侠义，大有古皇伏羲女娲之风，我老雷肝脑涂地也要报答你的大恩。"

"这件事应该给我哥哥说知，免得他到处请人兴师问罪，其他人要一概瞒过。"句容说。

"我还是把他请来，你亲自对他说方好。"雷兽于是推开石门，冲出水面。

雷兽走后，奇相想和句容见上一面，但费尽力气也打不开石门。她只好摸出一粒胶丸，放在口中嚼一嚼，粘在石洞外壁上。那胶丸是由一种树胶制成，经主人嚼过后，不管它被带到哪里，主人总能找到它所黏结的所在。

当奇相浮出水面时，正赶上蚩尤坠水，葬身蚌腹。雷兽看到对手被巨蚌生擒活捉，幸灾乐祸，喊道："蚌兄，把这小子关牢点儿，等我补好鳞甲，养好精神，再放他出来。我不相信斗不过一个乳臭未干的毛头小子！"

奇相紧追着巨蚌沉入水底。水底世界，光怪陆离，奇石异草，目不暇接。那蚌一动也不动地平躺着，俨然一块卧石。奇相用赭鞭抵住蚌壳，默念水族密语，两壳便慢慢开启。这时，四周的水呼啦啦后退三步开外，腾出一个半球形空间。奇相把蚩尤从蚌壳中拉出来，只见他双目紧闭，口里说着："你让我想得好苦哇！"便紧紧地抱住她。

奇相生就的侠肝义胆，以助人为乐，又深受师傅风伯的熏陶，对男女情事启蒙较迟。但正如一位哲人说的那样，哪个妙龄女郎不怀春？哪个热血男儿不钟情？姑娘长大了，她也在时刻留意着一个个擦肩而过的小伙子。她跟踪蚩尤以来，深深为他的个人魅力所折服。他有情有义、有胆有识而又野味十足、天真率直，磁石般吸引着周围的人。她不知道如何去接触他，亲近他，向他表示自己的爱慕，只有拿着赭鞭不放，不即不离地追寻着他。因为奇相十分清楚，只要赭鞭一到蚩尤手里，他就会不顾一切地去寻找女娃，那时自己就更没有机会接近他了。没有想到在这个与世隔绝的水底世界，上天作合，竟让她幸福地倒在梦中情人怀里。奇相宁肯相信蚩尤刚才那句话是对自己说的，尽情地享受着他火山爆发般的激情。她欣慰地想，我也总算兑现了师傅的嘱咐，对得起自己的青春了。

蚩尤累了，趴在她的耳边喃喃地说："女娃，这一次不会又是在做梦吧？"

奇相浑身颤抖了一下。这信号明确地提示，她的确是代人受爱了，于是冷静而又温和地说："我已经醒过来了，你好像还在梦中呢！"

蚩尤听着声音似乎有点儿不对头，这时恰好眼前忽然亮堂起来，他睁眼一瞧，才发现和自己缠绵半天的女子，原来不是日夜思念的女娃！蚩尤吃了一惊，急忙跳起来说："你不是女娃！你是谁？""我也是你要找的人。""一闪霞？"奇相没有回答，只是双目微闭，安静地躺在水草上。

蚩尤开始仔细打量这位神秘的女人。她虽然盗去赭鞭，却好像并没有什么恶意，关键时刻还为自己通风报信、扬名立威。也是因为这个一闪霞的缘故，给他带来不少奇遇，结识了一帮生死弟兄。今天，又是她救了自己的命……想到这里，蚩尤肃然起敬，弯腰拉起奇相，面带愧疚地说："刚才太过唐突了，实在对不起。我把您误认作我的情人女娃，没想到原来是救命恩人，还请您原谅小弟的莽撞。"

奇相盯住蚩尤的眼睛，抑郁地说："我听从天意的摆布。你是否觉得，我的身体亵渎了你的感情？"说着，泪珠险些就要滚下来。

大红斗篷紧贴在纤细而又丰腴的身段上，水汪汪的大眼睛写满幽怨，似在诉说什么。蚩尤只感到一股热血涌起，情不自禁地扑上去。奇相推他一把，抽身闪开。蚩尤怔怔地钉在那里，后悔自己自作多情、太过冲动了。

"你傻愣着做什么？"蚩尤如梦方醒，感觉有人敲自己的肩膀，一回头，只见奇相举起两颗珠子，一黑一白，有鸡子大小，笑吟吟地说，"你因祸得福，这只巨蚌给你送宝贝来了。黑色的是避水珠，咱们立在水底，周围却不见水，便见它的功力了；白色的是夜明珠，刚刚开始发光，我要是动作再迟缓一点儿，就拿不到手了。"只见巨蚌已经合拢双壳，飞也似的游走了。

蚩尤面现惊喜。不过他的目光没有为双珠所吸引，而是扫向奇相的背后，那里绰约露出半截骨笛。蚩尤没有认错，它的确是神农赭鞭变来的那一支。

奇相灿烂的笑容退去了，语气平和地说："我知道，宝珠再多再好也代替不了你这支笛子，只是眼下在水中，你离不开这两颗珠子。再说，我还要借这支笛子一用，你不会不同意吧？"

蚩尤点点头说："姐姐为我已经费尽了心，您的要求还有什么不能答应呢？"

"姐姐再好也代替不了妹妹。你听着，姐姐只有一个要求，当你落难的时候，只要能够想到我，托南来北往的风捎个信给我，就是对得住今天咱俩的相遇了。"奇相缓缓地说。

蚩尤听话音像是要告别的意思，忽然感到有些失落。他正要再说什么，只听雷兽喊叫着向这里找来："蚌兄，快把那个娃娃放出来，我要和他斗上三百回合，让大家看看是他厉害还是我厉害！"奇相小声对蚩尤说："它只是想讨个封号，不要害它性命。"

雷兽手提两块硕大的黑色鹅卵石，那石坚硬无比。亿万年前，庐山发生山崩，有两块黑金矿石滚入彭蠡泽，被冲刷成两块一模一样的鹅卵石，被雷兽取来做了兵器，目前尚无任何兵刃能够伤它分毫。雷兽把黑金石舞得风雨不透，像杂耍一般，尽管蚩尤的刀、剑、戟、矛密密麻麻地飞来，也都被拒之门外，只听得一片叮叮当当的兵器撞击声。雷兽见对方的兵器伤不到自己，胆气愈壮，折着跟头向蚩尤逼来，要和他短兵相接。因为有了避水珠和夜明珠，蚩尤在水中如在陆地上一般，行动十分敏捷。雷兽攻近，蚩尤便后退，始终与它不即不离，一刻不停地发动密集攻击，让对手不得丝毫喘息机会。

蚩尤和雷兽，一个智取，一个力斗；一个操纵神兵变幻莫测，一个金石护身以不变应万变，只杀得倒海翻江，把震泽搅成一锅沸汤。斗了三天三夜，雷兽渐觉两臂发酸，双锤越来越重，而对方兵器来势不减，依然源源不绝。这时，它才知道中了这娃娃的疲敌待劳之计。于是，雷兽一跃冲出水面，跳在空中，高声叫唤："娃娃！我们只顾蛮斗，搅得我的水国臣民寝食不安。上面天高云淡，好个大战场，咱俩谁先被打下水，谁就认输，你敢与我比试吗？"蚩尤年少气盛，哪肯说"不"？随口答应："好！一言为定！"声到人到。两般兵器相交，直杀得日色昏昏，山岳震荡，好不激烈！

不到两个时辰，蚩尤渐感脚步艰涩，身体发重，说声"不好！"便缓缓下沉。雷兽把鹅卵石抱在胸前，哈哈大笑，说："娃娃，我也不追你打你，只要眼看着你一着水，胜利可就属于……"它这个"我"字还没有说出口，便感到大事不妙，只觉得头重脚轻，像块石头一样栽下水去。即使在这个时候，雷兽也没有忘记朝对方瞄上一眼。公平地说，自己和娃娃是同时着水。空中一战，不分胜负。

读者会问，对雷兽来说，腾云驾雾本是家常便饭，怎会在关键时刻突然来了个倒栽葱呢？原来那黑金石异常沉重，在水中，因为有了浮力，雷兽舞弄着还算得心应手；带到空中，要起来就颇费力气。久战之后，雷兽已觉筋疲力尽，刚才哈哈一笑，剩下的最后一口气也消耗殆尽，怎禁得起重石拖坠？

落水后，雷兽无力再战，但也不甘心束手就缚。它丢掉黑金石，轻装逃跑，希望凭借自己的御水功夫，把蚩尤拖垮。水中蛟龙，果然非同寻常！但要躲开蚩尤的兵器，还是越来越感到吃力，身上已有多枚鳞片被击落。

震泽的西面有一座大山，叫黟山，宏伟壮丽，藏龙卧虎。翻过黟山，就是名闻遐迩的彭蠡泽。彭蠡也是雷兽时常出没的地方，那里水域辽阔，水下山高谷深，地形复杂。雷兽想去那里避一避蚩尤的追杀，疗伤养神，然后请几位朋友帮忙报仇。主意一定，便蹿到岸边，荡起泥沙，把水搅浑，一跃跳出水面。这时，只听弓弦响处，箭矢如雨，袭向遍体鳞伤的雷兽，专拣缺鳞少甲处扎来。几乎就在同时，十八只战禽和句芒如神兵天降，蜂拥而至。雷兽跌落尘埃，它再也没有气力做最后的一吼了，双目一闭，说："吾命休矣！"

原来，少昊鸷等人被雷兽的吼声震昏，三天后便一个个苏醒过来，但见泽水激荡，杀气滚滚，便在岸上调兵遣将，严阵以待，打了个漂亮的伏击战。眼看雷兽就要丧身雨矢神枪之下，忽听一声娇呼："枪下留情！"说时迟，那时快，一团黑影应声扑到，一张盾牌遮在雷兽面前，少昊鸷的雨矢和句芒的投枪在盾牌上刺出点点火花，无功而返。

呼叫的是奇相和句容。奇相用笛声招来穿山甲，把关闭句容的石室挖开个大洞，救她出来。那抛出盾牌的自然是蚩尤，他对雷兽已有惺惺相惜之意，此时便出手相救。雷兽闭目待毙。一阵叮叮当当过后，忽然万籁无声。它睁开眼，发现自己仍然活着，人们手握兵刃围了一周。雷兽平静地说："娃娃，你赢了。我老雷修业数千个春秋，企望成神，没想到性命难保。此生也没什么活头了，由你发落吧。"说罢，又双目紧闭。

奇相把骨笛递给蚩尤，悄声说："你是炎帝使者，可代天行事。"蚩尤会意，把骨笛晃一晃，变作赭鞭，高擎过头，一字一句朗声唱道："震泽雷神听封：神农炎帝封你为南国雨师，务必使天下风调雨顺，不得恣意逞强，有失职责！"

众人莫名其妙，不知蚩尤在搞什么把戏。雷兽见他救了自己，还以雷神相称，已有感激之情，只是怀疑这个娃娃的封官许愿，是否会得到天神们的承认。它疑疑惑惑地刚想表示一下谢意，忽觉浑身燥痒，用爪一挠，鳞片哗哗地往下掉。转眼间，那条龙身人首的怪物不见了，卧在地上的是一位膀宽腰圆、头大腿壮的大汉，连蚩尤也吃了一惊，没想到竟会出现如此神奇效果。

雷神一跃而起，双手抱拳，单膝点地，拜在蚩尤脚下，说："您就是上天之子。今后有用我老雷之处，就是粉身碎骨，也在所不辞！"

蚩尤急忙跪下，双手握住雷神的拳说："炎帝是天子，我是他的臣子，咱俩是兄弟。"少昊鸷、句芒、阿殳一齐跪下，说："我们都是好兄弟！"十只手紧紧握在一起。因雷神起自震泽，名为雷震。

吴权和句容望着他们笑。谁也没有注意到，此时一闪霞奇相已不知去向。

争鼎之战

句龙的原配夫人叫女戚，是寒荒国女子，巫咸的女弟子。当年女戚云游到共工国，与句龙一见钟情，结为连理。女戚爱好巫学，喜欢独居静处，对句龙的藏娇纳妾，概不干涉。女戚生了个男孩，句龙给他取名康回。康回本是共工氏祖上一位英雄，天神下凡，称霸一方，在与女娲的一场激战中被杀，灵魂归天。女戚告诉句龙，他们的头生儿子就是康回转世。句龙于是给他取名康回，希望他像先祖一样，干出一番惊天动地的事业来，振兴共工氏。后来康回果然不负句龙所望，在与颛顼争夺天下失败后，一头撞倒不周之山，留下千古英名。[1]这是后话。

却说康回出生这天，雷雨交加，山崩地裂，江河横溢，而他本人则彻夜长号，大哭不止。句龙好不烦恼，于是传出话去，若能医得康回不哭，可赏十头肥牛。看在这十头牛的份上，医家纷至沓来，各出奇招，但康回照哭不误。神农俞罔如果不企图南就祝融，句龙本来不愿打扰他，乐见他隐于民间，好让自己借炎帝之名攻伐天下。这时，也不得不派人四处寻访，把炎帝俞罔从发鸠山上找来。俞罔看后说："这孩子好像有天大的心事，须得使他忘掉，才得安生。"于是开出一方，对句龙说："距这里不远有一座山叫带山，翻过带山，沿彭水西行有一池清澈见底的水，叫芘湖。芘湖多产鯈鱼，形状像鸡，叫声像喜鹊，三尾六足，四只眼睛，吃了它可以忘掉忧愁。"句龙派人网来鯈鱼，做给康回吃。康回吃鱼时高高兴兴，大家都舒了一口气，盛赞炎帝医术高明。谁知康回吃完鱼，抹抹嘴，又两眼流泪，咧开嘴哭起来。康回三天吃了七条鱼，该吃就吃，该哭就哭，两不耽误。俞罔又试了几味草药，也不见效，只好告辞归山。

一天深夜，有位不速之客携风带雨来到共工丘。它羊身人面，自称是首阳山山神，告诉句龙："贵公子是天怒星下凡，在天上时，白虎星抢吃了他的一粒仙丹，两人坐下冤仇；白虎星下凡后，他也要下凡追到人间继续与白虎星作对，天帝没有批准。天怒星于是发动首阳山等三十六家山神，联名请愿，才得到天帝同意。这一带的山神待遇微薄，祭祀时人们只用些米和埋一块玉石，就把我们打发了，而其他地方都是要动用牺牲的。天怒星曾说过，他下凡后，要用整头炖熟的嫩牛犒赏这些贫寒的山神们，大家也期待着这一天尽快到

---

[1]《淮南子·天文训》："昔者，共工与颛顼争为帝，怒而触不周之山，天柱折，地维绝。天倾西北，故日月星辰移焉；地不满东南，故水潦尘埃归焉。"

来。"说完，飞空而去。

句龙召集群臣议事，说："康回一生下来就急着兑现承诺，且生有异兆，长大后定有非凡事业，是共工氏的未来希望，我们要支持他。嫩牛尽有，只是没有足够大的陶釜把整头牛炖熟，诸君有何办法？"大行伯[1]说："听说九淖国铸成一只赤金大鼎，可盛得下一头肥猪，是不是去借用一下，只是不好运输。"他手执长戈，巡行太行九土，经常遇到顺漳河运送黑石的九淖船只，消息灵通。术器说："我们这里到九淖水路畅通，用竹筏运来甚是容易。但两国刚打过仗，尚未修好，只怕他们不肯借给。"大行伯说："九淖采黑石的景山，位于两国接壤，我可以随时切断其通路，不怕它不借给。"

句龙派大行伯出使九淖。淖子没有提及共工氏入侵的事，只是说，那只鼎是专门给天神煮猪用的，如果拿去炖牛，怕天神嫌弃不洁，有失虔诚。大行伯提请九淖国注意，共工国近期要整治水土，漳河水路暂停通航。淖子淡淡一笑说："我们在临近少昊国的竹山发现黑石矿藏，使用效果强似景山黑石，眼下就不劳贵国操心了，等以后再协商合作事宜吧！"

淖子不卑不亢，大行伯碰了个软钉子，无功而返。他又提议武力抢鼎，并愿执戈为前驱。术器说："蚩尤和少昊鸷的兵器威力非常，神惊鬼怕，最近又听说在训练武士，组建战斗团队，怕胜之不易。"大行伯忽然想起了什么，说："我到九淖时，正赶上淖子送蚩尤和少昊鸷到南方去，听说是应太昊国句芒的邀请，去剿灭震泽水妖。"

句龙立即站起来发布命令："各部召集人马，明晨破晓随我出发。术器带领本部由水路行进。这次前往九淖，不得抢掠女子和粮食、牲畜，不得毁坏宗族庙堂，违者鞭挞九九。"

各部族首领莫名其妙。不让抢财物，不许掠女子，又不许灭掉敌人的宗庙，不知跟他去干什么？但谁也不敢问。

[1]《山海经·海内北经》："有人曰大行伯，把戈。"

等人们走后，术器问句龙："大哥是不是又在打淖子的主意？"

"什么事也瞒不过你这个精细鬼。怎么，你觉得有什么不妥吗？"句龙笑答。

术器情绪激动，说："岂止是不妥，简直是荒唐！驱动全国的青壮劳力，去为你抢一个女人，你不认为太过分了吗？"

句龙收起笑容，说："我本来不想过早地透露自己的打算，今天不得不向你剖露心胸了。我经常想，共工氏常以治理水害为己任，到底干了些什么呢？虽经数代不停地挖山填壑、修堤筑坝，不过开辟出九土弹丸之地，且是七分水域、三分田土。我们的上游，大河奔腾于崇山峻岭之间，犹如天上河汉；我们的下游，一马平川，地势低洼。每遇山洪暴发，大水冲破九土堤防，一泻千里，下游尽成泽国。共工氏不但自己的家园屡建屡毁，不得安宁，还一直被认为故意振滔洪水，为害东邻，并因此留下骂名。经过反复勘察，我得出结论，若要根除水患，必须上游与下游统筹规划，堵疏结合，各族同心协力才能奏效。而如今，万国林立，壁垒重重，炎帝政令无力，不足以约束各邦，我共工氏虽有治水之法，也无能为力。"句龙顿一顿，又声音缓慢地、梦呓般地说："我与朱明争夺炎帝摄政权，又用联姻的方式控制其他族落，都是为了营造大一统的局面，治理水害，建立共工氏的千秋功业。兄弟，你明白吗？"

句龙一番话，令术器茅塞顿开。他说："大哥，我错怪你了。我还以为你一味争强好胜，贪恋女色，忘记了共工氏的使命呢！"

句龙嘻嘻一笑说："窈窕淑女，君子好逑，我劝你也多找几个相好，难道共工氏还怕子孙繁多吗？"又若有所思地说："淖子和他的儿子颛顼，深受九淖和东夷诸族的爱戴。把淖子抢来，她若能嫁过来更好，不然，也要把颛顼留在共工国作为人质，挟制九淖。"

淖子的那头神象乃众象之王，它与散布在九淖乃至邻国的象群保持着往来，有时还会用踏地传音的方法交流信息。蚩尤虽然不懂象语，但非常熟悉野兽的习性。他发现了神象的秘密，并告诉西岳加以训练、利用。一天夜晚，象王忽然惊叫起来，两只大耳朵不停地扇动，还不时跪倒，将耳朵触地谛听。淖子判断，可能是共工国借鼎不成，发兵来抢。她立即传令，调石敢当前去护鼎，命西岳发出信号，紧急召集猎手赶赴祭坛。西岳在大象头上连拍几下，大象便疯狂地跳起踢踏舞，并不时大声吼叫。神象踏地传音，大地为之颤抖，林木落叶簌簌。不到两个时辰，近处的野外大象就赶来护驾。接着，由近及远，大象从四面八方跋涉而来，奔赴王命。各氏族的猎手已训练有素，见大象都朝象王所在的方向奔跑，便知淖子有难，于是在首领的带领下，迅速向王城集结。

经过上次句龙的偷袭，九淖国已懂得采取防御措施。新王城背山面河，左右两边挖有壕堑和土垒。西岳已在土垒后面布下弓弩手，他指挥赶来救驾的小分队去祭坛保护金鼎，而大象们则不听他的驱使，在壕堑以外一个挨一个列成横队。这些大象都是强壮的公象，白牙森森，严阵以待，大有誓死保卫象王的气概。

最后一批大象赶来了，它们一个个大汗淋漓，气喘吁吁，跳进河里吸了一肚子水，也加入战斗队列。这时，只见西边天空尘埃蔽日，大队人马铺天盖地拥来。冲在前面的依然是犀牛阵，驭手们骑在牛背上，一手执盾，一手提鞭，齐声呐喊："淖子淖子，快嫁我王，如若不从，举国遭殃！"淖子没有料到句龙又来抢她，把兵力大都部署到了金鼎处，这里的卫队比起共工的大队人马来显得有点儿太单薄了。但她丝毫没有恐慌，搂着颛顼，威严地坐在大象上。

犀牛是近视眼，当冲到象阵跟前时，才发现险些撞在大象的巨齿獠牙上。它们突然钉在地上，把驭手闪了个大跟头，抛向象阵。大象用鼻子卷起驭手，甩在身后的壕沟里。犀牛惊魂未定，只见大象伸出长长的鼻子，在犀牛鼻子上闻一闻，似乎说："咱们前世无冤，后世无仇，你惹我干吗？"

犀牛和大象僵持着，任凭后面的战士呼号抽打，也不肯前进一步。句龙一声令下，一队勇士涌出。他们个个身手矫健，一手执盾，一手举剑，脚踩犀牛背直捣象阵。大象们勃然大怒，同时伸出长鼻子，把一肚子水使劲射出去。冲锋队员立脚不住，滑倒在地，个个变成落汤鸡。大象们一口气还没有喘过来，第二梯队又冲上来，战士手中的武器换成了板斧，专门来削象鼻子。大象肚子里再也挤不出水，只好翘起象牙迎敌。这时，西岳一声令下，百矢齐放，来敌应声倒地。句龙大吃一惊，他不知道什么箭能轻易穿透牛皮盾，伤及人身。原来九淖猎手用的是少昊般发明的弩弓，发射力是普通硬弓的数倍；而箭矢是用赤金铸成，坚硬而尖利，首次用于战场，便建奇功。

　　句龙要看个明白，他大吼一声，舞动祖传方便铲，纵身一跃，就要跨过犀牛和大象的对峙区。西岳反应极快，应声弹起，只听"当啷"一声巨响，大象和犀牛都惊趴在地。原来西岳手中的武器是一根又粗又长的赤金棍，那棍硬生生地撞在方便铲上。一撞之后，西岳稳稳落在大象背上。句龙脚踩犀牛，见这位不速之客肩宽腰圆，腿粗臂长，目光如炬，闪烁着睿智的火花。更让句龙震惊的，是他手中那条金光闪闪的赤金棍。据他所知，自方便铲出世以来，还没有哪件兵器敢和它硬碰硬，再坚硬的石兵、玉兵，也会撞个粉身碎骨。近来见鬼了，先是轩辕的天鼋剑，虽未亲试，已眼见它的厉害；接着是蚩尤那变化无常的天弩，方便铲自是不如。与蚩尤一战，自己不是败在功夫上，而是败在兵器上。眼前这件赤金棍见所未见，难道又是天降神品？

　　句龙口中念念有词，手里的方便铲又加粗加重了几分，他存心要试一试赤金棍的威力。只见他大喝一声，双手抡圆方便铲，泰山压顶般地砸向西岳。西岳不敢大意，也没有躲闪，他早已跳下象背，呈马步站在当地，双手举棍过顶。那神气，好像也要考验一下这件新兵器，这是他请昆吾伯特意打造的。一个向上挺起，一个狠狠砸下；一个是新式武器，一个是传世神兵。响声震耳欲聋。句龙两臂发酸，唏嘘不已。再看西岳，双腿没入地下半尺，像栽了根木桩；赤金大棍变成弯弓状的曲棍。

西岳从容地把脚拔出来，重新站稳马步，赤金棍凸弧朝上横担头顶，说："共工神铲，名不虚传。再劳驾您敲一下，把这根棍子弄直溜。"句龙心里有了底：这根棍子非石非玉，非同寻常，但也不是什么神器宝物，比起自己的方便铲，还差着成色。他不慌不忙，把方便铲往地上一插，右手一挥，说："上！"

共工国勇士呼声震天，前仆后继，冒矢强进。九淖卫士人少力单，弩矢安装又颇费手脚，防线很快被突破。西岳只好撇下句龙，抡着弧形金棍去救险。他往来冲突，把手中长棍舞成一堵墙，触者非死即伤，众敌无法逾越；同时，他也无法脱身。

句龙呵呵大笑，向淖子招招手，高声叫道："淖子姑娘，句龙为你夜不能寐，辗转反侧，只好跑来接你啦！你坐着象王、抱着儿子随我走吧，难道还要我来背你吗？"一边说，一边迈开大步往前走。这时忽然传来一声怒吼："小子无礼，你爷爷石敢当来也！"话音未落，一个黑影迎面撞来。

句龙一听"石敢当"三个字，心想，你的泰山石阻挡别人可以，怎挡得住我这劈山碎岩的方便铲？便抡铲奋力一击，顿时霹雳炸响，火花四射。方便铲被弹了回来，两人各后退三步站定，互相打量对方。石敢当换了新兵器，是两件单足实心赤金鼎。因为他总是把烧饭用的鼎拿来耍弄，于是昆吾伯特意给他铸了两件应手的兵器，取名方鼎锤。句龙暗暗打量，他手中的每个锤都比一头黄牛还要重，方便铲也无奈它何，又是一件奇异兵器，看来这道关很难通过。

正在这时，只听远处喊声震天，似有援军驰来。句龙心中一惊，立即拱手说道："既然碰上了泰山石敢当，我就改日再来吧。淖子姑娘，你要多多保重，句龙去也！"说罢，大铲一挥，后队变前队，前队变后队，自己亲自断后，大军徐徐后撤。西岳抢步追赶，被淖子喝住，说："让他去吧！"她大概吸取了上次的教训，怕再惹来一场水灾。

首阳山祭天

九渎各氏族的猎手来到祭坛保护金鼎，发现并没有敌人出现，却听到王城阳丘方向杀声不断。石敢当首先飞奔前去救援，众人群龙无首，也一窝蜂地拥去勤王。术器因准备木筏出发较迟，当赶到九渎祭坛时，这里已空无一人。他让从人在周围警戒，自己把金鼎顶在头上，搬到木筏上。当石敢当回来后发觉金鼎不翼而飞时，已追赶不及。

句龙上次兴兵下九渎，碰上个手持神奇兵器、智勇超群的蚩尤，损兵折将，无功而返。这一次本应十拿九稳，没想到九渎冒出一批使用坚兵利器的猛将悍卒，结果又功亏一篑。他耿耿于怀，但从此不敢再小觑东夷。好在术器取来了金鼎，心中稍觉安慰。术器要把金鼎搬上共山，那里设有共工氏的祭坛，句龙却叫他送上了首阳山。首阳山是神农氏培育九穗神禾、被拥戴为炎帝的地方。这里出产的粟粒大且均匀，是用于制订长度、衡器和音律的基准。从事农耕的各部落，都把首阳山视为圣山，只是后来炎帝南迁，首阳山渐遇冷落，反而不及共工、夸父等部落的圣山香火旺盛。今年，句龙决定要在首阳山搞一次盛大活动，祭天帝，祭山川神灵，祭族神火凤凰，其规格要超过华山和榆山的祭祀盛典。华山是众山的宗主，祭祀它，要用猪牛羊三牲齐备的太牢；榆山是神灵显应的地方，祭祀它，主祭人要斋戒一百天，要用一百只毛色纯净的牲畜，一百樽酒和瑜、圭、璧各一百块。另外，还要准备一百支烛。句龙传喻天下，炎帝俞罔要在首阳山亲自主持祭祀大典。

一应物事都好准备，只是火凤凰的专用御膳没有着落。炎帝都城南迁后，每年都要祭祀族神火凤凰。据说，火凤凰就是把九穗禾带给人间的神鸟。有一年，火凤凰真的飞来了，满坡的祭品什么都没动，只叼走了积石山贡来的新鲜琅玕。生长琅玕的琼枝树，天下独一无二，一千年才结一次果，弥足珍贵。于是神农炎帝废除用猪牛羊三牲和其他物品作为祭品的传统，钦定琅玕为火凤凰的专用祭品，并选派三头离珠去做守护神，规定只有炎帝或摄政王派去的使者，才能每年取回数十枚。句龙想派兵强取，但人少了不是离珠的对手，人多了又怕山高路险，劳民伤财，正在踌躇不定。大行伯进言："前些年，炎帝在祭祀完族神之后，都把用过的祭品琅玕分送给各部族，我们也曾得到过。估计今年取琅玕的使者已到积石山，我们派人迎上去，向他预支一枚新鲜琅玕用于祭祀火凤凰，应该得到理解。"

句龙开怀大笑："大行伯，你总能想出好主意。不过，还是连琅玕带人一块儿请来为好，就说炎帝俞罔有话要问。"

"他们不来怎么办？"

"你多带些人，备几匹好马，抬也要把他们抬来，不要少了一位。"

大行伯又说："我们把人和琅玕都取来，不耽误炎帝例常的祭祀典礼吗？"

"这是最合理的结果。近几年，神农炎帝不再出席祭祀大典，都是祝融氏之子朱明假炎帝之名登坛主祭。这样下去，人们还以为炎帝之位已归属祝融氏了呢！在今年的祭典上，我要让天下知道，那位总喜欢登台亮相的朱明，并不是当今炎帝。就是俞罔要禅让，也轮不到他。"句龙缓缓地说。

吴权利用阿殳和句容的婚礼大做文章，庆祝活动足足搞了一个月。他在环境幽雅的震泽水畔建了一座新城，叫作吴城，房舍是一色的木质吊脚楼，为前来参加婚庆活动的情男痴女们提供爱巢。他希望这对对情侣在这里定居下来，跟着他建立一个新型方国。拗不过吴权和阿叟的一再挽留，蚩尤一行一直滞留到活动结束。促使蚩尤留下来还有一个原因：他已经感到了奇相对他的爱，他也深深地爱上了她。毕竟，蚩尤是有生以来第一次从奇相身上感受到交媾的欢愉。他觉得自己还没有机会向她表达自己的感情。奇相的不辞而别，令蚩尤心神不宁，若有所失。这期间，雷神陪他在大江两岸查访，也没有发现奇相的踪影，只是听人说，有一位红衣女子，劈波斩浪，向上游游去了。蚩尤正打算溯江而上，与奇相见上一面，就在这时，鹤敌突然找来了。

见到这位故人，蚩尤很是高兴。他把鹤敌捧在胸前，听他讲述来自北方的惊人消息，这时，众人也好奇地围拢来。"我一直在寻找你的下落。当一路打听到九淖时，正赶上打仗，金鼎被共工氏抢走。我又赶到共工国……"鹤敌把在共工国发生的事情，甚至句龙和臣下的对话都说得一清二楚。蚩尤发现了这个微型人的侦探天才，而这时，少昊鸷早已怒不可遏，他吹起尖利的口哨，战鹰一只接一只俯冲下来，一字排开，待命起飞。

蚩尤向吴权告别。句芒、雷震与阿叟都要同去。蚩尤说，阿叟新婚，吴城草创，他们父子俩还是留下的好，并交代阿叟在这一带注意打听奇相的消息。这时，只听鹤敌说了一句"我再去打探金鼎的情况"，往草丛中一滚，就消失了。

句芒邀蚩尤登上自己的双龙，左有少昊鸷的鹰群，右有雷震的云团，连夜呼啸着向北飞去。黎明时分，忽见前方火光冲天，烟尘弥漫，迷住航路。鸟瞰地面，只见一条火龙，首尾相接，将一大片红房子包围，有几幢房舍也燃起了大火。

众人大惊。雷震说："哪家都城失火，我去帮他救火。"话音未落，已挺上高空；搭眼一望，发现远处有一大片湖泊群，原来就是他的行宫破斧塘。好雷震，晃一晃，恢复人首龙身的本来面目，朝破斧塘长吸一口气，乌云滚滚流入他那圆凸凸的肚腹；转身一呼，团团黑云夹着雷电扑向火海。

烟消云散。太阳刚刚爬上山坡，露出笑嘻嘻的脸。雷震回归队伍，说："没事了，走吧！我老雷前面开路。"他第一次向新朋友展示了呼风唤雨的神通，颇为得意。句芒说："雷兄，你的脾气好急呀。我一句话还没喊出口，太昊国十里城墙就被你攻破啦。"这时句芒驾着飞龙正在低空盘旋，蚩尤忙问是怎么回事。句芒说："你看下面那一片片红房子，便是太昊国的都城宛丘；周围那一道还在冒烟的断壁残垣，是修建多时的城墙，在大功即将告成时，被雷兄一口气报销了。"雷震说："明明是大火烧毁的，怎么说是我破坏的？"

句芒苦笑一下，说："都怪我没有来得及给你交代明白。当年伏羲制弓结网，教民众渔猎为食，逐渐由西而东、向禽兽水产丰盛处迁徙。开始住窑洞里，后来又学会了搭建半地下茅屋；到了江河下游，就就地取材，编制荆条、涂以泥巴用来遮蔽风雨。大概是从失火中得出的经验，人们发现用火烧过的泥巴房更加坚固耐用。因此，'搭起房子放火烧'就成了这里的一大怪。下面那些红彤彤的小屋，就是火烧房。"他又接着说："这些年，诸侯相互攻伐，为维护国中安全，长老院决定修建了这道火烧墙，这不，被你的一阵倾盆大雨给冲垮了。这也不好责怪你，我相信是天意，看来还得夯土筑墙。"句芒说完，把龙头一拨，向北方飞去。

雷震深感内疚，默默地跟在两龙后面。他想，先前抢了太昊的公主，这又毁了人家的城墙，我真成了恶人了。于是真诚地说："句芒兄弟，我对不住太昊父老。今后我会用生命来保卫太昊国。"

九淖的气氛十分紧张。宿沙、黎奔等都带着猎手赶来，西岳也在抓紧操练士卒。昆吾伯停止铸鼎，开动所有的炉子铸造兵器，给每个氏族小分队都配备了几件金属武器。东夷联军士气高昂，同仇敌忾。蚩尤一行的到来，使人们的请战呼声达到高潮。少昊鸷急不可待，招呼上少昊武士要去打头阵；西岳岂甘落后，立即调兵遣将，只等一声令下，就会奔赴敌国，夺回宝鼎。这时，句龙派来使者，说炎帝俞罔要在首阳山祭天，请淖子和东夷各路诸侯参加祭祀大典。

西岳和少昊鸷认为句龙是在侮辱东夷，主张杀掉来使祭军，马上出兵共工。淖子问蚩尤，蚩尤说："我是神农俞罔亲封的工正大臣，又赠以赭鞭，许配少女女娃，如今他要祭天，理应前去护驾；此时发兵夺鼎，蚩尤不便同去。"宿沙也说："昔日我的祖上背叛自己的国君投奔神农炎帝，是仰慕炎帝的德行功业；如今，我宿沙也不好去阻碍他的后人祭祖祭天。"

淖子说："前几天，从鹤敌口中已得知炎帝祭天的消息。我和伯夷父、昆吾伯认真讨论了这件事。鼎是熟食之器，民以食为天；九淖金鼎，乃天赐之物，即供天下人民吃饭用的神器，并非一族一地所私有。谁能让天下黎民吃上饭，谁才有信誉用金鼎祭天，祈求上苍降福百姓。当初伏羲氏教民众网鱼射猎为食，为天下共王一十五代。后来人口渐多而禽兽减少，渔猎不丰，食物短缺，多亏神农氏推行农耕，广植五谷，人们才有了新的充饥之物。如今东夷大多数部族虽非姜姓后裔，但都受惠于神农氏的农耕和医术。神农炎帝乃天下共主，由他用金鼎祭天，应是上顺天意，下合人心。"淖子见大家频频点头，便与蚩尤合计，派伯夷父、宿沙、黎奔和雷震跟随蚩尤前去参加祭天大典，少昊鸷、西岳领兵在西线游弋，由蚩尤指挥进退，句芒往来联络，石敢当留下保护王城和铸金重地。

首阳山坐北面南，状若羊头；左右两脉突起，分别向前方延伸，恰似一对羊犄角。在两脉相交的山岔上，有一方形祭坛，祭坛中央竖一牛角形图腾柱，四周摆列五谷菜蔬。金鼎置于祭坛前方，热气滚滚，烟火直薄云汉。各氏族听说神农炎帝要亲自祭天，到处响起鼓声，人们奔走相告，赶着猪羊，担着粟稷美酒，从四面八方赶来。从山脚到山梁，烛光映照夜空，篝火星罗棋布。人们爆粟粒、烤猪羊，把煮过的酒倒在土坑里，用手掬着痛饮。酒足饭饱后，就用草锤敲地，围着篝火通宵狂舞。

祭天在冬至这天举行，这时太阳最低，日影最长，天与地最为接近。人们把带来的美玉和三牲毛首埋在地下，跪地静坐，等候主祭人炎帝俞罔的出现。图腾柱日影移到正北方向，时至正午，从山南脚下涌出一队武士，列队两厢，从山脚一直排到祭坛，个个挎弓背箭，持矛肃立。接着，一群人身绘五彩图形、头戴六畜面具，手舞足蹈，呼喝而来。舞蹈队伍之后，一人身形伟岸，头戴平顶冠，身披黑色大氅，目射精光，气度威严，大步登上祭坛。他的后面紧跟着九位夫人并携一婴儿，大行伯和术器一左一右随行护驾。

此君不是当今炎帝俞罔，而是共工氏句龙。他估计俞罔不会出席大会，便事先做好了斋戒和一切主祭准备。会前，左右向他报告说，俞罔已不知去向，于是乎，句龙就决定代行祭天。大多数人并不认识句龙，也不知炎帝是何等模样，见句龙登上祭坛，还以为他就是炎帝，四面八方，欢声鹊起，此起彼落。句龙居高临下，向人们挥手致意，大有君临天下的感觉。

"皇天在上，祖神有灵，各方神祇听禀：共工氏不才之子句龙，诚惶诚恐，代炎帝首阳沸鼎，敬献五谷三牲……"

"呔！住口！"句龙正在背他的祭文，忽听山后传来炸雷般的怒喝，他回头一看，只见一道怒气直冲云天，恰似一团疾风，呼啦啦卷上山来。术器快若闪电，抡起一对石夯撞上，响声震天，首阳山头也抖了三抖。怒气消散，句龙见下面有一少年，头大身矬，和术器一般模样，左手盾牌等身，右手板斧如轮，头发直立，目眦尽裂，呜呀呀大叫，与术器绕着山头滚作一团。

共工失九土

事发突然。人们惊呆了,连句龙也一时手足无措。这时,西山坡上传来一声喝彩:"好样的!"句龙循声望去,只见一人凸唇猿臂,高约常人两倍,耳朵上挂着两条黄蛇,手里还拿着两条。他的身后站着一队身高臂长的武士,每人抱着一块牛头大的石块,虎视眈眈。句龙认识,这位大个子好汉是夸父氏之子夸父,他的爷爷老夸父,是炎帝的司天官,终年在夸父山上观察天象,测定四时节令,指导春种秋收,被视为神人,在诸部族中有很高的威望。

从夸父的态度上,句龙感到自己还难以服众。这位少年不速之客能和术器打成平手,也是个非常之人,眼下采取强硬手段绝非上策。好句龙,举起开山方便铲迎风一晃,那铲变得又粗又长,句龙运动神力将术器和对手架开,把盾牌压住。那少年"咣当"一斧子砍在方便铲上,顿时火花四射,铲上只留下一道白痕。

这位少年是刑天。他已经好长时间找不到炎帝爷爷了,听说炎帝祭天,兴冲冲地跑来,没想到登上祭坛的却是个讨厌的家伙句龙,顿时气冲牛斗。此时,刑天翻着白眼望望句龙说:"我正要找你说话,却被这个方头哥哥拦住,你先等一会儿,我俩打完了再说。"刑天很少碰上对手,今遇术器,正要杀个痛快。

句龙笑了,说:"你是来找我说话的,还是来找他打架的?先说话,后打架,行不?"

"倒也行,只是不许你拉偏架。"刑天接着说,"我要严正声明,你不是炎帝,你不能代表他祭天。你代表,还不如我来代表,他是我爷爷。"

句龙见刑天天真幼稚，哄他说："我是炎帝水正大臣，是炎帝让我替他的。"

"那你有什么凭证？"句龙一怔，没想到这个愣头愣脑的小家伙还知道要凭证，随口反诘道："你说炎帝是你爷爷，带来证据了吗？"

"没有。既然咱俩都没证据，那就谁也没资格代替炎帝登坛祭天。"这句话又把句龙噎住了，他有些恼怒，大声说："那谁还有资格！这天就不祭啦？"

"炎帝不到，又没有指派谁来主祭，这天不祭也罢。"夸父呵呵冷笑，他挥手招呼从人，"弟兄们，打道回国，咱们自己祭天去！"

句龙火冒三丈，正要发作，忽听半空传来话说："说话的那位想是夸父大哥吧？莫急，莫急，主祭人来也！"随着话音，一人像鸟一样从半空飘落。

来者是蚩尤。句龙气不打一处来，开口骂道："夷方野种，你又来搅局，炎帝族祭天，轮得到你吗？"

刑天见到蚩尤，高兴得跳起来："舅舅，你来得正好！"接着一头向句龙撞去，大声怒喝："不许你骂我舅舅！"

蚩尤拽住刑天，说："句龙兄与我同朝为官，对他要尊重些。"又笑嘻嘻地转向句龙："炎帝委托我代行其事，绝非谎言，现有赭鞭为证。"说着从腰间抽出一支笛子，向空一划，变作赭鞭，神光灼灼耀目。句龙一看，果然是炎帝宝器，也不答话，手臂暴长三丈，向赭鞭抓去。蚩尤何等机敏，将赭鞭闪过，刺出酋矛，被句龙抓个正着，二人扭打在一起。刑天抡起板斧砍向句龙，被术器接住厮杀。黎奔、宿沙上前助战，大行伯招呼共工将士一拥而上，双方混战一场。

夸父站在圈外高叫："句龙兄，夸父氏向以炎帝命令是从；炎帝不在，唯以赭鞭为凭。如今赭鞭归属尚有争议，夸父无所适从，就此告别，归山去也！"夸父带着他的队伍走了，其他部族也纷纷撤离。

两条飞龙出现在空中，驾龙的句芒大声呼叫："东夷大军已向共工丘开去了！"句龙惊魂未定，又听空中叫道："祝融氏人马在山南出现，马上就要攻山了！"

原来，少昊鸷与西岳领兵西进，侦知共工国人马大部随从句龙去了首阳山，城中兵微将寡，看守防水大坝的人也不多。二人报仇心切，先下手为强，首先突击抢占大坝，以防决堤放水之患，而后率军杀向共工城。在另一方，朱明的心腹倍伐，千里迢迢从积石山取回琅玕，在蓝田关被大行伯截住，骗到首阳山。倍伐见不到炎帝俞罔，琅玕被全部收缴，还被关进窑洞，才知上当受骗。倍伐精通土遁之术，借土遁逃出禁闭后，便四处寻找琅玕的下落。琅玕没有找到，却发现了俞罔，倍伐护送俞罔渡过大河，便回国诉说了自己的遭遇和句龙准备祭天的消息。朱明大怒，立即召集人马，渡河北上。大军衔枚疾走，赶在祭天这一天，兵临首阳山，发起攻击。

句龙见形势危急，纵身跃上山巅，振臂高呼："有请诸位山神现身助阵，句龙将年年鼎祭，岁岁献牲！"那些牛首马面、驴头羊角的山神们，望着金鼎中热气腾腾的肥猪，早已垂涎三尺。见几位不速之客坏了自己的好事，怒火中烧，无奈碍于人神不得杂糅的古训，谁也不愿先出头。此时见句龙许下重愿，再也顾不得清规戒律，正所谓"重赏之下，必有勇夫"，争先恐后，各显神通。只听得大地隆隆作响，烟尘遮天蔽日，霎时间，句龙的人马一个都不见了，山头四周巨石滚滚，碰撞垒叠，冒出百尺高墙，这是他们联合摆下的垒石阵。蚩尤见势不妙，双脚腾空，跃上墙顶。搭眼望去，只见南面旌旗招展，鼓角震天，祝融人马铺天盖地杀来；东北方向，句龙率领人马急急忙忙奔回共工国；西南方向，术器和大行伯护送老少女眷，向中条山一带撤退。高墙里面，宿沙、黎奔和刑天，东碰西撞，哇哇吼叫。山神们心存良善，并不想加害他们，如果落井下石，此时三人早就没命了。

"蚩尤老弟，快快上来！"蚩尤束手无策，正在焦急，忽听上空传来雷震的呼叫。他闻声弹起，跳到半空，只见雷震龙身人首，肚皮鼓胀，口中喷出一串串气泡，像弹丸一样射向石墙。接着，下面传来阵阵沉闷的爆炸声，百丈高墙轰然倒塌。蚩尤急忙落地，发现石墙全都倒向外侧，刑天等三人安然无恙，一个个捂着耳朵，撅着屁股，趴在地上。

雷震依然龙身人首，大呼大叫："太行山的牛头马面们，都给我滚出来！"山神们从废墟中钻出来，个个灰头土脸，失声叫道："雷大哥，怎么是你？我们还以为是天神炸了垒石阵呢！"

雷震呵呵冷笑："天神炸得了，我就炸不了？他天神怎么样？你们看看，我又怎么样？"说着，身子一晃，变成一位威风凛凛的金刚，手提两枚黑不溜秋的大疙瘩。这一下，山神们更加吃惊了："哇！大哥何时修成真神啦？"

雷震把蚩尤推到前面，说："是这位老弟点化的。他叫蚩尤，是炎帝俞罔的工正大臣，并委托全权代行炎帝职事。哦，对了，俞罔还同意把少女女娃嫁给他，并赠送赭鞭为证。他举起赭鞭一声呼叫，我立刻脱胎换骨，变成了这副模样。你们只要帮一帮我这位老弟，让他继承炎帝大位，也可以改换一下头面了，这才不枉千百载的辛苦修行，又何必死保一个句龙呢？"

雷兽的现身说法，令牛头马面们个个眼馋耳热，似乎蚩尤手中的神鞭一举，就可以变换人形、位列仙班了。于是乎，呼啦啦匍匐在地，齐声说道："请真命天子广开圣恩，渡我等改头换面，脱离尴尬，报答不尽！"

蚩尤心想，自己哪有这么大的神通？众多的山神土地、妖魔鬼怪都来讨封，岂不麻烦透顶？于是说道："雷大哥有数千年的修行，神通广大，行为磊落，博通人性，故经赭鞭一点而正神位。尔等功业未满，修行尚缺，蚩尤乃炎帝一臣子，岂能点石成金？望诸位勤修大道，少惹众怨，多护民生，待功德圆满，蚩尤一定不遗余力，助大家成功。"

雷震见山神们还趴在地上不起来，忙说："起来，起来，回去就按我兄弟说的去做。你们谁能修炼到我这水平，再来找他讨封，保证一点就成。我要去追赶句龙，你们可不能再给他帮忙。"

句龙大军在漳河河谷遭遇东夷入侵人马。少昊鸷攻破共工丘之后，率军向首阳山进发，军旗猎猎，士气高昂。共工战士救国心切，虽经长途奔波，仍然斗志不减。两军狭路相逢，既不列阵，也不答话，呼号着冲向对方，兵对兵、将对将，展开一场混战。少昊鸷远远望去，见句龙舞动方便铲，在千军万马中如入无人之境，便弯弓射去，千矢一的，直贯句龙咽喉。句龙见劲敌接战，不敢大意，把方便铲舞个风雨不透，迎着雨矢冲过来。他还想像上次一样，短兵相接，发挥宝铲威力，战败少昊鸷。少昊鸷见雨矢不能奏效，句龙逼到近前，不慌不忙，收起夷弩，顺手擎出丈八酋矛，刺向车轮般旋舞的方便铲。只听"当"的一声，两人后退三步，手中兵器倒插在地，都感到手臂发麻。

句龙立刻就明白了，少昊鸷添置了新式兵器，他手中的酋矛，是赤金打就的，不可能轻易取胜。少昊鸷胆气壮了许多，他的酋矛比西岳的赤金棍还要粗，但要胜过句龙的祖传神铲，还是没有把握。少昊鸷不再和句龙硬拼兵器，而是一招一式地耍起伏羲枪法。在这之前，两人对打全凭兵刃和力量，句龙还从来没有遇到过这么多花招。他有点儿手忙脚乱。好在少昊鸷的枪法只有九式，翻来覆去地用，句龙不久就摸索出应对的招式。两人愈战愈快，满山谷滚打，搅得沙石飞扬，惊心动魄。双方战士都停止了厮打，为他们的主帅呐喊助威，但谁也帮不上忙，连西岳也难以冲进两人的战圈。

句龙和少昊鸷正打得难分难解，蚩尤带领一帮弟兄赶来了，站在山丘上观察战况。刑天第一眼就认清了句龙穿的是鹿皮长靴，他的对手打着赤脚，不等蚩尤发话，便猛虎一般冲下去，左手举着盾牌遮挡上面的两般兵器，右手抡动板斧，专砍鹿皮靴。句龙大惊，顾上顾不了下，险象环生。句龙怒不可遏，忽然变作人面红发的巨蛇，摇头摆尾，拔树碎石。山谷间霎时云雾弥漫，那柄宝铲也变得又粗又长，舞成一堵墙，少昊鸷和刑天都无法靠近。这时，一个黑影利箭似的撞将过来，只听"轰"一声震天响，那堵墙七零八落，四散飞去，只见蚩尤手握长矛，站在句龙面前。

这时的句龙已还原本身，手握宝铲平静地说："蚩尤，上次我中了你一矛，今天又被你破了宝铲大阵，说明你手中的兵器大有来头，很可能就是传说中的天弩。近几年有传言说'天弩出了山，神仙躲上天'，既然如此，我也不想再和你争斗了。我命术器送还金鼎，你也罢兵回东夷去吧！"

蚩尤说："东夷诸国饱受洪水之灾，人民常为鱼鳖，皆因共工氏壅塞蓄水之过，你必须答应我，从此不再振滔洪水，免除下游水患，我才能回去给东夷父老一个交代。"

句龙冷笑说："山洪暴发，江河横溢，乃天气变化所至，由上神主宰，岂是共工氏之罪？我句龙继承祖上遗志，引水以利五谷生长，分洪以减水患之势，本想造福天下，弘扬共工氏功德，怎奈天公不与作美，大业难成。愚民又误解共工氏用心，反被诬为振滔洪水的祸首。我偶尔放水御敌，是逃生时不得已而为之，已违背祖宗遗愿，今后不再施行。至于承诺免除下游水患，岂非强人所难？岂不是说明过去一切水患都是共工氏所为？我句龙又怎能出卖祖宗换取苟安？"

蚩尤还没有答话，西岳、少昊鸷和刑天等一帮将士早已听得不耐烦，蜂拥而上；句龙虚晃一铲，没入烟锁雾障的山谷。这时，共工人马已经撤走，东夷战士沿河谷跟踪追击。

原来句龙与部下有个约定：与人对阵时，他不以显示人首蛇身的法相取胜对手，这样会降低他的人格；只有在十分危急时，他才用法身御敌，掩护战士撤退。因此，当句龙祭起宝铲大阵时，他的手下便趁机指挥军兵撤退。

句龙带领队伍来到少山脚下，传令上山。这里是共工氏控制的九土之一，筑有城桓，句龙想进山据险固守，待东夷大军兵厌将疲后反击破敌。这时，忽听山上雷声滚滚，霎时间黑云弥漫，暴雨如注，士兵不辨路径，无法登山。后面追兵渐近，句龙无奈，只好催军士沿河谷前行。前面是谒戾山，上有大树成林，下有箭竹密布，原有的几条上山小道全被结草阻障，举步维艰，句龙又掉头另寻他处。

原来，各路山神听了雷震的话，一心想讨好蚩尤，争取被封为正神，换个人形。它们见句龙战败逃亡，便把一种名叫酸与的鸟从深山里哄出来。酸与状如蛇虫，四翼三足，六只眼睛，这里传说，酸与出现在哪里，哪里就会发生祸乱、灾难。人们见这种不祥之物到处飞翔、鸣叫，心下大恐。山神们趁机作法显灵，并托梦鼓动各部落封山设障，保境自安。

句龙边战边走，跑遍自家曾经统治过的九土，都被拒之门外，无处安身。此时他的战士折损、逃亡过半，人困马乏，惶惶如丧家之犬。而蚩尤和他的将士依然紧追不舍，似乎不达目的永不停止。句龙仰天长叹，带领残军拐进一个峡谷。

峡谷两山对峙，壁立千仞，如刀削斧劈，中间可容四骑并行，一条小溪汩汩淌过。蚩尤带着部分勇士赶到峡谷口，少昊鸷和刑天率先冲去。"停下，停下！"随着几声呼叫，三只长箭从天而降，一顺排开，扎在少昊鸷和刑天脚前。众人吃了一惊，抬头观看，只见谷口山腰有一簇人马，为首的骑着一匹独角兽，昌意和力牧跟在他的身后。昌意向前一步，发话说："少昊大哥，久违了，昌意在此等候多时了。只因句龙早年对家父有救助之恩，故命我兄骆明前来接他。今日昌意多有冒犯，还请您在淖子面前多做解释。"

少昊鸷一见昌意就气不打一处来，大声怒斥："昌意，你说得好听，心里使坏，屡次坏我大事。今天又托词阻我追敌，实在欺人太甚！"说罢，从地上拔起长箭，掷向昌意。力牧抢在前面把箭拨开，惊呼："鸷老弟，千万不要进峡谷！"话音未落，刑天已如脱兔一般冲入谷口。山上传来一声清脆的鞭响，檑木滚石纷纷落下。刑天命在旦夕。众人齐声惊呼。说时迟，那时快，一个身影闪电般追进峡谷。大家惊魂未定，蚩尤已将刑天抱来，狠狠地扔在地上，说："你不要命啦！"见对方下如此毒手，少昊鸷大怒。他扯起夷弩射向谷顶，雨矢到处，树断石飞。昌意几个纵步跃上山崖，舞动轩辕剑，将雨矢挡住，掩护山顶上的士兵隐蔽起来。

这时，鹤敌忽然从草丛钻出，爬在蚩尤耳边轻声说："金鼎不翼而飞！"说完落地不见。蚩尤正在惊异，空中又射下一支短箭，恰恰落在脚下。他抬头一望，见句芒乘龙飞过头顶。蚩尤捡起短箭，打开束在箭尾的一块丝绢，发现上面有一幅画：一只黑手提溜着颛顼的小辫，颛顼在挣扎、哭叫。蚩尤不动声色，悄悄将丝绢收起，平静地说："鸷大哥，你先停下来，我有话对他们说。"

少昊鸷和昌意各自归队。蚩尤说："我是东夷草民蚩尤，久慕轩辕大名，不得一见。今日这件事，乃是轩辕知恩必报之举，蚩尤怎能不成人之美？只是东夷各国饱受水患，对共工氏积怨甚深，还望昌意兄上达此意，促轩辕用仁德之心，感化句龙，痛改前非，东夷人民将感激不尽。"不等对方答话，把手一挥说："撤！"

夸父追日[1]

刑天惦记他的娘，回家去了。蚩尤也顾不上打听金鼎的去向，带领队伍匆匆忙忙赶回九淖。据淖子讲，那天傍晚，她和颛顼乘象从外面回到王城，她刚落在下象石上，正准备把颛顼接下来，那象王像听到了什么动静，忽然长啸一声，摆动鼻子拨开侍卫，转身朝

---

[1]《山海经·海外北经》："夸父与日逐走，入日。渴欲得饮，饮于河渭。河渭不足，北饮大泽。未至，道渴而死，弃其杖，化为邓林。"

城外飞奔，很快消失在夜幕中。卫士们找了一夜，才在空桑山下发现它正和一群野象嬉戏，颛顼却不知去向。伯夷父说："这头象从来没有过这种异常举动。卫士们讲，当时象群中有七八头发情的母象，这也是极其罕见的现象。难道是有人专门把它们赶在一起，故意吸引象王的？据我所知，有的氏族会把头胎儿子杀死，怕他不是本族血脉，防止继承权旁落，还从来没有听说过把外族的婴儿偷来养活的事。"

听到这里，雷震插话说："倒是有一位叫鬼车的仙女，自己不嫁人，不生孩子，专爱偷别人的小孩喂养。"

"她住在什么地方？"淖子迫不及待地问。

"眼下住在西王国。"原名叫鬼车的天帝少女，是个独身主义者，受到许多上神下仙的追求，也是雷震的梦中情人，因此他一直打听着鬼车的下落。

提到西王国，勾起蚩尤对往事的回忆。他幽幽地说："我的姑姑和奶奶都是本事很大的人，也住在西王国，我想去找她们打听一下消息。"直到现在，蚩尤还不知道姑姑和奶奶就是赫赫有名的鬼车与西王母，但相信她们会有办法帮自己找到颛顼。

淖子同意蚩尤西行。因为解除了共工国的威胁，九淖周边无事，句芒、宿沙和雷震都要回去，也顺便扩大范围寻找颛顼。在大家送别蚩尤时，淖子深情地说："蚩尤叔叔，明年这个时候，是淖子三年一期比武择婿的日子，你一定要提前赶回来试婚。"她顿一顿又说："颛顼生来不凡，命系于天，他的失踪量也没有危险。你无论找到他与否，都要如约回来，淖子等着你。"

"嫂子放心，九淖的军权不能旁落。至于试婚，就委托鸶大哥代劳吧，反正他也有过经验了。"大家哈哈大笑。淖子的脸忽地红了，接着莞尔一笑说："就你的怪点子多。不过，那样可就坏了规矩了。"

蚩尤念念不忘女娃。他的梦里已经有过好几个女子，包括这位风情万种、绰约如仙的淖子嫂子。由于鸶大哥的关系，他有意退避三舍。女娲就不同了，他是不允许任何人染指的。蚩尤要离开九淖，还有一个没说出口的原因：他打算找到女娲，与她完婚，了却自己朝思暮想的心愿。

蚩尤在漳河岸上行走，忽然发现有人在水中游泳。他下意识地认为那就是女娲，急忙下到水边，想看个究竟。泳者见有人来，便靠近沙滩，站起来款款登上对岸。蚩尤看得清楚，那女郎如芙蓉出水，玉缀青山，迷人的胴体镶嵌在蓝天碧水之间，是如此协调与自然。女娲，她就是女娲！蚩尤激动地叫着，扑到河里。

蚩尤身上带着从震泽得来的避水珠，漳河水立刻断流，让出一条大道来，蚩尤一蹦三跳冲到对岸。女郎头也不回，忽然腾空而起，在高高的山石上点一下脚，飞向林木深处。蚩尤不知道女娲还有这种绝技，暗自惊喜。对她的不理不睬，蚩尤倒一点儿也不感到沮丧，因为他知道，这个女孩纯洁而有点儿怕羞，不愿让他在光天化日之下看见自己的玉体。

蚩尤径自找到女娲居住的那棵大树，纵身跳上树冠，喊道："女娲，我来啦！"树巢的旁门打开了，女娲出现在门口。她的腰间束了一件柳条短裙，上身罩着两片树叶，手握明晃晃的宝剑，凤眼圆睁，柳眉倒竖，厉声喝道："哪里来的野小子，胆敢窥我游泳，快滚！"说罢，挥剑刺来。

蚩尤侧身让过，急忙说："女娲，是我，认不出来啦？"

"我不认识你，快给我下去！"女娲又刺出一剑。蚩尤跳到另一根树枝上，着急地说："我是蚩尤，你忘啦？咱俩在树洞里……"

"你再胡说八道，看我戳瞎你的眼！"女娲把剑舞成一朵花，又逼上身来。他们二人在大树上你追我闪，蚩尤不逃走，女娲也不住手。一群精卫鸟叽叽喳喳围着他们叫，不知是在为女娲助威，还是在给二人劝架。

蚩尤忽然想起，自己身上还有一件物证。他连忙抽出笛子，迎风一晃，变作赭鞭，忙乱中说道："女娲，我是来找你成婚的，今有赭鞭作证。"女娲不听便罢，一听这话更如火上浇油："谁和你成婚？我家的宝物怎么到了你手里？快还给我！"一边说，一边劈头盖脸地杀来。蚩尤不想还手，多亏他身若猿猴，在树枝间翻腾跳跃，躲避一阵紧似一阵的剑锋，但也渐渐透出一身冷汗。

正在危急之时，忽听上面一个尖细的声音传来："又在和谁打架？还不住手！"说话间，一缕拂尘撒下，缠住女娲的剑柄和手腕。蚩尤抬头一看，见树梢上立着一人，尖嘴猴腮，骨瘦如柴，笑嘻嘻地向蚩尤招手："小伙子，小徒修行尚浅，多有冲撞，为师的代她赔个不是，请多包涵。"又向女娲喝道："愣着干什么，还不快走！"一抬手把女娲提起来。

女娲大叫："我家的赭鞭还在他手里呢！"

"告诉你多少遍了，不要牵挂尘间俗事了。明天西王母过生日，慢了就赶不上了。"说罢，踏上一片彩云飞去。

蚩尤非常懊丧和迷惑，躺在树巢里久久不能释怀。曾经的山盟海誓，竟如此经不起时间的考验。他的一片痴情像一片落叶，随风飘荡，失去了寄托，整个人也如丢了魂魄一般，提不起精神——他在细细咀嚼着初恋受挫的苦果。那群精卫鸟又围在门窗口叽叽喳喳，大概是在安慰这位失恋者。蚩尤更加烦恼，一头钻进树洞，他想脱离这个世界，一个人长久地待在不见天日的地方。

这是蚩尤第一次与女娲接触的场所，她的肤香、体温依稀还在。蚩尤仿佛又回到当初那幸福的一刻。他陶醉了，睡着了。他看见一片火海。那个鼠头鼠脑的人，把女娲扔在火海里，自己升空逃走了。女娲在烈火中痛苦地挣扎，呼唤着蚩尤的名字。蚩尤惊醒了，浑身大汗淋漓。他从树洞里钻出来，不顾一切地朝女娲飞走的方向追去。

春光明媚，柳绿花红。蚩尤无心欣赏一路上的景色，只是急急地赶路。这天，他来到白沙山，放眼望去，尽是漫漫白沙，时见白玉闪烁其间。没有水，没有草，本来温柔的阳光，到这里也热辣辣地灼人。从南面飞来一群不伦不类的禽兽，它们的形状似蛇，却长着四只翅膀，叫声好像击磬，煞是悦耳，唤作鸣蛇。鸣蛇产于伊水两岸，它飞向哪里，说明哪里将要发生大旱。蚩尤渐渐感到燥热，沙子也开始烫脚。他抬头一看，忽然发现天空悬挂着两颗太阳！原来的太阳依然如故，新出现的那一颗，却飞快地掠过上空，消失在西方天际。蚩尤正在纳闷，忽觉热浪滚滚，又一颗太阳从天空划过，发出耀眼的光芒。不到三个时辰，除了原来那颗，已有六颗太阳从头顶飞过。

　　新太阳的出现，令蚩尤的天弩异常活跃。开始时，它只是轻微地震动，散发出丝丝凉意；到后来，则发出低沉的鸣吟，且一次比一次强劲，像猎豹向对手发出警告一般，辐射出的寒气也一阵比一阵浓重。天弩的觉醒，令蚩尤禁住了酷暑的蒸烤，精神百倍，脚下生风。当第七颗太阳又经过头顶时，蚩尤发现它的后下方有一个人追过来。此人凸唇猿臂，双耳上挂着两条蛇，手里还提着两条蛇和一根手杖，古铜色的体肤上肌块累累，活脱脱是蚩尤曾经见过的那个小夸父，只是比小夸父又高了一头，腰身又大了一围，凛凛然若天神临界。

　　来者是小夸父的爷爷老夸父。夸父是天时星下凡，自幼精通天文，后来被炎帝封为夸父山观日台司天官，谁也不知道他有多大年纪。通过多年对日月星辰的观测，他制定了日历和节气，指导春播夏锄、秋收冬藏。后来，他的徒弟大桡当了黄帝的大臣，和容成子二人用仓颉创造的象形字把这些经验记录下来，就是华夏第一部日历。夸父受到炎帝的特别倚重和所有农耕氏族的尊敬，具有崇高的威望，一些重大事件都要通过他与天意沟通，神农氏乃上天之子的信息，就是夸父通过观天认证的。也正是这个原因，得不到夸父的支持，祝融氏和共工氏都不敢僭越自称炎帝。很久以来夸父就发现，除了那颗朝升汤谷、暮宿禺谷的太阳外，还时常有其他的太阳在天空出没，但它们的行动没有规律，难于跟踪，是夸父多年来无法破解的谜。今天，他发现连续有几颗太阳沿同一路线飞行，顿起浩然之志，决心跟踪下去，打算在禺谷捉住它们，让真相大白于天下。

夸父踏地无痕，一步千丈，像一阵旋风从蚩尤面前掠过。他身上的汗水，骤雨般地随风飘洒，还没有落地就蒸成云雾，在他的身后映出道道彩虹。蚩尤被夸父的英雄气概所震撼，不由自主地跟着他就跑，可尽管有天弩助力，仍然被夸父落下好远。

夸父渐渐接近那个太阳。它射出的光焰也越来越毒辣。整个天空像一个熊熊燃烧的火海。夸父在火海中奔跑。须发烤焦了，皮肤鼓起了燎泡，嗓子里像是在冒烟，身上再也挤不出一滴汗水来——夸父意识到，自己怕坚持不到禺谷，必须提前采取措施俘获这颗太阳。他突然甩出一条蛇。那条蛇化作一条张牙舞爪的青龙，在空中留下一道白雾，直射日中。日光收敛片刻，又突然爆出刺目的白光，只见那条青龙浑身是火，坠下地来。夸父毫不犹豫，把耳上、手上的蛇同时甩出。日色昏暗下来，只见三条龙围着一只金乌在空中搏斗。夸父站住脚，用手杖指指点点，像是在遥控青龙作战。良久，金乌长鸣一声，金光四射。青龙身上起火，分头向大河、渭水逃去。

夸父头晕目眩，干渴异常。他明白，只有足够的水，才能延续他的性命，使他坚持下去。夸父脚步蹒跚地赶到大河、渭水，只见河、渭断流，三条青龙吸干了几汪积水，化作小蛇钻入地下。夸父无奈，只好振作精神，向北跑去。那里有个大泽，方圆三百余里，是百鸟解羽之处，谅不至于干涸。这时，那颗太阳似乎发现了对它行刺的凶手，竟随着夸父游弋，热浪一波紧似一波地向他袭来。夸父再也支持不住，一头栽在地上。

当蚩尤赶来时，夸父已不省人事。他抱着这位大英雄的头颅大声呼叫。是天弩散发出的寒气激醒了夸父，他抬起头来，指着那颗悄悄溜走的太阳，用微弱的声音对蚩尤说："天无二日，地无二王。今天多日并出，定是妖孽作祟，惑乱天下。君身怀宝器，为毒日所惧，可灭天下乱兆于初呈之时。"

蚩尤一听，知道是夸父的临终之托，大声答道："蚩尤赴汤蹈火，也要完成您的嘱托。"

夸父忽然面放红光，二目闪电，一跃而起，将手杖掷出。那手杖划破长空，呼啸着向他的来路飞去——那里是夸父的故乡。

这里提前交代几句：夸父的手杖落在夸父山[1]，化作方圆三百里桃林；后世百姓削枝为剑，用来镇宅，可驱鬼辟邪，这里还盛产名马。两千年以后，旅行探险家周穆王周游欧亚大陆，为他拉车的"八骏"中，有两匹马名叫超影、超光，可乘云腾雾，逐日而行，就是驾驭高手造父从桃林选来的。这些，大概都是夸父追日不果，遗恨难消，一缕精魂长留人间，继续寻觅着希望的寄托。

天弩射日

夸父轰然倒地。蚩尤没有悲哀，也不再呼唤。他吹响骨笛，招来一群神雕，为夸父举行了隆重的天葬。这期间，又有两颗太阳先后匆匆而过。天弩隆隆作响，像催征的战鼓，蚩尤顿觉身轻如燕，举步如飞，一步跨上一个山头，似风驰电掣一般，一路尾随着前面那颗太阳。

一座大山迎面而来。这山叫作丈夫山，峭壁断崖，高耸入云；从山上到山下，到处光秃秃的一片，没有一棵草木，唯见五彩玉石闪闪发光。前面的太阳已飞越山巅，蚩尤毫不怠慢，提气运神，飞身直上。忽然，一只白色的大鸟从天而降，与蚩尤撞了个满怀，并相互撕扯着荡荡悠悠地落下地来。蚩尤定下神来，发现面前站着一人，身穿雪白的长袍，腰身纤细，大袖飘飘，头上戴着龟壳面具，背后

---

[1]《山海经·中山经》："夸父之山，……其北有林焉，名曰桃林，是广员三百里，其中多马。"

垂下又粗又黑的发辫，看上去像个女子。

女子发话说："你是何人？怎么跑到这地方来了？前面去不得的。"

"为什么去不得？"蚩尤问。

"那里是炼日道场。"

"何谓炼日？"

"炼日就是……"女子发现来人可疑，态度强硬起来，"你是什么人？打听这么多干什么？不能去就是不能去，去了会没命的！"

"我要追捕刚才躲进去的那颗太阳，它炙杀了我的朋友。"蚩尤说着就要闯关。女子长袖一摆，说："那你就更不能过去了，它在执行任务。"

女子双袖齐舞，在蚩尤面前编织了一张通天彻地的网，令蚩尤眼花缭乱无路可走。蚩尤大怒，一拍屁股，手中忽然添了一支长柄金戈，那金戈带着风声向那张大网乱划一通。网破了，一节节线绳变作无数会飞的蛇虺，将蚩尤围了个水泄不通。蚩尤舞动金戈往前闯，他走到哪里，飞蛇就围到哪里。金戈柄上缠满了蛇，越来越重。蚩尤用力一抡，想把蛇甩掉，只听"哧啦"一声响，漫天的飞蛇不见了，女子呆呆地站在面前，她的一只长袖连着一块衣襟被撕下，半个酥胸走光。

蚩尤趁机夺路奔突。"不得无礼！"右上方忽然飞来一人，也是头带龟壳面具，身穿白色长袍，只是身形粗犷，威武雄壮，双手各握着一柄牛肩胛骨——那本来是他用于占卜的工具，如今权且作了兵器。蚩尤不想恋战，纵身向左上方跃去。来者身形极快，早已堵在高处的突岩上，见蚩尤来势甚猛，他双手一错，肩胛骨变作两扇又大又厚的石门，封住蚩尤的去路。蚩尤收身不及，手持金戈一头撞上石门；石门雷电交加，将蚩尤击落在地。

来者招招手说："小伙子，你连我这道石门盾都通不过，还想进入炼日场去捉太阳吗？"被他一激，蚩尤顿时豪气大发，手中长戈一晃，变作头粗尾细的赤金大殳，就地腾空，只见一道金光直射石门盾。石破天惊，玉石迸飞。白衣壮汉应声起跳，落在山坡上，惊魂未定地摊开双手，不过已是两手空空。

蚩尤破了石门盾，却并没能登上山顶。爆炸声还在山谷中回荡，他的周围就已经飞来十位不速之客，包括已经打过交道的一女一男。一样的面具，一样的白袍，那位女子已重新将自己包装停当，依然大袖飘飘，袅袅婷婷。

这十位白衣男女，便是十巫。原来，十巫遵照天帝密旨，在登葆山开办秘密道场，对女魃进行日浴训练，如今已有十二个年头。今天举行炼日大法，请来十日共浴，是最后一天，也是关键的一天。平时，十巫轮流值日，今天则全体前来护法。那位长袖善舞的女子，就是巫阳；那位失去占卜家什的男子，就是力大好斗的巫抵。他向巫彭借了一根生有倒刺的荆杖，又加入战斗行列。

巫咸个头不高，文质彬彬，左手托着一只油光乌亮的龟壳，那是他路经大河源头时偶然得到的。当时一只乌龟爬到他的脚下，蜕下壳后迅速爬回水中，眼看着它的背上又长出新壳来。巫咸大为惊奇，捡起龟壳一瞧，上面画着一幅图，经考证，就是伏羲创制的八卦图。龟壳能大能小，用于占问吉凶，百占皆灵，因此命名龟灵。此时，巫咸见一团金光腾起，直上山巅，急忙将龟灵抛在空中，口中念念有词。龟灵缓缓旋转，渐渐放大，像一座磐石压在蚩尤头顶上，逼他落下地来。巫咸和巫姑跳上龟灵背，男女搭配，一阴一阳，牵手交股，翩翩起舞。巫即、巫真、巫彭、巫礼、巫阳、巫抵、巫谢和巫罗等八巫按八卦方位站定，头顶龟壳，手舞足蹈，围着蚩尤转动。

这个阵叫作八卦圆舞台，是十巫用来演绎天地变幻、观察万物生息的实验台，由十巫参照伏羲的八卦图集体创作，联袂演出，是他们倾尽心血、密切合作的结晶。在此之前，八卦圆舞台还从来没有参与过战事。今日是炼日大法最后一天，它的成败会决定十巫集团今后的命运。十日到齐不久，就有人前来闯关，已呈险兆，令巫咸心跳不已；又见来犯者一撞而破巫抵的石门盾，神勇异常，似有宝器助威，更使巫咸百倍警惕，于是祭起八卦圆舞台，防止功亏一篑。

八巫每人都按照自己的方式随意舞蹈、歌咏，有的疯狂如困兽，有的文静似游鱼，看似散乱，实则配合默契，环环相扣，天衣无缝。他们用歌舞驱神役鬼、转换阴阳。圆舞阵中，开始一片混沌、漆黑一团，接着是星光灿烂、日月行空。时而风吼浪啸，百兽狂嚎，惊心动魄；时而万籁无声，一片死寂，令人不寒而栗。蚩尤在阵中左右冲突，上蹿下跳，碰到的却是空空如也，虚无渺茫；折腾一气下来，处境依然如故。

时间好像过了很久很久。这期间，蚩尤轮番使用枪、矛、戈、戟、刀、剑、斧、钺等各种兵器，都无法冲出这虚幻、混沌的冥冥世界。情急之下，脑海里忽然闪现当年逃出伏羲洞的情景，他精神大振，连忙击掌三下，手中立刻换成一副金弓银矢。当他准备模仿女娲的动作开弓放箭时，耳边响起女娲的声音："属于你的机会只有一次，那时，你可以用它摧毁眼前的一切。你必须答应我，决不滥用唯一的一次天弩使用权，伤害无辜生灵。"

蚩尤犹豫了，不情愿地收起弓矢。但想起夸父，想起他的临终托付，看看自己眼下的处境，又情不自禁地击掌弯弓，跃跃欲试。如此三番五次，彷徨不定。

蚩尤的举动，促使另外一个人最终下定了决心。他就是十巫之一的巫彭。巫彭发现独闯炼日道场的竟是蚩尤，大吃一惊。在东夷，蚩尤视巫彭为良师益友，甚至把伏羲洞中的奇遇都说给他听。巫彭对蚩尤也由衷地佩服，两人建立了深厚的交情。蚩尤是性情中人，他的行为往往因情而起，由义而生，为朋友肯两肋插刀，兴义举敢赴汤蹈火。今日来到这里，肯定有他的道理，不是发生了误会，就是又不知接受了什么人的委托。但这次非同寻常，巫彭深知八卦圆舞台的厉害，任你是金刚还是魔头，只要被困一个时辰，就会变成痴呆；两个时辰就会灵魂出壳，变成植物人。

这几年，巫彭深受东夷人豪侠仗义性格的感染，自己也有了几分侠气，他有心冒险救出蚩尤，但又怕因此伤害了十巫集团。十巫有着共同的信仰，立志要做沟通人与神的使者、天与地的桥梁。他们之间的关系，如天地之约、山水之恋，一损皆损，一荣皆荣，巫彭怎能轻易下得了决心呢？他最希望的，是蚩尤能凭自己的能力逃出去。巫彭想到这里，脑海里忽然闪现蚩尤冲出伏羲洞那一幕，又见他拿着金弓银矢比比画画，顿时惊出一身冷汗。那一箭射出去，百丈山体为之洞穿，这乌龟壳还能经受得了吗？到时不仅保不住八卦圆舞台，连十巫也要同归于尽！

巫彭决心救蚩尤逃走，避免逼得他孤注一掷，酿成一场大灾难。他的打算又不好说出来，只好见机行事。巫彭发现，对面的巫抵舞起来缩手缩脚，总是扭着头看自己。原来，那根荆杖长满倒刺，他从来没有使用过这类怪兵器，不得不跟着巫彭亦步亦趋。巫彭心中暗笑，突然加快速度，荆杖前击后点、左遮右拦，舞成一团影。巫抵顿时手忙脚乱，一不留神钩住前面巫真的长裙下摆，他又急忙弯腰解开，如此反复不断。到后来，不知是有意还是无意，这套动作竟被他编成舞蹈，舞起来得心应手，乐此不疲。

巫真天生丽质、纯洁可爱，作法时歌如莺鸣、舞若摆柳，神灵不招自来，众人围观如堵。男巫们人人爱怜，都把她奉为梦中情人。正因为如此，包括巫咸在内，谁也不敢也没想独享这份秀色；同样的向心力，使她在他们中间保持着等距离爱的平衡。

巫抵的动作有偷窥之嫌，引得众巫侧目而视。他身后的巫礼首先醋意大发，口出真言，歌词中唱道："裙下风光，春意洋洋，老兄专享，我等心慌。"巫礼的歌声引起共鸣，众巫哄堂大笑。巫抵异常尴尬，一阵手足无措。

八卦圆舞台是聚精而滋气，气溢而出神，它那旋转时空、运动万物的功能，是聚十巫之神力而启动的。如今八巫精神涣散，圆舞台元气大泄，破绽百出，蚩尤趁机一头撞出。只听得空中一声霹雳，八卦圆舞台轰然倒塌，龟灵冉冉升空，还原成一只活灵活现的乌龟，风送云拥而去。十巫仰面朝天躺在地上，半天没有动弹；从空中鸟瞰，俨然是一幅伏羲八卦图！

傲视天下的十巫集团从此分崩离析，以后很长一段时间没有集体行动。作为肇事者，巫彭时常产生负疚感，但随即自我安慰：如果当时不这么做，也许弟兄们早已葬身丈夫山下了。

蚩尤登上山顶，眼前的景象令他目瞪口呆：十个太阳排列成一个圆环，照射着下面的一座山头。山岩红彤彤的，像火炭一样；上面仰面卧着一个人，身着青衣，乌发流泻，头枕左腕，用右臂衣袖遮住脸面。在民间，为祈祷老天降雨，有的部落会把女巫放在烈日下曝晒，叫作"曝巫"，女巫往往被活活晒死。眼下有十个太阳照射一个女子，蚩尤不知道又是什么祈祷活动。更使他感到奇怪的是，那女子竟也不喊不叫，处之泰然！

十日组成的圆环开始旋转，并渐渐缩小，缓缓下降，离山头越来越近。青衣女子受到十日近距离炙烤，大概感到了阳光的威力，不断扭动身躯，翻来覆去，蚩尤也开始为她担心。一个时辰后，十日突然射出一波波强光，山岩像熔融了一般，烈焰蒸腾，青衣女子在火焰中挣扎、呻吟。这景象与蚩尤在树洞里的那个梦境很是相似，令他心头一惊：难道她是女娲！她不怕水，常在漳河里击水破浪，锻炼水性；难道她也不怕火烧，跑到这里参加什么"炼日"法事？

青衣女子虽然身处火海，却是衣袂如故，发肤无损。她剧烈地滚前翻后、抡臂踢腿，又像是女巫在舞蹈怡神。蚩尤疑窦丛生，不敢贸然举动。良久，那女子的动作渐渐慢下来，忽然扑身倒地，痛苦地喊叫："我受不了啦，快救救我吧！"

蚩尤飞身跃起，不顾一切地扑过去，大声叫喊："女娲，我来了！"烈火很快将他吞噬。

蚩尤没有死，就在他触到青衣女子的那一刻，沉默了半天的天弩寒光一闪，无声无息地射出九支银箭，同时命中九颗太阳。九日黯然失色，天空顿时一片昏黑，九只金乌"呜哇、呜哇"地哀鸣着飞向天际。

儿女情长

蚩尤并没有看到天弩射日的壮丽景观，当时他已经昏倒在灼热的山岩上，那位青衣女子把他紧紧抱在怀里。

青衣女子就是女魃。经过十二载的炼日修行，她的体内已涵养了近乎天神量级的能量，若顺利通过十日联手聚射，便功德圆满，可直接飞升天界，充当天帝和十巫之间的秘密使者。蚩尤的出现，使女魃心潮起伏，神思不宁，再也忍受不了十日的炙烤，导致天弩射日。女魃已经具备了登天的功力，但从此摆脱了十巫的控制。天帝同十巫集团之间的联系渠道没有建立起来，无法了解人间的真实情况，于是放弃干预政策，乱治由之，这才出现了天下群雄逐鹿、波澜壮阔的一幕。

女魃当然不知道自己充当的角色，她只知道蚩尤是为救自己昏死过去的。当初第一次见面，她就感到蚩尤和她有缘，他背上的胎记和她有缘，如今果然得到验证。他是她此生唯一的亲人。她的泪水簌簌地落在蚩尤双目紧闭的脸上。

飘来一块浓浓的乌云，洒下一阵清凉彻骨的急雨，她顿感神清气爽。女魃知道，这又是那个乌衣青年送来的。十二年来，每当日浴过后，她都能及时享受到雨水浴，从未间断过。但她从来没有和他打过招呼，而他好像怕羞似的，降雨过后，稍停一会儿便悄然隐去。

被雨水一激，蚩尤清醒过来。朦胧中，他发现自己躺在女娲的怀里,她那双美丽的大眼睛还滚动着晶莹的泪珠。"女娃,你没事吧?"蚩尤说完,又满足地闭上眼帘——女娃终于又回到了他的身边。

"吃哥哥,你醒了!"女魃惊喜地摇着他,几颗又烫又涩的泪珠滴在他的脸上。见蚩尤张开眼,女魃又接着说:"吃哥哥,我长大了,不是娃娃了,你该叫我的名字了。"

"你不就是叫女娃吗?还有别的名字吗?"他太累了,两眼一闭,又要睡过去。女魃轻轻地拍着他,喃喃地、自言自语地说:"吃哥哥,你累昏了,把女魃的名字都忘了。"

蚩尤忽然睁大眼睛,一骨碌爬起来,双手捧住姑娘的脸,盯住她眉宇间忽然闪亮的美人痣。"女魃?不错,就是我的妹妹女魃!"他用自己的额头抵住女魃的额头,语无伦次地说:"女魃,女魃,真是妹妹女魃!"在东王国的日子里,他俩经常头抵着头逗闹,这也是他们表示亲热的方式,蚩尤今天又情不自禁地故伎重演。

压在女魃心底的火山爆发了,她倒在蚩尤的怀里,嘤嘤地哭起来,全身抽动,倒是一句话也不说。蚩尤把头埋在她乌云般的长发里,咀嚼着久别重逢的滋味。

良久,女魃忽地抬起头来,迷茫地说:"吃哥哥,这不是在做梦吧?"分别后,她经常做梦和蚩尤一起玩,醒来却发现依然茕茕孑立,形影相吊。蚩尤说:"好妹妹,轻声些,不要吵醒我,让这个梦一直做下去吧。"女魃会心地笑了,把脸贴在他宽阔的胸膛上。

两颗漂泊的心灵,总算找到了自己的港湾,蚩尤和女魃相拥着进入梦乡。不过,他们仍然各自做着自己的梦。女魃梦见,九支银箭像冰做的一样,她一支一支地吃下去,好清爽、好惬意啊!蚩尤梦见,他把九颗太阳像白果一样一颗颗吞下去,肚子里热浪翻腾,他的身体被融化、蒸发,随风飘到八卦山。这时,女娲突然出现在面前,说:"这不是蚩尤吗!你怎么到这地方来了?"

日近黄昏,彩云满天。西王母忽然来了兴致,要携众仙女外出云游观光。她破例不乘大鸟，而是邀希有、王子登、素女等一帮女儿国的臣民踏上一席火烧云，低空漫游。三青鸟时前时后，随时听候呼唤。眼底空空荡荡，不见草木，不见禽兽，不见人烟，一片荒凉。这是一片被造物主遗忘的土地，西王母一路唏嘘不已。众人正在慨叹，希有忽然发现山头上有两个人，一动不动地拥抱着，像用一方岩石镌就的雕像。

大家落下云头，希有走上前去，不觉惊喜万状："这不是蚩尤吗！你怎么到这地方来了？"

蚩尤揉揉眼睛，回头一看，见来人不是女娲，而是他日夜思念的姑姑，连忙推开女魃——她还在梦中甜蜜地微笑着——翻身跪在地上。之所以要跪下来，是因为蚩尤个子长高了，只有跪下来才能像儿时那样，把头埋在希有怀里。"姑姑，姑姑……"除了叫姑姑，他什么话也说不出，泪水夺眶而出，如大雨滂沱，很快湿透了希有的衣裙。

希有还像当年一样，把脸庞贴在蚩尤的头上，像慈母一样爱怜地抚摸着他。他的头发又粗又硬，臂膀骨骼粗大，肌肉发达，连鬓的胡茬子使她的胸脯阵阵作痒，阳刚之气一波波向她袭来。希有这时才意识到，蚩尤已经不是那个顽皮的小男孩，而是个形体伟岸、闯荡天下的大丈夫了。她在他的耳边轻声说："以后叫我姐姐，不要再叫姑姑了。""为什么要叫姐姐，姑姑？"蚩尤抬起头来疑惑地问。

希有的脸一下红到脖子根上。她还从来没有和一个成年男子如此零距离接触过，刚才那句话是潜意识的独白，她根本没有想，为啥要让自己的辈分降一格。

"傻孩子，还用问吗？因为你是个男子汉了，她还是个年纪轻轻的黄花闺女。"蚩尤这才发现，西王母也来了，站在一群仙女当中，如众星拱月。希有连忙推开蚩尤，说："快去拜见奶奶，她老人家有意见了。"

蚩尤快步走去，跪在西王母面前，说："奶奶好,我爷爷可好？""你爷爷总是那样。孩子，让我好好看看你。"西王母捧住蚩尤的脸，仔细地瞧，接着说："孩子，你的确长大了，变成伟男子、大英雄了，怪不得她不想当姑姑，要当姐姐了。你就不要'姑姑、姑姑'地叫了，那就把她喊老了。"

小时候，蚩尤并没有留意奶奶的模样；今天他才发现，和自己见过的漂亮女子比较起来，奶奶别有一番神韵，像一株光华四射的牡丹，倾倒世间。蚩尤脱口说："奶奶，我也叫你姐姐吧，我可不愿把你叫老了。"

众仙女憋不住，哗然大笑。希有也摆脱了尴尬，反口相讥说："对，这才公平，才对得起疼你爱你的奶奶！"

西王母乐了，盯着蚩尤那明澈的眸子，甜甜地、意味深长地说："那好啊，奶奶还没有遇到过一个叫我姐姐的人，现在就认你做弟弟，不当这个老气横秋的奶奶了！"稍停一下，好像沉思，又好像和蚩尤商量似的接着说："你叫我姐姐，又该把你的爷爷叫什么来着？"

这下可把蚩尤噎住了，大眼睛忽闪半天，终于说："爷爷变不得……我还是叫你奶奶吧！"西王母拍拍他的脸蛋说："好孩子，在我面前你永远长不大，人们也永远把我喊不老。"

素女在一旁打趣说："没听说你老人家生儿子，啥时候抱上孙子了？"

听见素女说话，西王母忽然想起了什么，转身对她说："素丫头，别光看热闹了，快去认你的女儿吧！"

"您说什么？"素女莫名其妙，她听清了西王母的话，却不相信自己的耳朵。她万万没有料到，自己的女儿会近在眼前。这时希有倒是十分敏感，大吃一惊。"天下什么事也瞒不过她，真是个神鬼莫测的老神仙！"她心里嘀咕着，连忙对趴在肩膀上抽噎的女魃说："女魃，别哭了，快去见你的亲娘吧！"

听见"女魃"两字，素女火烧火燎地跳过去，一眼看见了那颗异乎寻常的美人痣,伸手把女魃拽到怀里,呜咽着说:"真是我的女儿,娘可见到你了!"最初的激动过后,她开始仔细打量这个从小失踪的女儿。突如其来的变化,让女魃摸不着头脑。她不知道为什么突然冒出个亲娘,她甚至不明白亲娘是什么东西。见这个陌生女人抓住自己不放,还神经兮兮地盯着自己看,她心里直发怵,一把推开素女,躲到希有的背后。

素女打了个趔趄,差点儿蹲在地上。她冷静了,也突然明白了。她指着希有的鼻尖质问:"你这个鬼蹄子,咱们平时像亲姐妹一样亲,你连我的孩子也偷?"

"我看你藏的地方不好,很容易被人发现,所以又替你换了个地点。"希有面色坦然地回答。

"这么多年为啥不告诉我?"素女气呼呼地问。

希有正要回答,西王母插话了:"她要是走漏一点儿风声,还会等到今天吗?早就把女魃弄回国去了。素丫头,你该感谢希有才对。女魃现在已修成仙体,尚在你之上;若一直藏匿于君山,不过是个渔妇而已。希有不向你讨培养费就算便宜你了,甭再兴师问罪了。"希有把女魃推过去,素女又开始痴痴地望着自己的孩子。西王母又说下去:"西王国好多年没听到婴儿哭声了。没有新的生命诞生,就缺乏生气。不知是你们光图自己快活不愿生了,还是把孩子转移走了,我也没有那么多工夫去调查。大家听着,过些天神女庙要召开祭神大会,你们都去给我求个孙女、孙子回来。还是老规矩,生个男孩可以送出去,女孩必须留下来。"

蚩尤和女魃堕入爱河。女魃过怕了漫长的孤独岁月,经历了不堪回首的"炼日"煎熬,如今突然遇见了儿时的亲密伙伴、心目中崇拜的偶像,就像找到了人生的归宿,一刻也离不开蚩尤。素女找她叙叙母女之情,她要拉蚩尤同去,弄得素女哭笑不得;希有想和蚩尤单独谈谈离别后的境遇,女魃也非要跟去听听,希有只好作罢。他们在山峦和空旷的原野上游戏、栖息,月光、烈日、风雨,还有鸟兽虫蛇，只要两人在一起，天地间的一切都是那么美好，那么讨人喜欢。

蚩尤那带有野性的阳刚气质彻底征服了女魃，她像一只温顺的羔羊，陶醉在他的胸膛上。她那爱的琴弦，在蚩尤海潮般的激情拨动下，爆发出惊天动地的强音，美人痣射出阵阵红光，热情如火山岩浆一般喷薄而出，把他和她同时消解、熔化，投入一个混沌世界。

每当此时，天空都会飞来一块浓重的乌云，把冰冷的雨水浇在他们身上。天地分开，万物重现，蚩尤又恢复了凛凛丈夫气概，女魃依然小鸟依人，温柔可爱。

孩子不是自己养大的，和自己亲不起来，素女常常为此而伤心。希有总是牵挂着蚩尤：这些年他都到哪里去了？跑到这里来干什么？有好多心里话要说，总是没有机会，心中闷闷不乐。她俩把心事告诉西王母。西王母漫不经心地说："男欢女爱乃人生至大至乐，这是他们的福气。你俩是眼馋啦还是吃醋啦？我看该送你们到神女庙会上散散心去了。"

赶庙会的队伍还没有成行，轩辕却赶到了西王国。听说找到了女儿，他大喜过望，立刻就要相见。素女连忙四处寻找，终于在西海的一个小岛上发现了这对恋人。女魃提出，要去就要带吃哥哥一块去，吃哥哥不去，她也不去，这下素女可犯了愁。原来，轩辕是个男权主义者，为了巩固新推行的男权制，他主张男子可多娶多生，子女全归男方；而女子却不能朝三暮四，生儿不知其父为谁。轩辕知道素女曾经迷倒过不少男士，这些人至今还在打她的主意，不免心存芥蒂。他不愿看到男人在西王国走动，总怕素女经不住他们的勾引，旧病复发。这次他急急赶来，也是担心素女耐不住寂寞，跑到庙会上去找快活。

素女向希有吐露苦衷,请她帮忙说服女魃。女魃和蚩尤一直把"姑姑"当作亲人，经她劝说，女魃乖乖地跟素女去见轩辕，希有也终于得到一次与蚩尤促膝长谈的机会。

蚩尤一五一十地叙述了别后经历，说："姑姑，从奶奶的口气里听得出，这里好像就是西王国，不知有没有一位叫鬼车的妇人，我想找她打听一下颛顼的下落。"

在蚩尤说话时，希有一直望着他那刚毅的面孔、成熟的眼睛，心想，这孩子的确非同凡响，天降斯人，今后定会叱咤风云，傲然于世。不觉从爱怜中生出几份爱慕。她款款地说："西王国倒是有一位叫鬼车的女子，不过她不是妇人，而是天帝少女，是个从未嫁过人的仙女。她喜欢孩子，曾经偷抱过别人的孩子，把他们培养成仙人。她也想生个自己的孩子，只是没有遇见可心的男人。颛顼不是她偷的，不过，她可能知道孩子藏匿的地方。"

蚩尤迫不及待地问："姑姑，她在哪里？"

"你叫我声姐姐，我才告诉你。你看我是不是老了？"希有微闭着眼睛，颜面略带忧伤。望着希有青春生动的面孔，蚩尤想，单从长相上看，别人定会把她当作我的妹妹，可她的确是从小把我抱大的姑姑。女魃还找到个亲娘，我连个娘也没有，就有这么个姑姑，她就是我心目中的娘！……

蚩尤心里很矛盾，他不想失去母爱的享受，又怕姑姑不高兴，终于结结巴巴地说："姐……姐，你就告诉我鬼车姑娘在哪里吧！"

希有诡谲地一笑，说："鬼车远在天边，近在眼前。"

蚩尤回顾四周，不见一个人影，心下恍然大悟，激动地抓住希有的手叫起来："鬼车就是姑姑！"

希有甩开他的手，生气地扭过头去。蚩尤忙改口说："姐姐，鬼车姐姐！"又小声嘀咕："我有个叫希有的姑姑，又认了个叫鬼车的姐姐。"

希有"扑哧"一声笑了，刮一下他的鼻子说："好了，我们也总算是哥们儿了。小弟有事相求，大姐义不容辞。"她问了颛顼的生日，闭目掐指默算。蚩尤焦急地盯着她。希有忽然笑出声来，自言自语地说："这个大虫也跑下来风光了。"

蚩尤莫名其妙，问："你说什么？"希有睁开眼说："颛顼藏在神女庙，明天你和大家一块儿去赶庙会，见机行事。你可不要被女魃缠住了。"

神女庙

素女以她和轩辕两人的名义，送给女魃一件见面礼——伏羲女娲的古琴瑟花韵，并告诫她不要撕掉黄封。女魃与花韵一见如故，无师自通，她信手拨弄，竟是素女当年怀孕期间弹奏的曲调。轩辕边听边赞不绝口，称姑娘的技艺不亚其母。素女暗暗称奇，心想，难道这丫头在我肚子里就把琴听会了？

更令素女喜出望外的是，琴声改变了女魃，使她真正认识了父母，回归了家庭。直到这次见面之前，女魃还没有喊过素女一声娘；刚见到轩辕时，她的眼睛总是望着地面，一声不吭，完全把他俩当成陌生人。几曲过后，女魃开始偷偷地打量这个男人；继而，又不断地向素女和轩辕点头微笑，琴声也变得欢快流畅，热情洋溢。素女和轩辕相视而笑，击节以和，一家人其乐融融。女魃专心致志地弹琴，技道合一，天地与琴声共鸣。此时正值秋色萧萧，落叶乱舞之际，忽见阴云四合，其大如席的雪花飘飘落地；继而春风徐来，细雨润物，叮叮咚咚的泉水流下山涧；百鸟唱和，群兽翩跹起舞，凤凰在空中上下飞翔。西王母和众仙女都跑出洞穴翩翩起舞。

"是谁又在演奏天地之音啊？"西王母评论说，"听声音，委婉中包含着刚劲，喜悦中埋藏着深深的忧虑。素姑娘，你可没有这么厚的功底啊！"

"是小女在演奏，经王母这一说，看来真是青出于蓝而胜于蓝了。"轩辕喜悦地回答。

琴声戛然而止。女魃抱琴跪在双亲面前，说："娘，爹，女儿终于见到你们了……"说罢，已是泣不成声。一家三口抱头痛哭。轩辕向西王母提出，要把素女和女魃带回部落。西王母说，女不外嫁、嫁不离国是西王国的基本国策，概不通融。轩辕说："当年同是西王国仙女的听訞，远嫁炎帝，不是已有了先例吗？"

西王母开心地笑了，说："听訞是去那里做皇后，母仪天下，那是西王国多么大的荣耀哇！素丫头要是也有那一天，不用你来要，我亲自把她送上门去。"轩辕脸色红红的，没再说什么，只是请求不要让素女去赶庙会，便头也不回地离开了。

第二天，西王母带青鸟大鹏去会友，女魃要陪伴素女留在西王国，并在母亲的指导下练琴。希有担心的事并没有发生。当蚩尤准备登上云车，随同大家飞赴神女庙时，女魃只是拉着他的手嘱咐说："吃哥哥，快去快回，我在这儿等着你。"

神女庙坐落在姑儿山。姑儿山有一道山梁，远远望去，活脱脱像一位睡美人。她五官端庄，双乳高耸，修长的腿微微上曲，瀑布似的长发泻入姑儿河，任流水冲刷。她的美天描地绘，无与伦比；只是三围比例欠佳，腹部突起，圆鼓鼓的，有碍观瞻——人们说，她已身怀六甲，产儿在即，这时的美，才是女人最值得骄傲、最令人羡慕的美。她的腰身下，有一个经过人工修饰的洞口，便是神女庙的门户。当年，轩辕的祖先姬姓部落从姬水出发，逐水草而游牧，一路辗转迁徙，来到姑儿山下，在这里设坛立庙。当时是母权社会，所祭祀的祖神为女性，因此叫作神女庙。每到草嫩马肥时候，北方各族便在此祭祖祭天，拜神求子。后来，轩辕统一北方诸族，在阪泉一带筑城建国，推行父权制度，设立了以父权为特征的少典庙，年年祭祀，岁岁拜谒，神女庙逐渐被官方冷落。但在民间，神女庙仍然是各族青年男女向往的地方,这里的集会活动往往持续月余之久。

希有一行到来时,姑儿山一带已热闹非凡。篝火星星点点,毡房若隐若现。在睡美人的肚脐部位,也就是在山梁的最高处,有一方形祭坛,过去是主祭人、部落首领祈祷的地方;如今上面堆起柴山,火焰升腾,把神女庙前照得如同白昼。女人们在洞口排开长队,鱼贯而入,又鱼贯而出。夜幕中,男男女女,个个赤身裸体,在人影幢幢的篝火间欢歌狂舞,尽情享受青春健康的人生。王子登对众仙女说:"大家各择所好,自由活动,九天后务必回国报到。"又笑嘻嘻地对蚩尤说:"好兄弟,你要照顾好这位鬼姐姐,王母还想让她生个小仙女呢!"蚩尤礼貌地说:"王姐需要我帮忙吗?""本大姐就不劳你的大驾了。"王子登说完就不见了。

希有让蚩尤在原地等候,自己排队进入神女庙。她已算定,颛顼就在庙中,这种预感愈来愈强烈。进庙后,希有发现,这里原来是个天然岩洞,气势恢宏。玉雕神女像立在大厅中央,丰乳肥臀,腹部隆起,栩栩如生,俨然是一位临产的孕妇。神像前有个火塘,厚厚的灰烬上,火苗时燃时熄。洞中的怪石奇岩时隐时现,气氛神秘。

火塘旁跪坐着一位妇人,慈眉善目,气定神闲,不时用手中的玉杖拨弄着火堆。她就是轩辕的母亲有桥氏附宝。附宝认为自己的儿子系天神下凡,从小对他宠爱有加。对轩辕推行的父权制,族内怨声载道,附宝的解释是,女人的统治可能出了什么过错,令天帝转而偏爱男人,她的儿子不过是顺天行事罢了。纵然如此,她对过去的日子还是恋恋不舍。轩辕在阪泉筑城后,把族属迁去定居,附宝却决定留下来照看火塘。谁能说,在她的内心深处,不是想着延续女权主义的火种呢?

过去,神女庙也是族落保存火种和首领议事的场所。来人都要随身带着干柴或草绳,进来后,把干柴投入火塘,或点燃草绳以延续火种;接着双手抱拳向主持人打招呼,然后席地跪坐议事;事完以后，从地上爬起来，抱拳告辞。现在，这里已经不再是议事厅了，但过去的做法沿袭了下来，只是简化成了一套习惯动作：燃柴，抱拳，跪地，爬起，再抱拳。

闲话叙过。希有入乡随俗，拜过附宝，开始在厅中参观。洞中除了随处可见的嶙峋怪石，还摆放着为数可观的陶制裸女像，个个挺胸凸肚，喜笑颜开。希有心中暗笑：怪不得西王母把大家赶到这里来，原来是要给仙女们补上一堂生育快乐课。她有事在身，无心仔细鉴赏，匆匆走过。

山洞被一块巨石隔断。巨石的那一边，隐约传来虎啸。希有变作一只蝙蝠，从缝隙穿过，发现巨石背后别有洞天，一个小孩和一只幼虎正抱着母虎吃奶。希有想，这个小孩便是颛顼无疑了。他是白虎星下凡，吃虎奶正对口味，不知是谁出的好主意。山洞另有一个出口，把门的是一位长着三个脑袋的人，一个脑袋值班，另外两个在打瞌睡。希有感到奇怪：这不是离珠吗？他怎么离开积石山跑到这儿来啦？她绕洞一周，从离珠眼皮底下飞出洞口。

这个洞口，刚好是山梁睡美人的一个耳朵眼。洞外山高谷深，林海苍茫。希有找到蚩尤，把他藏在洞口对面山上树丛中，示意不要暴露目标，又摇身变作一只蝙蝠，飞入山洞。洞穴内，两只虎崽同颛顼争奶吃，颛顼左右开弓把虎崽扒拉到一边，独自抱着母虎吃奶。

希有说："白虎星君，你跑下来和人家争奶吃，好不害臊哦！快跟我走吧！"颛顼倒也听话，笑嘻嘻地扑到希有怀里。希有把他掩藏在石榴裙下，扮作大肚子女神，从离珠眼皮底下挤出山洞，还哧哧啦啦地蹭下一地石头渣。"怪了，怪了，神女出走了！"离珠赶紧把另外两个脑袋叫醒，随后跟出洞外。神女不见了，只见一只大鸟飞过山头，鸟背上坐着那个孩子颛顼。

螳螂捕蝉，黄雀在后。希有约上蚩尤正要离开姑儿山，忽听有人说话："鬼车小妹，你又重操旧业啦？"

希有吃了一惊,回头一看,原来是大肚子神女出现在山坡上。她的身后站着附宝。

"你是谁?"希有惊异地问。

"我是九子母女歧[1]。"女歧说,"小妹不认识我了?咱俩还是同父异母的姐妹呢。"

"哎呀,原来你是大姐姑获鸟?我差点儿认不出来了。"希有望着她的大肚子好奇地说,"听说你都生过九个孩子啦,人称九子母,怎么还在生?多辛苦啊!"

"你没有生过孩子,没有体验过生育的欢愉滋味,那是女人无论如何也不该放弃的权利。"女歧骄傲地说。

"人说女歧无夫而孕,原来是不确实的。"希有说,"大姐长住神女庙,近水楼台,选择男人很是方便,怪不得乐而忘返了。"

"岂止如此,还有附宝夫人陪伴,她可是很有生育经验的。"女歧说,"小妹,你也在庙里住下生个自己的娃儿吧,不要总是偷抱别人的了。"

"大姐,你误会了。"希有说,"鬼车我早就金盆洗手了,这次我是来解救被拐孩儿的,你就别管闲事儿了。"

"不行。"女歧坚决地说,"我受附宝夫人之托,对她这个重孙子承担着护佑职责,你还是把颛顼放下吧!"

"那就得罪了,小妹告辞。"希有说罢,忽地变作大鸟,载着蚩尤和颛顼腾空而起。

女歧"剌啦"一声撕开裙子,从里面蹦出九个顽童,个个活蹦乱跳。她随手抛出裙子,变作九片彩云。顽童们跳上彩云,手执枪矛钩锁,呼啦啦朝着希有追来。大鸟展翅翱翔,追风赶月,何其速也,但飞了半夜,竟没有甩掉九子,连喘口气的工夫都没有。希有对蚩尤说:"九子难缠,我把他们引开,你带颛顼潜行回九淖去吧。"说着降低高度,

---

[1]《楚辞·天问》:"女歧无合,夫焉取九子?"王逸注:"女歧,神女,无夫而生九子也。"

擦着树梢飞行。

蚩尤抱着颛顼翻身滚下丛林，隐藏下来。希有迎风拔高，冲上云端。九子一窝蜂追赶而去。

原来，颛顼是昌意偷去的。这事虽非轩辕指使，他甚至今还不知道，但的确是他逼出来的。这些年，轩辕东扩西进，南下北征，不遗余力地开疆拓土，建立起强大的轩辕帝国；同时，他也在不断地娶妻纳妾，生儿育女，繁衍壮大以他为核心的姬姓家族。他封嫘姑为正妃，又娶了一位方雷氏女子，名叫女节，纳为妃子。如今，轩辕已是儿女成群，后继有人。但令他感到遗憾的是，至今还没有得到孙子临世的信息。而且，随着江山日益壮大，这种愿望也愈加强烈。他特别希望昌意率先给他抱个孙子，作为自己的第三代传人，以慰藉爱妻嫘姑的芳心。

轩辕不断地催促昌意娶妻生子，但他置若罔闻；轩辕从各族找来貌美的妙龄姑娘，派人送去，供他挑选，都被一一打发回来。昌意声称，他已有妻子，那就是淖子；他也有儿子，那就是颛顼；淖子之外，此生不再另娶他人。轩辕十分气恼，发话说，如果年内不把孙子抱来，就打发他回西陵国姥姥家去。

昌意非常怀念出生地西陵国，那里的山山水水给他留下了美好的印象。西陵国有一条河，叫江水，昌意的游牧地也有一条河，叫若水，他就把若水改名为江水，以表怀念之情。后来昌意回到西陵国，又把那里的江水呼为若水，用以纪念他在北方的戎马生涯。

眼下昌意并不想回西陵国，他倒不是贪恋太子地位，而是怕从此再也见不到淖子。为了不被轩辕逐走，他设计派人偷来颛顼，送到神女庙，暂由他的祖母附宝看护。昌意盘算，一年后他要送给老爹一个惊喜，就此交差，摆脱屡被逼婚的烦恼。

为了儿子的安全和保守秘密，昌意聘请当时最负盛名的护卫人员三头离珠负责保卫工作。离珠十年如一日，骑在服常树上看护炎帝的琅玕树，如今任期已满，既接不到续聘书，也不见来人接替。

他曾和轩辕有约,谢职后即去拜访,眼看又有爽约之嫌。当年轩辕送给他的一对露犬,现在已经繁衍成群,放哨巡逻,护山驱敌,把个积石山守得固若金汤,鸟兽虫蛇休想靠近琅玕树一步。有了露犬做帮手,离珠更没了事情可做,于是决定去拜访轩辕,等炎帝使者到来之前赶回。就是在此期间,昌意请离珠临时帮忙看护颛顼,他欣然接受。

南海有个岛国,人人长着一对大耳朵,走路时,两手必须把耳垂摄持起来,不然就得在地上拖着走,因此叫作聂耳国。正宗的聂耳国人,个个都是顺风耳,虽然身隔千里之遥,照样可以互相交谈。国中有一对孪生兄弟,分别叫作儋耳和聂耳,他们的大耳朵不仅听得远,而且还可以作为翅膀在空中飞翔,只是不能持久。一天,兄弟俩正在云间戏耍,忽然遭遇台风,经过三天三夜的飘荡,落在一片平展展的草地上,被昌意发现收留。这次,昌意派儋耳随同颛顼入住神女庙,通过他和聂耳的通话,及时掌握情况。儋耳生来自由自在,不愿把自己拴在一个小孩子身上,于是就把一只风铃系在颛顼的脚脖子上,一个人跑到洞外埋头睡觉。颛顼乘鸟飞走时,风铃骤响,把儋耳从梦中惊醒,他急忙跳起来和聂耳通话,报告颛顼去向。昌意判断,颛顼肯定是九淖人抢走的,于是在九淖王城以北设下埋伏,张网等候。

拂晓时分,夜黑风高,蚩尤背着颛顼在荒野间奔走。此时,林间忽然灯火齐明,一片惊呼。蚩尤大惊,赶紧腾空跃起,展开羽翼掠过这伙人的头顶,飞离险地。但下面那片火把紧追不舍,喊声不断。蚩尤顾不得仔细观察,一时搞不清是敌是友,还是离他们越远越好。这时,一直搂着他的脖子酣睡的颛顼忽然有了动静,他扯着蚩尤的耳朵大叫:"娘!我娘!"

小孩子眼尖,的确是淖子。她梦见两颗大星飞临城北树林上空,醒来感到蹊跷,便招来伯夷父,半夜三更带领卫士前来察看。当一只大鸟掠过头顶时,淖子并没有发觉那就是蚩尤,只是觉得奇怪,于是没命地追赶,但距离越拉越大,眼看没有了希望。这时,那只大鸟忽然掉头,冲着淖子飞来。她正在惊异,巨大的鸟翼已擦着她的云髻,同时,一个孩子落到她的怀里。这当口,淖子平生第一次听到了她盼望已久的叫声:"娘!"

颛顼从天而降,淖子喜极而泣。周围一片混沌,天地间只有她和自己怀里的孩子。当她被唤醒又回到现实世界时,发现蚩尤笑嘻嘻地立在大象身后。"叔叔……"淖子刚要说什么,忽然停住,她指一指蚩尤身后,话也顾不得说,拍象就跑,卫士们一窝蜂地跟着飞奔。蚩尤回身发现,大队人马正在向这里急驰,一人两骑,不停地换马加鞭,速度极快。他赶上前,保护着淖子落荒而逃。

大象没命地奔跑,不断受到堵截,追兵渐渐靠近。只听有人高叫:"颛顼就在大象上,抢回重赏!"迎面就是大海,有一座山丘伸入水中,上面草木丛生。淖子忽然把颛顼撂到伯夷父手上,用手一指山丘,果断地说:"躲起来,我把他们引开!"说罢,一挥手,带领卫士拐向一条入海的小河口,溯河而上。

淖子和追兵走远了。蚩尤和伯夷父抱着颛顼钻出草丛,打算寻路回国。怪事发生了,刚才明明和陆地连在一起的小岛,现在却远离海岸,孤零零地漂泊在茫茫大海中!两人惊呆了,无奈地相视苦笑。良久,伯夷父忽然顿足道:"巨蟹,我们误登东海巨蟹了!"

主要参考书目

《山海经》
《史记》 司马迁
《诗经》
《尚书》
《楚辞》 屈原
《淮南子》
《庄子》 庄周
《吕氏春秋》
《孟子》 孟轲
《左传》 左丘明
《国语》
《吴越春秋·越王无余外传》 赵晔
《水经注》 郦道元
《中国古史的传说时代》 徐旭生
《中国神话传说词典》 袁珂 编撰
《古史辨》《中国上古史研究讲义》 顾颉刚 编撰
《古代社会》 [美] 摩尔根
《吕思勉读史札记》 吕思勉
《中国古代社会发展史论》 田昌五
《中国古代文明起源》 李学勤 主编